CW01559185

L'ACCENT DE MA MÈRE

Michel Ragon, autodidacte, ancien travailleur manuel, a publié dix romans. Du premier, Drôles de métiers, *en 1953, aux plus récents où il raconte la vie d'une famille populaire de l'Ouest, c'est toujours la mémoire du peuple qu'il tente de restituer et à laquelle il a également consacré un livre unique dans l'édition française :* Histoire de la littérature prolétarienne en France.
Par ailleurs, critique et historien de l'art, de l'architecture et de l'urbanisme, il a publié une monumentale Histoire mondiale de l'architecture et de l'urbanisme modernes *et de nombreux essais dont* L'Homme et les Villes *et* L'Art pour quoi faire ?

Rien mieux que le téléphone ne fait surgir les accents. Un jour, l'auteur de ce livre entend ainsi la voix de sa mère, et découvre qu'elle a un accent...
Une rêverie naît de cette découverte : rêverie sur un patois, sur une ville (Fontenay-le-Comte), sur un pays (la Vendée), sur une ethnie sauvage aux convulsions sanglantes. Une rêverie qui est ce roman même, portrait d'une femme du peuple à travers des photos de famille, des lettres, des souvenirs.
Si l'accent lie profondément cette femme à la terre qui est la sienne, s'il atteste viscéralement son origine, par contre, l'auteur-narrateur, intellectuel requis par la ville et les livres, constate du même coup que, lui, il l'a perdu. Tel est le motif, le moteur de sa quête : il doit remonter à ses sources, rechercher son identité ancestrale et culturelle et tenter de faire revivre cette mémoire du peuple, cette expression populaire qui se trouvait derrière l'accent de sa mère.
Michel Ragon nous entraîne ainsi jusqu'au temps de son enfance provinciale, et tout un monde autarcique, rituel, monotone et singulier revit sous sa plume avec une extraordinaire vérité. En outre, de nombreuses allusions et références historiques (par exemple un éclairage insolite des Chouans dont l'auteur considère qu'ils menaient d'authentiques luttes plébéiennes) prennent dans le récit un poids d'intense nécessité, une saisissante valeur documentaire.
L'accent d'une mère concentrait donc en lui tous ces êtres, ces temps révolus. Voilà ce que met en lumière l'admirable livre de Michel Ragon, magnifique portrait de mère et de femme écrit dans une langue savoureuse, où l'humour relaie, et parfois exalte, l'émotion.

Paru dans Le Livre de Poche :

LES MOUCHOIRS ROUGES DE CHOLET.
MA SŒUR AUX YEUX D'ASIE.
LA LOUVE DE MERVENT.

MICHEL RAGON

L'Accent
de ma mère

ROMAN

ALBIN MICHEL

A Françoise.

1

PENDANT trente ans, ma mère m'a écrit chaque semaine, de son écriture appliquée, ronde, sans faute d'orthographe, me racontant sa vie, c'est-à-dire rien; c'est-à-dire une lente, longue attente; l'attente de mes réponses, de mes visites de plus en plus espacées; c'est-à-dire son ennui, ses maladies, ses malaises; c'est-à-dire son inquiétude, dont j'étais toujours l'objet.

Dans quelles circonstances me téléphona-t-elle pour la première fois, je l'ignore et cela n'a d'autre importance que la révélation que j'eus alors de sa voix et de son accent. Je n'avais jamais su, auparavant, que ma mère parlait avec cet accent traînant de l'Ouest, cet accent paysan qui fait la voix grasse, comme imprégnée de terre humide. Lorsque je la vis, aussitôt après, lorsqu'elle me parla *de visu*, l'accent n'y était plus. Nous avions, je le remarquai, les mêmes tonalités et cette manière, à la fois populaire et désuète, de former des phrases trop appliquées, trop livresques. Comment diable avais-je donc pu entendre cette voix paysanne au téléphone? Phantasme? Mais le même jour je rencontrai un ami qui me dit : « J'ai téléphoné chez toi. Qui était cette bonne femme avec ce drôle d'accent, qui m'a répondu? Je croyais qu'il n'existait plus que des femmes de ménage espagnoles! »

Donc ma mère avait bien un accent. Mais cet accent, que je connaissais depuis ma naissance, cet accent qui était celui de ma langue maternelle, je ne l'entendais pas lorsque je le « voyais » parler. Je ne l'entendais pas parce qu'il m'était naturel. Il ne m'apparaissait qu'à travers l'anonymat de l'écouteur téléphonique. Je ne voyais plus alors ma mère, je ne percevais que l'accent.

Mais si je percevais cet accent, cet accent vendéen que je connais bien, que je reconnais entre tous, si je le recevais comme une anomalie, c'est que moi-même je ne parlais plus avec cet accent. Où l'avais-je perdu? Quand? Pourquoi? Aucun souvenir. Lorsque je débarquai à Paris, à vingt et un ans, à la recherche éperdue non d'un emploi mais d'un boulot, n'importe lequel, quelqu'un me dirigea vers les studios de radio en me disant : « Vous parlez sans aucun accent, ce qui est rare, vous pourriez devenir speaker. » Et en effet, on s'extasia dans les bureaux de la Radiodiffusion sur la qualité de mon français parlé. Sans aller néanmoins jusqu'à m'embaucher.

Je sais, maintenant, que ce français-là est le français littéraire dont j'ai hérité à la suite de mon long tête-à-tête avec les livres, sans intermédiaire d'aucun « lecteur » professionnel, d'aucun professeur (les professeurs ont souvent des « accents »). Je sais aussi que cette voix de ma mère, au téléphone, a été soudain le rappel d'un accent oublié, d'une autre langue, d'une autre culture. Je sais enfin que cette ravine qui ne cessa de se creuser, de s'agrandir, entre ma mère et moi, à tel point que nous n'arrivions plus à nous entendre, d'un bord de la vie à l'autre, que nous ne savions plus quoi nous dire, cette ravine c'est le langage, c'est l'accent; le langage et son accent qui rapprochent ou séparent. C'est ce langage et cet accent qui nous ont éloignés. Bien que ma mère ait tout fait pour me suivre dans le nouveau monde culturel qui m'est devenu familier, lisant les livres de mes amis, cherchant de leurs nouvelles dans les journaux. Mais cette culture, vivante pour moi, n'était pour elle qu'un spectacle. Elle la regardait, de sa province, comme on regarde une émission de télévision sur le petit écran.

Maintenant que ma mère repose, comme on dit, dans le cimetière de la petite ville de mon enfance; maintenant que je suis retourné, après une si longue absence, dans cette ville qui, curieusement, a peu changé en un temps où tout se transforme si radicalement; maintenant que j'ai récupéré tout « l'héritage » de ma lignée, je suis tenté avec ces quelques papiers, ces lettres jalousement conservées, ces photos de famille dont beaucoup de visages me sont totalement inconnus, ces quelques objets... je suis tenté d'essayer de reconstituer avec eux l'identité culturelle de ma mère et, par là même, celle de ma tribu.

Cet album de photos est terrifiant. De tous ces beaux militaires, de toutes ces mariées épanouies, de tous ces bébés joufflus, il ne survit personne, sauf moi. J'ai l'impression d'être le seul rescapé d'un cataclysme. Tous les papiers, toutes les photos, toutes les lettres, tous les objets de la famille me sont parvenus en ultime destination. Ou du moins ce qu'il en reste. Sauf ma mère et ma grand-mère, tous ces gens sont morts jeunes, voilà déjà bien longtemps. Tuberculose, maladies intestinales, vieillesse prématurée due à un travail de bête de somme, à l'alcoolisme, à une alimentation déficiente.

Parler « d'héritage de ma lignée », voilà bien de ces phrases littéraires, de ces clichés qui m'encombrent. En fait d'héritage, presque tout l'environnement de mon enfance a disparu. Mais déjà, dans mon enfance, la part la plus fabuleuse de cet héritage n'existait plus. Peut-être même n'existat-elle jamais. Je veux parler de ce que mon père, sous-off de la coloniale, rapporta soi-disant des mers de Chine. J'ai toujours entendu vanter ces cadeaux fastueux faits par mon père à ses nièces : étoffes bariolées, défenses d'éléphant, brûle-parfum en cuivre, statues de bronze. Je ne les ai jamais vus nulle part, pas même dans les fermes de ces nièces, de leur vivant. Je crois bien que ma mère exagérait en parlant de la prodigalité de mon père envers ses nièces. Il se glissait là une vieille jalousie, de vieilles rancunes envers l'autre famille. Ma mère qui, tout comme ma grand-mère, a vendu peu à peu, objet par objet, tout ce qui pouvait intéresser les antiquaires, ne s'est jamais séparée des « reliques » de mon père, comme elle disait. Je les possède maintenant : un petit éléphant agenouillé, en marbre blanc; une jardinière en cuivre dont les anses sont formées par deux chimères qui s'agrippent au bord et le mordent; un képi noir orné de l'ancre de marine dorée; deux longues baguettes en ébène incrustées de nacre qui n'ont dû être utilisées dans aucun bol de riz; un cadre en bois, sculpté, ornementé de roses, dans lequel un ovale laisse apparaître une photo de mon père, tout de blanc vêtu, ses galons de sergent sur les manches, son haut casque colonial posé sur une console, la main près du casque, la moustache conquérante. Photo manifestement faite « aux colonies », avant son mariage.

Le petit éléphant agenouillé suscitait la convoitise du médecin de famille. Nombre de fois, mais peut-être pas autant de fois que ma mère le disait, ce médecin offrit de l'acheter. Aussi ce petit éléphant de bazar de Saigon finit-il par prendre une valeur phénoménale. Je l'ai mis dans un de mes rayonnages de bibliothèque. La jardinière en cuivre, que j'ai toujours vue garnie de bruyère sèche, est là, derrière mon dos, pendant que j'écris, et remplie à nouveau de bruyère.

De mon père, j'ai aussi hérité de ses vieilles cantines militaires, en bois noir, enveloppées dans des paniers de raphia à jours. Elles me servent de réserves à rangement pour des dossiers et manuscrits.

J'ai vécu toute mon enfance dans la maison de mes grands-parents maternels, rue des Orfèvres, à Fontenay-le-Comte en Vendée. Ils occupaient le rez-de-chaussée et nous (c'est-à-dire d'abord mon père, ma mère et moi, puis ma mère et moi seulement lorsque mon père mourut à quarante-cinq ans) le premier étage. Nous avions deux pièces, une grande chambre que je partageais avec mes parents (puis avec ma mère) et une cuisine. Au rez-de-chaussée, mes grands-parents ne disposaient aussi que de deux pièces : une chambre tout à fait obscure et une grande cuisine, salle commune qui ouvrait sur une cour encombrée de chaudrons, d'arrosoirs, de pots de fleurs, de poules et de lapins en liberté.

De leur lignée paysanne, mes grands-parents avaient conservé quelques beaux meubles et objets, notamment une pendule à balancier qui m'émerveillait. Ce balancier représentait un paon faisant la roue. Toute la journée, le paon balançait sa longue queue, au rythme du battement des secondes. Les poids que l'on remontait (d'où sans doute le terme de « remonter » une pendule, voire une montre) avaient quelque chose de fascinant. Je me souviens aussi de pistolets d'arçon, à manches de bois, avec un gros chien de fer, qui devaient avoir été pris sur des cadavres d'officiers bleus, pendant les guerres de Vendée. Je me souviens de chromos religieux : la Petite Thérèse de l'Enfant Jésus, le Sacré-Cœur. Je me souviens de gros livres rouges à tranche dorée que ma grand-mère sortait avec précaution d'une grande armoire en chassant les poules qui avaient une propension à se jucher sur les corniches et qui fientaient le long de la porte de merisier. Je me souviens que tous ces meubles sombres prenaient beaucoup de place et m'attristaient, voire m'effrayaient quelque peu. Tout cela a disparu. Vivre vieux autrefois, sans rente, sans pension, sans retraite, n'était possible qu'en vivant chez ses enfants. Les enfants constituaient un capital d'avenir, une sécurité pour les vieux jours. D'où l'angoisse de les doter d'un bon métier, non seulement pour leur avenir à eux, mais comme assurance retraite. Une fille unique et veuve amenait la catastrophe. De cette catastrophe, je n'ai jamais vu mes grands-parents se plaindre. Mon grand-père continua à faire ses journées de jardinier pour les bourgeois de Fontenay, sans parler de son propre jardin qui assurait la famille en légumes et en fruits toute l'année, tant que ses jambes purent le porter. Puis un jour il s'assit sur une chaise, devant la porte de la rue des Orfèvres, et regarda la vie passer. Comme il n'avait plus d'argent pour acheter du tabac, il se faisait des cigarettes en roulant des bouts de journaux qu'il mâchonnait. Ma grand-mère grognait en disant qu'il finirait par se brouiller le sang avec l'encre d'imprimerie.

De ce grand-père, peu à dire. Qui était-il? Que pensait-il? Il s'appelait Sourisseau, était blond avec des yeux bleus. A cause de ses moustaches tombantes, je continue à l'identifier à un Gaulois. Assez court, trapu, silencieux, il ne se manifestait guère que le dimanche où il rentrait bruyamment de son après-midi passé à jouer aux cartes au Café du Cerf, plus ou moins soûl, mais parfois suffisamment pour s'écrouler devant la cheminée.

Au-dessus de cette cheminée, se trouvait un chromo encadré de bois noir, titré *Les Différentes Positions sociales*, image à la gloire du laboureur, que l'on voyait en médaillon, en gros plan, poussant une charrue tractée par deux chevaux. Toutes les figurines de ce chromo comportaient des légendes. Je les ai tant lues et relues que je les connais par cœur. A gauche, la première figurine, celle du roi, un roi de carte à jouer, déclarait bon premier : « Je vous gouverne tous. » Au-dessus, venait un gentilhomme très Marquis de Carabas, qui disait : « Je vous commande tous. » Puis un curé qui ressemblait à la publicité de la Jouvence de l'Abbé Soury : « Je prie pour vous tous. » Et tout en haut de la pyramide, le Juif errant d'Eugène Sue avec sa besace et son parapluie : « Je gagne sur vous tous. » En redescendant cet escalier des positions sociales, un soldat avec sa hallebarde, comme un Suisse d'église : « Je vous défends tous »; un mendiant à jambe de bois et béquille, son chapeau à la main : « Je vous demande l'aumône à tous. » Et enfin, revenu à la base, face au roi, le paysan en culotte et bas, chapeau de paille, tunique bleue, un paysan pour bergerie à la Jean-Jacques Rousseau, accoudé sur un immense sac de blé et qui disait : « Je laisse faire le Bon Dieu car je dois vous nourrir tous les six. »

Je n'ai presque rien retrouvé du passé culturel de mes grands-parents, dans les affaires de ma mère, sauf ce chromo, au grenier, couvert de poussière et craquelé par la chaleur ou le froid. Avec quelle émotion je l'ai nettoyé, restauré. C'est finalement l'image qui évoque le mieux pour moi ces longues veillées dans la salle commune de ma maison d'enfance. Je n'osais espérer retrouver ce chromo que je croyais parti, comme tout le reste, chez un brocanteur. Au verso, mon grand-père avait apposé sa signature et sans doute la date d'achat : 1893. Je ne m'étais jamais aperçu dans mon enfance de l'antisémitisme de ce chromo. Mais il est vrai que ce juif qui domine la pyramide des conditions sociales, c'est avant tout le commerçant et que pour un paysan tout commerçant est juif. 1893! Nous sommes néanmoins à la veille de la condamnation de Dreyfus.

Cette image me fait rêver sur ce grand-père avec lequel j'ai vécu pendant quatorze ans et dont je ne sais pratiquement rien. Que ce que l'on m'en a dit. D'où sortent ces Sourisseau? De quel grenier à grains? Lorsque ma grand-mère rencontra le père Sourisseau, comme on l'appelait à Fontenay, il était cocher chez le baron de la V... Ma grand-mère travaillait elle-même comme chambrière dans le même manoir. Deux domestiques qui s'épousent, qui amassent un petit pécule et qui finissent par exploiter une borderie, dans le bocage, à la Jaudonnière.

Dans une des cantines militaires de mon père, j'ai retrouvé quelques papiers, dont un acte notarié, daté du 1er novembre 1909 et qui rendait ma grand-mère propriétaire d'une maison rurale à la Jaudonnière, à la suite du legs d'une dame Léonie Métais, épouse d'un monsieur Burcerot. J'ignorais tout de cette donation et n'ai jamais entendu parler des époux Métais-Burcerot. Seul indice, mais de quoi (peut-être d'une marraine), ma grand-mère se prénommait Léonie, comme Léonie Métais. Bien que le legs soit fait nominativement à ma grand-mère, Léonie Villatte, mon grand-père apparaît sur l'acte notarié pour avoir autorisé son épouse à le recevoir. Et je vois, par la même occasion, qu'il était encore cocher en 1909.

L'héritage n'était pas considérable puisque je lis sur l'acte que la maison, sise dans un hameau proche de la Jaudonnière, se composait de « plusieurs chambres basses et hautes, grenier, hangar, grange, toits, ruages, puits commun et jardin de vingt-quatre ares cinquante centiares ». Mais pour deux domestiques qui n'avaient rien en propre, sinon leur linge de corps, quelle aubaine inespérée que ce cadeau du Ciel! Cette petite maison rurale a donc permis à mes grands-parents de sortir de la domesticité en devenant de tout petits, petits agriculteurs. Puis, leur fille devenue grande, d'être saisis par la folie des grandeurs et de tout bazarder pour s'établir en ville afin de lui donner une éducation de demoiselle.

Peut-être aussi, les vingt-quatre ares cinquante centiares du jardin de la Jaudonnière ne permettaient-ils pas de faire un pot-au-feu tous les dimanches. Même en supposant que mon grand-père ait affermé quelques champs, que ma grand-mère ait fait brouter ses deux vaches en maraude le long des chemins, qu'ils se soient loués l'un et l'autre pour les moissons et les vendanges, la maison du legs devait néanmoins être trop petite pour se transformer en vraie ferme. A Fontenay, mon grand-père retrouvait une demi-domesticité en travaillant à la journée dans les jardins des « meusieu ». Et on le payait tous les jours.

Oui, de mon grand-père je ne connais rien, sinon ce chromo annoté de sa main; sinon qu'il jouait à l'aluette le dimanche et se soûlait; sinon que je l'accompagnais au jardin et l'aidais à trier les semences; sinon qu'il avait un ulcère à la jambe droite qui suppurait et que parfois ma jambe droite me démange au même endroit.

Je sais aussi qu'il échappa aux deux guerres qui décimèrent les gens de sa génération : à celle de 1870 parce que trop jeune et celle de 1914 parce que trop vieux. Mais qu'il fit sept ans de service militaire, dans l'infanterie bien sûr, en un temps où tous les déplacements se faisaient à pied, de la Vendée à la Lorraine.

Mon grand-père était taciturne, lent, court sur pattes mais massif. Ma grand-mère, toute menue, petite, produisait au contraire une impression de vivacité extrême. Elle méritait bien ce nom de

Sourisseau hérité en mariage, car on la voyait toujours trotiner, légère, furtive, souriante, sa coiffe blanche, conique, bien épinglée à son chignon, un parapluie noir à la main l'hiver, une ombrelle bleue l'été, un caraco noir serré à la taille, ses longues jupes traînant à terre.

Mon grand-père appelait toujours cette femme minuscule « le commandant ». Il est vrai qu'aux périodes électorales, lorsque arrivaient les bulletins de vote, ma grand-mère les plaçait tous soigneusement entre les draps de l'armoire (les brodés, ceux dont on ne se servait jamais). Puis, le jour du vote venu, elle choisissait elle-même le bulletin qui lui semblait le meilleur et le donnait, sans commentaires, à son homme, qui allait tout naturellement à la mairie le mettre dans l'urne.

A ma grand-mère, j'ai été lié par une affection extrême. Toute mon enfance est irradiée par son amour. Mais que sais-je d'elle, de ses goûts, de ses idées, de ses désirs, de ses regrets si elle en avait? La bonne humeur et l'entrain personnifiés, avec de temps en temps des entractes de migraines. Fréquentant l'église, mais pas bigote; lisant ces gros livres rouges à tranche dorée dans lesquels elle m'apprit à lire; son avenir brisé par le deuil de sa fille, mais ne consentant pas à montrer son chagrin; d'une bonté naturelle, aussi naturelle que sa bonne humeur; pour elle comme pour ma mère la seule chance résidait dans ce petit garçon qu'elles couvaient avec une telle attention qu'il en tombait souvent malade; et qu'aujourd'hui, d'avoir été placé toute mon enfance dans une boîte à coton, pour reprendre l'expression ironique du médecin de famille (l'amateur d'éléphant blanc), je dois peut-être ma survie du naufrage familial; mais rendu si frileux que tous mes amis s'en amusent comme d'une lubie.

Quand ma grand-mère s'est trouvée complètement démunie, lorsque tout fut vendu au compte-gouttes, au fur et à mesure de la nécessité des pommes de terre, du pain, d'une aile de poulet pour le dimanche; lorsque la pendule à balancier, la coiffe blanche (dite grisette), les armoires en noyer, le vaisselier, les pistolets d'arçon, les livres rouges à tranche dorée, tout ce qui pouvait se vendre fut vendu, j'étais déjà à Paris et, moi aussi, dans quel dénuement. Je ne reçus qu'un écho lointain de cet événement qui me parut naturel : ma grand-mère quittait Fontenay et venait à Nantes habiter avec ma mère. Trop préoccupé alors par ma propre vie, je ne pouvais soupçonner quel déchirement cela avait dû être pour la pauvre vieille que cet exil à Nantes. Rien ne paraissait jadis plus rassurant aux vieillards que l'idée de mourir chez soi. Mourir à l'hôpital obsédait les pauvres. Ils traînaient trois phobies : la prison, l'hôpital et la fosse commune.

La prison, ils savaient qu'elle s'ouvrait très facilement pour eux. A la suite d'une bagarre de bistrot, de dettes, d'un petit larcin, d'un braconnage. Eviter la prison demandait déjà beaucoup d'adresse. Eviter l'hôpital dépendait moins de soi. Mais pour éviter l'hôpital et la fosse commune les enfants constituaient la seule ressource. Dire d'un enfant qu'il avait mis son vieux ou sa vieille à l'hôpital c'était vraiment le désigner à la vindicte publique.

Or, la vie moderne est ainsi faite, et là encore je m'aperçois combien nous avons été éloignés de notre culture native, mon père, ma grand-mère et ma mère sont morts à l'hôpital.

Je n'ai revu qu'une seule fois ma grand-mère à Nantes, dans cette maisonnette de deux pièces, surmontées d'un grenier, où j'ai passé avec ma mère la plus grande partie de mon adolescence. L'addition des deux pièces devait faire à peu près vingt-cinq mètres carrés. Mais comme ma mère avait été habituée depuis toujours à la salle commune unique, après mon départ de Nantes elle ne vivait plus que dans la première pièce. La cuisinière à charbon, qui servait à la fois pour la cuisine et le chauffage, se trouvait au pied du lit. Une armoire à deux portes, un buffet à trois portes, une table ronde au milieu, quelques chaises, un évier près de la porte d'entrée, constituaient tout le mobilier.

Dans l'autre pièce, l'abandonnée, un fouillis extrême donnait l'impression d'un garde-meuble. Deux lits se touchaient en équerre, de ces lits très hauts, en bois massif, avec un échafaudage de couettes, de traversins, d'édredons. Et puis un enchevêtrement de guéridon, de machine à coudre hors d'usage, de chaises empilées comme dans un bistrot une fois la clientèle partie, de vêtements en vrac, de boîtes à chaussures défoncées, de piles de journaux jaunis. Dans l'un des lits, à peine perceptible tellement elle se recroquevillait, ma pauvre petite grand-mère, surtout reconnaissable à son chignon, ma pauvre petite grand-mère qui me voit et se met sur son séant pour me prendre dans ses bras, avec ces mots bien sûr ridicules mais dans lesquels passait toute son émotion :

« Ah! mon petit, comme tu es devenu grand! »

D'autant plus ridicule que je n'ai guère grandi, depuis mes quatorze ans. Mais pour elle, j'étais grand. Ce qui voulait dire, bien sûr, que j'étais devenu adulte.

Comme ma grand-mère ne se levait plus, sinon pour aller sur son seau, bien en vue au pied du lit, une odeur de médicaments et d'urine imprégnait toute la pièce. Je dis à ma mère qu'elle devrait aérer. Mais elle se plaignit que la fenêtre n'ouvrait plus. Il eût été en effet difficile de l'ouvrir, l'espagnolette étant brisée et seule une planche, clouée à la base de la fenêtre, l'empêchait de s'ouvrir seule dans un coup de vent.

La maisonnette, jamais réparée par le propriétaire qui n'en retirait qu'un loyer dérisoire, se trouvait de plus en plus délabrée. Le délabrement de la maison allait de pair avec le délabrement de ses habitantes.

« Tu l'as vue, me disait ma mère en parlant de sa propre mère, dans quel état elle est. Je ne pourrai pas continuer à m'en occuper *in æternam* (il y avait toujours du latin d'église, dans ses phrases). Moi ça me tue, de faire la garde-malade. Et puis, avec elle, on ne peut pas causer. On n'est pas du même âge. »

Etrange réflexion, celle même que je me faisais en pensant à ma mère, avec laquelle je n'avais plus guère de conversation. Je pensais naïvement qu'elles parlaient le même langage, avaient les mêmes préoccupations. A peu d'années près, je les voyais même d'un âge identique.

Quelques mois plus tard, ma mère m'écrivait qu'elle avait dû envoyer ma grand-mère à l'hôpital. Elle ne pouvait plus s'en occuper. « Elle me vanne, elle me tue, m'écrivait-elle avec son habituel emportement. Et le médecin m'a dit : « Madame, vous êtes « trop fragile. Il faut choisir. C'est elle ou vous. »

Ce ton grandiloquent m'a souvent fait penser à Corneille, voire à Racine et je me disais qu'il semblait étrange que ma mère qui n'avait lu ni Corneille ni Racine parlât parfois comme en alexandrins. Mais j'ai découvert depuis quelles étaient ses sources littéraires et nous en parlerons plus loin.

Où se trouve la tombe de ma grand-mère? Dans quel cimetière de Nantes? Ses os ne sont-ils pas déjà dans cette fosse commune si redoutée? Et le grand-père Sourisseau, où sont ses restes? A Fontenay sans doute. Quant à ma mère, elle avait pris ses précautions. Combien de fois m'avait-elle répété qu'elle voulait être enterrée à Fontenay, dans la même tombe que mon père, que la concession restait encore valable. Dans la petite valise en carton bouilli qu'elle traîna pendant les dix dernières années de sa vie, d'hôpitaux en maisons de retraite, j'ai trouvé quatre ou cinq carnets recouverts d'inscriptions diverses : sommes reçues, sommes payées, soins à faire, médicaments à prendre, heures de certaines émissions à la radio, dates des lettres qu'elle m'envoyait et dates de mes réponses avec entre les deux des plaintes sur mes silences, numéros de téléphone où l'on pourrait me joindre en cas d'urgence, poids (42 kilos), horoscopes, tension... Une inscription revenait comme un leitmotiv, de plus en plus fréquente lorsqu'elle se rapprocha de sa mort, au point d'apparaître toutes les deux ou trois pages : « Je désire avoir ma messe de sépulture à la chapelle; et ensuite me transporter à Fontenay-le-Comte où j'ai une tombe. »

Dans la même petite valise, une grande enveloppe (ayant évidemment déjà servi) avec en surcharge sur l'adresse et les cachets postaux : « Cette enveloppe contient concession au cimetière Notre-Dame à Fontenay-le-Vicomte. Acheter terrain à perpétuité au moment de l'inhumation; faire refaire la tombe par une croix en pierre et l'entourage. Entretenir la tombe chaque année par des fleurs, le gardien du cimetière se charge des tombes. Ce sont mes volontés prescrites à mon fils. »

N'étant heureusement pas fauché comme du temps de la mort de ma grand-mère, j'ai accompli scrupuleusement ces dernières volontés. Le gardien du cimetière Notre-Dame, qui est aussi le fossoyeur, m'a dit : « J'ai retrouvé les restes de votre père. Oh! après plus de quarante ans, ça ne fait plus que des vieux os. Mais j'ai mis le cercueil de votre mère juste dessus. »

Bon, je crois que ça correspond à son souhait. Mais ensuite, j'ai sans doute voulu trop bien faire. J'ai commandé une tombe neuve : une dalle de granit des Pyrénées, sur un entablement de béton.

Plus une stèle avec les deux noms gravés. Puis je me suis aperçu qu'il n'y avait pas de croix. Ma mère me parlait d'une croix de pierre mais le fossoyeur m'a dit que ça ne se faisait plus et m'a montré une petite croix en bronze qui se fixe sur la dalle. J'ai fait fixer une croix en bronze. J'ai acheté une concession perpétuelle.

Revenu un an après au cimetière vérifier si tout allait bien, le fossoyeur m'a dit : « Ah! elle est belle votre tombe. Vous savez, elle a beaucoup de succès. Les gens me demandent l'adresse du marbrier pour en avoir une comme ça. »

Et alors, bien sûr, je me suis dit : Ce n'est pas ce qu'elle voulait. C'est trop beau, trop riche. Elle n'aurait pas aimé. Le difficile dialogue et les incompréhensions continuent *post mortem* (ça y est, moi aussi, je me mets à truffer mon français de latin). Je l'entends : « Mais ce sont des dépenses inutiles. Tu ne fais pas attention à ton argent. Pourquoi une croix en bronze? La pierre, ça suffit bien. Et puis c'est un entourage de ciment que j'aurais voulu, avec des cailloux au milieu. Où est-ce que tu vas mettre des pots de fleurs avec cette dalle? Tu sais bien que je veux des fleurs à la Toussaint. Tu m'avais promis. »

« Bien sûr, maman. Tu auras tes fleurs. (Mais lorsque j'ai apporté un pot de fleurs au cimetière le fossoyeur m'a dit : « Pourquoi un pot de fleurs? « Votre dalle est très bien comme ça. Vous ne vous « rendez pas compte, avec le vent qu'il fait, je vais « retrouver le pot à vingt mètres. Y' a toujours des « pots de fleurs qui courent dans le cimetière, et « après je ne sais où les replacer, moi, comment « voulez-vous que je me rappelle? ») Tu voulais une concession à perpétuité, il faut que ça soit solide. Je ne serai pas là assez longtemps pour soigner ta tombe, la désherber. Et personne après moi. Une dalle, c'est plus costaud, plus moderne, ça tiendra plus longtemps. A perpétuité, je ne sais pas. Mais presque. »

Je m'excuse, je me justifie, mais je sais bien que ça ne prend pas. A toutes les tentatives que j'ai faites pour essayer de faire plaisir à ma mère, je tombais à côté. Puisque, à la fin de sa vie, je n'étais plus pauvre, j'essayais qu'elle en profite. Mais elle n'avait envie de rien. Sinon toujours des mêmes choses : un poste de radio pour m'entendre (mais il fallait m'attendre longtemps pour m'entendre rarement), des imperméables (qu'elle appelait des *périmpers*), des chemisiers. Les postes de radio, étant vite détraqués ou cassés, représentaient toujours un cadeau facile. J'en ai trouvé dans tous les coins de la maisonnette, de ces postes de radio éventrés. Quant aux imperméables et aux chemisiers, empilés dans l'armoire, soigneusement pliés, ils n'avaient jamais servi.

Lorsque ma mère était encore valide, je me mis dans l'idée de lui faire connaître une cuisine qu'elle ne pouvait même pas soupçonner en l'invitant dans les meilleurs restaurants. Mais elle regardait ces énormes menus d'un air perplexe, jetait des regards agacés sur les gens autour, avait visiblement envie de repartir. Après avoir lu toute la carte, elle faisait une moue dégoûtée : « Je ne sais pas quoi prendre. » Si le maître d'hôtel tentait de la conseiller, c'était la catastrophe. Elle se montrait alors difficile, suspectait tous les plats avec le plus complet mépris. Elle se persuadait que tout allait lui faire mal, qu'elle ne digérerait pas. Une discussion sans fin s'engageait avec le maître d'hôtel, heureusement patient, une discussion serrée, plat après plat. Elle suspectait toutes les sauces, reniflait pour tenter de sentir le poisson qui ne devait pas être frais. Finalement elle réussissait à se commander le plat le plus banal : du poulet et des pommes frites.

Je m'aperçois que je l'ai obligée pendant trop

longtemps à venir dans ces restaurants trop chics où je pensais qu'elle trouverait une revanche sur sa pauvreté. Mais elle n'avait pas de complexe d'être pauvre. Dans ces restaurants, elle ne se trouvait d'ailleurs pas mal à l'aise (ma mère n'a jamais été ni à l'aise ni mal à l'aise, nulle part). Mais ces plats trop sophistiqués la déroutaient. Elle en goûtait parfois pour me faire plaisir, mais ne les aimait pas.

Un jour, en prévision de la visite que j'allais lui faire dans une de ses maisons de retraite, elle s'enhardit à m'écrire qu'elle aimerait commander notre repas au bistrot du village où il y avait de bonnes langoustines. Pourrait-elle en commander trois ou quatre par personne? Je lui dis de commander tout ce qu'elle voulait et de retenir les places. Lorsque nous l'y emmenâmes, nos places se trouvaient en effet réservées, parmi d'autres familles qui venaient en ce même lieu sortir leurs vieux de l'hospice. Ma mère était heureuse. Je ne l'ai jamais vue si heureuse dans un restaurant. Le plat de langoustines était gigantesque. «Ah! dit ma mère, émerveillée, il y en a plus de quatre par personne!» On mangea aussi du poulet pommes frites et de la brioche vendéenne. Quel festin!

Même chose avec le vin. Lorsqu'elle venait chez nous, à Paris, je me croyais obligé de lui servir un bon bordeaux. Elle empoignait la bouteille et lisait l'étiquette, d'un air déçu. Mouton Cadet ne lui disait rien et le fait que le degré ne soit pas marqué lui paraissait suspect. Elle le buvait avec indifférence. «Moi, disait-elle comme pour me faire la leçon, quand je veux me remonter j'achète du 12° à Viniprix. C'est cher, mais c'est bon.»

Lorsqu'il fut évident qu'elle ne pourrait plus jamais revenir habiter dans la maisonnette de Nantes, de plus en plus délabrée, et que ses dernières demeures, en attendant l'ultime, seraient les maisons de retraite et les hôpitaux, le problème d'évacuer tout ce qui était accumulé dans les deux pièces et le grenier se posa. D'autant plus que le propriétaire me pressait de procéder à ce déménagement, n'attendant plus depuis longtemps que la mort ou le départ de ma mère pour procéder à la dernière opération de rénovation du quartier. Je cherchais à temporiser en payant le loyer et en assurant que ma mère allait revenir, qu'elle n'était que malade. Manière de reculer l'échéance de l'irrémédiable.

Lorsque nous arrivâmes dans cette maisonnette, vers 1941, elle se situait dans ce que l'on aurait pu prendre pour la campagne. En bordure de l'Erdre, le quartier Saint-Donatien possédait encore des prairies et des champs lotis par des maraîchers et des blanchisseurs. La maisonnette qui nous abrita faisait partie d'un ensemble, une sorte de hameau de blanchisseurs. Si bien que nous retrouvâmes un peu l'esprit du village. Le puits, commun à toutes les maisons, puits recouvert d'une pompe actionnée à la main, refusait souvent de cracher son eau et il fallait l'amorcer. Les w.-c. (on disait les cabinets) se trouvaient en bordure de l'Erdre, ce qui simplifiait le problème de l'évacuation. Quatre cabanes en planches desservaient les quatre maisons du hameau, alignées les unes à côté des autres. De la fenêtre de la maison, nous voyions des prairies toutes blanches, blanches de la blancheur des draps étendus sur des fils de fer. Ces draps fournissaient du travail pour ma mère qui reprisait les déchirés ou leur mettait des pièces. Elle se fit aussi une spécialité de retourner les cols et les poignets de chemise. Faire du neuf avec du vieux, reculer l'échéance de l'usure, boucher des trous, reconsolider ce qui s'effiloche, voilà où ma mère prenait un certain plaisir. A tel point que, dans les maisons de vieillards où elle ne savait plus quoi faire et où sa pension était payée pour que justement elle n'ait pas à travailler, elle réclamait aux bonnes sœurs ou aux infirmières un petit raccommodage à faire, une chaussette à repriser. Mais on ne faisait plus du neuf avec du vieux. On ne bouchait plus les trous. On ne retournait plus ni les cols ni les poignets de chemise. Les infirmières lui disaient de faire du tricot ou de la tapisserie. Elle haussait les épaules. Finalement, elle me demanda de lui apporter des torchons qu'elle découpait en petits carrés afin d'en faire des serviettes de table, voire des draps dont elle faisait des mouchoirs. Nous avons hérité de ces serviettes de table et de ces mouchoirs, de plus en plus petits et de formes de plus en plus bizarres. Il lui fallait bien trouver un moyen de tuer le temps.

Un jour, ma mère se décida à m'écrire qu'elle ne retournerait plus jamais « à la maison », qu'elle y avait trop froid l'hiver, trop chaud l'été, et que finalement elle s'habituait au confort dans les hôpitaux et les maisons de vieux. Il est vrai qu'il a fallu que ma mère atteigne la proximité de ses quatre-vingts ans pour connaître dans les hôpitaux et les maisons de retraite ce qu'elle appelait avec une grande satisfaction le confort moderne. C'est-à-dire l'eau courante et, qui plus est, de l'eau chaude au robinet, le chauffage central et non plus les matins glacés avant que la cuisinière commence à diffuser une maigre chaleur, un éclairage qui ne fasse plus mal aux yeux (elle n'avait jamais su passer de la lampe pigeon à l'ampoule électrique, s'obstinant à n'acheter que des ampoules si faibles qu'une bougie aurait aussi bien fait l'affaire).

Elle me disait de faire venir un brocanteur et de tout vendre, sauf ce que je voulais récupérer pour moi. Avant de faire venir le brocanteur (mais quel brocanteur voudrait acquérir ces restes, en lambeaux ?) il me fallait aller trier, brûler, jeter. J'étais d'ailleurs assez curieux de ce que j'allais trouver.

Que subsistait-il de la smala (un mot qu'elle aimait), de la tribu? Je me souvenais de certains livres (*La Chanson de Roland, L'Evolution de la Terre et de l'Humanité*), de cartes postales où l'exotisme colonial jouait son plein (une négresse aux seins nus m'avait beaucoup fait rêver), avec lesquels j'avais passé bien des journées dans le grenier de Fontenay-le-Comte. Mais ces souvenirs de mon père étaient disparus. De mon père, je ne trouvai que le livret militaire et un paquet de lettres. Je pris tout ce qui ressemblait à des papiers de famille, les photos, les draps dont certains tissés à la main. Sous les draps, je trouvai des paquets avec mon écriture. Il y avait là tous mes livres, dédicacés à ma mère, ouverts puis soigneusement remis dans leur papier d'emballage, comme s'ils devaient être prêts à réexpédier.

Quant au reste, c'était à désespérer. Un fouillis de boîtes vides, de chiffons, de vêtements (notamment tous les vêtements militaires de mon père, je pris seulement le képi), de ficelles, de cordons, de rubans, de morceaux de meubles et de meubles en morceaux, le tout dans une odeur d'urine et de pourriture. Il devait se décomposer des rats crevés là-dessous. L'odeur de moisi, de ranci, de poussière dès que l'on soulevait un objet, vous prenait à la gorge. Calées tant bien que mal, plus une seule des fenêtres n'ouvrait. Une tempête ayant enlevé la moitié du toit, le propriétaire avait fait remplacer les ardoises par du fibrociment cloué sur la charpente. Cette maison de style garde-barrière paraissait tout à fait incongrue dans son délabrement, parmi les rutilantes villas entourées de leur gazon et de leur saule pleureur qui lotissaient les anciennes prairies des blanchisseurs. On n'attendait plus que mon déménagement pour l'abattre, sordide témoin d'un passé dont le quartier prenait honte. Toutes les autres maisons du hameau des blanchisseurs étaient disparues, remplacées par des garages. Comme les garages avaient arasé à la fois le puits commun et les cabinets des bords de l'Erdre, on s'était résolu à brancher l'eau sur la maisonnette de ma mère et à lui construire un cabinet d'aisances en bois juste devant la porte d'entrée de la maison. Pas les w.-c. à l'intérieur, mais presque. Encore heureux qu'il ne fallût pas traverser cette cabane en planches pour pouvoir entrer dans la maison. On laissa entre la cabane et la porte d'entrée un tout petit espace, spéculant sur la maigreur de ma mère.

Ma mère m'avait dit : « Tu pourras coucher à la maison. » Je n'osais pas lui dire que j'allais à l'hôtel. La seule idée de passer une nuit dans cette pourriture me fait encore lever le cœur.

Aucun brocanteur n'accepta de trier dans ce fatras. Je finis par trouver un chiffonnier qui voulut bien tout vider, moyennant un certain dédommagement. Je dis à ma mère que j'avais tout vendu pour une somme que je lui donnai. Elle trouva évidemment que je m'étais fait rouler.

2

PENDANT plus d'un an, je n'ai pas touché à ces papiers, à ces lettres. Il me semblait que j'allais commettre une indiscrétion. Puis le souvenir de l'accent de ma mère me revenait, cet insolite accent, cet accent d'une autre langue que celle dans laquelle j'écris. Autre langue, non, disons plutôt langage, patois. Un patois qui, lorsqu'il est parlé dans toute son authenticité, est incompréhensible pour un non-Vendéen. Un patois dont je ne me souviens pas de l'avoir appris et que pourtant je comprends couramment. Mes petits cousins et cousines n'en ont plus qu'un souvenir lointain, mais mes cousines germaines le parlaient encore. Nous le parlions entre nous. Ma mère était persuadée de ne pas parler patois, et l'idée même qu'elle eût pu parler patois « en public » l'aurait profondément humiliée, mais sa conversation se truffait de mots vendéens. Parfois, elle s'en apercevait et s'arrêtait sur un de ces mots, en riant, disant : « Où est-ce que je suis allée chercher ça? Ce n'est pas du français. Ça vient d'où? On se le demande. » Et elle répétait le mot patois, en s'en amusant, en jouant avec lui comme à la balle, en le chantant. Parfois, ce mot amenait avec lui d'autres mots sortis de la nuit des temps qui formaient des proverbes ou des bribes de chanson. Et ma mère restait à rêver au seuil de ce langage qu'on lui avait appris à mépriser.

Cet accent de ma mère m'a mené à cette constatation que si je ne me souviens pas d'avoir appris le patois, alors que je me souviens très bien d'avoir appris le français, c'est que le patois représente ma langue maternelle, ma langue native, alors que le français est une langue acquise et très difficilement acquise, avec beaucoup de coups de règle sur les doigts.

Je regardais souvent ces papiers, ces lettres, ces photos, mis en vrac dans une des cantines militaires. Je savais que ces enveloppes, ces albums, ces carnets, constituaient le seul témoignage de la vie d'une famille; et qu'à travers cette vie apparaîtrait peut-être la trace d'une culture dont je m'étais séparé et que je pourrais peut-être ainsi réappréhender. Dans cette cantine militaire me restait la seule chance de trouver le fil qui me conduirait aux sources de l'accent de ma mère.

Alors un jour, je me suis mis à ouvrir les enveloppes, à lire les carnets, à classer les photos. M'apparurent des tas de gens qui m'étaient totalement inconnus et qui le resteront puisque je ne sais personne qui puisse les identifier. Deux dominantes dans ces photos : les beaux militaires et les mariages. Mais ce sont aussi les dominantes de ces vies. Les hommes posent fièrement chez le photographe de leur ville de garnison. On veut conserver un souvenir de l'uniforme. Cet uniforme que l'on espère bien ne porter qu'une fois dans sa vie. Pour le mariage c'est aussi un uniforme que l'on ne porte qu'une seule fois et ces frais de toilette ne semblent finalement être faits que pour la photo. Autres dominantes : le bébé nu sur une peau de chèvre et le premier communiant. En réalité, lorsque l'on avait obligatoirement recours à un photographe professionnel, on ne se faisait photographier que quatre fois : bébé, communiant, militaire et marié.

Qui sont ces beaux militaires ? L'une de ces photos doit dater d'avant la guerre de 1914. C'est un hussard à brandebourgs photographié par Emile Viot, 19, place de la République au Mans. Il a le crâne rasé et se croise les bras. Inconnu. Inconnu aussi ce fantassin qui tient d'une main sa baïonnette et qui s'est fait photographier chez Berruet, 24, rue des Gentilshommes à Luçon. Je n'aurais pas reconnu cet autre fantassin, coiffé d'un képi avec le matricule 93, si au dos de la photo ne se trouvait une lettre au crayon datée du 28 juillet 1918 et signée Camille Godreau. C'était le filleul de ma mère que j'ai connu sabotier dans un village du bocage. Rien de bien éclairant dans ce texte, sinon que la nourriture n'est pas bonne. Une photo d'un adjudant, médaille militaire sur la poitrine, datée de 1922 et signée Yon-Tchuong, 85, rue des Paniers. Photo d'Indochine, sans doute, et d'un ami de mon père. Inconnu. Ah ! voici d'autres photos d'Indochine, des photos de groupe. Une belle brochette de sous-officiers, plutôt ventripotents, certains coiffés du haut casque colonial blanc. Je reconnais mon père, assis, les bras croisés d'un air martial, d'immenses galons de sergent sur les manches. Enfin une carte de 1915 à la gloire de Paul Déroulède. Au recto, des zouaves qui chargent, baïonnettes en avant, les yeux exorbités. L'un d'eux, en premier plan, brandit un clairon. Au verso, la « poésie » de Paul Déroulède intitulée *Le Clairon* :

> *L'air est pur, la route est large*
> *Le clairon sonne la charge,*
> *Les Zouaves vont chantant,*
> *Et là-haut, sur la colline,*
> *Dans la forêt qui domine*
> *Le Prussien les attend...*
> *Etc.*

Je me souviens d'avoir vu dans le grenier de Fontenay bien d'autres souvenirs exotiques : végétation tropicale, maisons de bambou, tirailleurs indochinois à la curieuse coiffure en forme de galette. Disparus.

Voici des photos de ma mère jeune fille, le coude droit posé sur l'inévitable sellette, l'air rêveur, le corsage boutonné très haut, à ras du cou, chaussée de bottines montantes. Oui, c'est bien une demoiselle. Mais une demoiselle qui n'a pas de dot.

Une photo de groupe. Assises, ma mère et ma grand-mère. Debout, mon grand-père et un homme jeune qui a l'air d'un joyeux luron avec sa rose à la boutonnière et la canne qu'il brandit. Ma grand-mère est en grande tenue, tout de noir vêtue et si caparaçonnée dans une longue redingote qui traîne à terre que l'on dirait un scarabée. Ses mains, gantées de noir, agrippent un réticule en cotte de mailles. Sa petite coiffe rejetée en arrière laisse apparaître ses cheveux très raides et séparés par une raie au milieu de la tête. Mon grand-père est aussi « habillé en dimanche ». Tête nue, les cheveux rasés, ses moustaches à la gauloise lui donnent un air dégoûté. Son costume noir, devenu trop petit, le gêne aux entournures et certains boutons de la veste menacent de craquer. Ma mère a une chevelure frisée au fer. Elle porte aussi une sorte de longue redingote qui lui descend jusqu'aux talons. Une rose est aussi accrochée à son corsage. Derrière elle se tient cet inconnu. Une date, au verso, 28 février 1915.

En classant les lettres, je trouve un billet qui porte la même date et qui est adressé à « Monsieur Emmanuel ». Ma mère, dont l'écriture est tout à fait identique à celle que je lui ai bien connue, écrit à ce « Monsieur Emmanuel » : « Une Amie qui pense très souvent à vous et qui a bien de l'affection pour vous. J'espère qu'il en est ainsi de votre côté? Du moins j'y mets bien ma confiance... Votre amie pour toujours... »

Mais qui est donc ce Monsieur Emmanuel? Et pourquoi se mettait-on sur son trente et un pour faire cette photo? 1915... nous sommes en pleine guerre. Je me souviens maintenant que ma mère me parla d'un fiancé tué à la guerre de 14. Un fiancé qui lui envoyait des brassées de « poésies » enluminées d'aquarelles. Je me souviens maintenant d'avoir vu ces cahiers. Toujours dans le grenier de Fontenay. Mais il n'en reste rien, hélas! comme je ne sais rien de ce sympathique et déluré « Monsieur Emmanuel » qui me regarde sur la photo avec un sourire moqueur.

Pauvre mère, qui avait vingt-deux ans en 1915 et qui va traîner le souvenir de ce fiancé disparu dans la boue des Flandres, qui va déjà faire l'apprentissage du veuvage, jusqu'à ce qu'une nouvelle chance lui soit donnée, en 1922, par la rencontre de mon père. Mais elle a déjà presque trente ans. Une vieille fille.

L'idée de cette rencontre entre mon père et ma mère n'a cessé de m'intriguer. Mais sans doute la plupart des enfants trouvent-ils de même l'appariage de leurs parents tout à fait incompréhensible. Quand même, là, tous les contraires apparaissent! Ma mère, fille d'anciens domestiques à peine sortis de la domesticité, élevée comme une demoiselle mais d'une pauvreté exemplaire. Mon père, revenant en Vendée après quinze ans de baroud colonial, ancien ouvrier agricole engagé à dix-huit ans dans l'infanterie de Marine. Illettré lors de son engagement, ce qui explique qu'il lui ait fallu presque dix ans de campagnes pour devenir caporal et atteindre sa trente-cinquième année pour voir la manche de sa vareuse ornée du galon doré de sergent.

Ma mère réservée, timide, pensive, plutôt peureuse, d'une lignée de domestiques de l'espèce lapins de choux et mon père exubérant, drôle, je-m'en-foutiste, aventureux, d'une famille de métayers ambitieux mais dingues. Pour en donner un exemple, mon grand-père paternel, ouvrier agricole, engrossa la fille de son patron. Devant le scandale, on le prit pour gendre. Et on octroya aux nouveaux époux une petite métairie. Mon grand-père mit un certain temps à boire cet héritage, mais il y réussit et ses enfants se retrouvèrent ouvriers agricoles. Je n'ai pas connu ce grand-père, noyé depuis longtemps dans le *noach* et l'*othello,* mais les frères de mon père étaient plutôt pittoresques. L'aîné, Alfred, vivait dans une petite métairie dont la moitié était écurie et grange, l'autre moitié habitation. La chaleur des bêtes, dans l'écurie, chauffait la partie habitation. Comme à cet effet on laissait toujours la porte ouverte, le cheval passait sa tête dans l'embrasure afin de participer avec nous à la veillée. Le cadet, Ernest, était maréchal-ferrant. Cet homme tout petit, rond, de joyeuse humeur, qui passa sa vie à soulever des jambes de cheval et à leur examiner le sabot, rêvait d'être propriétaire d'un poney. Un poney qu'il eût attelé à une petite carriole. Il en parlait toujours, de son poney.

Beaucoup de gens que j'ai connus dans mon enfance traînaient ainsi des phantasmes qui prenaient des proportions fabuleuses alors qu'ils nous paraissent aujourd'hui dérisoires. Il n'existe pas de mécanicien qui ne puisse s'offrir une auto. On comprend mal qu'un maréchal-ferrant ait alors vécu si chichement qu'il ne puisse s'offrir un cheval. En réalité, dans ces villages on ne maniait pratiquement pas d'argent. Le troc restait souverain. Tout le monde « faisait » ses légumes et récoltait ses fruits.

Rares, ceux qui n'avaient pas un bout de vigne pour la piquette. On ne capitalisait pas. Acheter un cheval représentait une fortune. D'ailleurs l'oncle Ernest n'allait pas jusqu'à phantasmer pour un cheval, il ne parlait que de poney. De même, j'ai toujours entendu mon grand-père maternel aspirer à un gigot de mouton qui n'apparut jamais sur notre table. Il disait : « Ah! au prochain Noël, on mangera un gigot de mouton! » Mais Noël passait qui apportait dans les casseroles l'habituel poulet de la basse-cour familiale. Puis il disait : « Pour Pâques, c'est sûr, on mangera un gigot de mouton. » Et Pâques passait, avec ses œufs de Pâques, ses brioches pâcaudes, son civet de lapin des clapiers familiaux. Et il reprenait sans se lasser son antienne : « A la Saint-Jean, on se paie un beau gigot de mouton. » Mais à la Saint-Jean on mangeait une fricassée d'anguilles que mon grand-père avait pêchées clandestinement au fagot. Et tous les ans, il répétait son aspiration au gigot, ce gigot qui atteignait au mythe et dont sans doute même il n'avait plus vraiment envie.

Mais ce poney, ce gigot me sont restés en travers de la gorge. Et lorsque j'emmenais ma mère au restaurant, que je m'obstinais à vouloir lui faire manger une langouste ou du faisan, à lui faire boire du bordeaux ou du bourgogne, c'était par une sorte de compensation. Loin d'être riche, j'aurais pu néanmoins aujourd'hui offrir un poney à l'oncle Ernest et un gigot au grand-père Sourisseau. Mais, pour moi aussi, il m'a fallu beaucoup de temps pour gagner mes galons de caporal et l'oncle Ernest et le grand-père Sourisseau n'ont pas attendu.

De même que ma mère avait gardé une photo (une photo familiale, peu compromettante) de « Monsieur Emmanuel », elle avait aussi conservé toute sa correspondance avec mon père, de leur première rencontre à ma naissance. Ensuite plus de lettres, mais sans doute ne se sont-ils jamais écrit à partir du moment où mon père quitta l'armée et vint habiter chez mes grands-parents à Fontenay-le-Comte. Ils ne se sont plus écrit pour la bonne raison qu'ils ne se sont plus quittés, si l'on excepte les fugues de mon père dans les fermes de ses nièces et ses tournées d'amuseur dans les kermesses et mariages. Mais bien évidemment ces bordées ne devaient guère lui inspirer des lettres conjugales.

Rien d'extraordinaire dans cette correspondance qui débute par une offre de mariage, mariage arrangé, donc sans surprise. La sœur aînée de mon père, tante Victorine, qui tant que sa vie dura fut le chef de notre tribu, sa tête (on disait toujours, tante Victorine, c'est une tête, comme si les autres n'en avaient pas), tante Victorine avait trouvé une demoiselle pour son frère célibataire qui revenait des colonies après quinze ans de baroud. Une demoiselle sans le sou, mais qui présentait bien. La demoiselle en question était suffisamment romanesque pour s'amouracher d'un uniforme. De plus, un sous-off à la veille de la retraite était un gibier très recherché (quinze ans de service, en temps de guerre, se multiplie par deux, et sur le livret militaire de mon père les « campagnes » militaires se succèdent : Tonkin guerre, du 31-12-11 au 19-4-14; Cambodge guerre, du 20-4-14 au 31-3-15; France-Allemagne guerre, 1-4-15 au 23-10-19; Tonkin guerre, du 24-10-19 au 21 juin 1922...).

La première lettre de mon père date justement d'une permission qui suit de peu cette guerre du Tonkin. Deux mois, juste le temps de faire le voyage en bateau, plus le train de Marseille à la Vendée. La lettre est en effet datée du 28 août 1922.

Cette écriture de mon père demande déjà attention. Cet ancien garçon de ferme illettré, ce sous-off sans instruction (sinon, avec toutes ses guerres et expéditions lointaines il serait monté en grade plus rapidement) écrit comme un notaire ou un instituteur. L'écriture penchée est volontaire, avec des pleins et des déliés qui dénoncent la plume sergent-major (bien sûr). De la fantaisie, néanmoins, avec ces boucles, ces paraphes. On me dira que j'abuse des comparaisons faciles (après la plume sergent-major), mais cette écriture me fait penser à des moustaches retroussées, frisottées entre le pouce et l'index, avec un peu de gomina pour retenir la pointe. Ma mère, grande lectrice de Pierre Loti, n'aura senti que le style coulant, ampoulé, mais qui présente un peu trop bien. *Le Roman d'un spahi*, bien sûr, et *Madame Chrysanthème*. Sans parler de *Madame Butterfly*. On voit bien dans ses propres lettres que cette rencontre du beau militaire qui revient des mers de Chine, avec ses trois médailles épinglées sur son torse, avec ses gros galons dorés de sergent, c'est « le rêve qui passe ». Ce *Rêve passe*, reproduction d'un tableau d'Edouard Detaille, que l'on pouvait voir dans le salon de notre coiffeur de la rue Saint-Jean, et qui la fascinait. Qui me fascinait aussi, évidemment.

Cette première lettre, avec le *e* final de Mademoiselle, qui s'élance en boucle comme un coup de fouet, cette première lettre est presque brutale dans sa précision. On dirait un rapport militaire :

« Mademoiselle,
« Je sais qu'avant mon arrivée en France, un projet de mariage – de nous deux – fut élaboré par ma sœur et votre grand-oncle. La simple promenade d'hier m'a donné l'impression d'une similitude de goûts et de pensées », etc.

Peu sentimentale, cette lettre. On met les choses au point. Mais ma mère veut sentimentaliser et se jette tout de suite dans l'émotion, comme dans cet unique billet à Monsieur Emmanuel. D'abord, elle repousse la vision du mariage arrangé, fait celle qui l'ignore :

« Monsieur,

« J'ignorais complètement qu'un projet de mariage était formé à notre insu; aussi grande fut ma surprise en parcourant votre lettre.

« Faut-il que le hasard d'une promenade soit venu me le révéler, de même que vos bonnes impressions à ce sujet. Votre lettre, Monsieur, m'a donné beaucoup à réfléchir... », etc.

Un mois après la dernière lettre, mon père abandonne le style rapport d'ordonnance pour emprunter celui des romans-feuilletons :

« Ma bien-aimée,

« Votre bonne lettre de ce matin m'a rendu sinon ma gaieté, mais elle m'a reposé l'esprit. Notre séparation fut brusque, courte, même sans un baiser! Cette séparation brutale m'avait brisé, et c'est avec le cœur malade que je pris le chemin du retour. Hier, je suis allé au jardin, cette première journée me parut bien longue, si longue qu'à huit heures je me suis couché. Pensant et lisant je me suis endormi près de l'image de mon aimée... », etc.

Le 5 décembre 1922, une lettre postée à Marseille :

« Ma bien chère aimée,

« Je viens de voir l'officier commandant la section. Tout s'est très bien passé. Ma permission me sera accordée à compter du 12. J'ai l'autorisation de mon mariage dans ma poche, et te l'enverrai ou l'emporterai moi-même... Hier soir, je suis allé souper avec l'adjudant-chef dans une pension de famille. Avant nous avions fait une très longue promenade dans les rues pleines de monde, bien plus turbulentes que celles du quartier où j'habite, car comme je te l'ai appris hier, j'ai commencé à occuper notre appartement hier soir. Il n'y fait pas froid du tout. C'est un quartier sans usine et sans bruit... », etc.

C'est avec stupéfaction que je regarde, relis, tourne et retourne une lettre de ma mère qui est, à n'en pas douter, de 1922 et adressée à mon père, alors que par le style, le ton, les phrases, l'écriture et même le papier à lettres de mauvaise qualité qui contraste avec le vélin employé par mon père, il me semble reconnaître l'une de ses lettres à moi adressées. Mêmes plaintes, déjà, et même ennui :

« Mon cher fiancé,
« Aujourd'hui vilain temps tout le jour, aussi cela rend maussade, les idées suivent le temps.
« Et vous, votre toujours même travail au magasin d'habillement ? Vous ne devez pas avoir grand goût à cela, il me semble. Enfin, il faut vouloir ce qu'on ne peut empêcher.
« Pourquoi n'ai-je pas de lettre ce soir, cela m'étonne ? Si vous ne m'écrivez tous les jours, je ne me couche pas contente et dois attendre le lendemain en impatience. Pourrais-je dormir avec l'inquiétude... », etc.

Pauvre femme, dont il n'est pas encore question qu'elle soit mère, et qui pendant nos trente années de séparation, se plaindra toutes les semaines de son ennui, du mauvais temps, de ses idées noires et quémandera des réponses à ses lettres, des réponses qui ne venaient jamais assez vite ; à tel point que cette correspondance hebdomadaire avec ma mère était devenue une hantise; qu'écrire des lettres lorsque l'on est déjà un homme de lettres besogneux et que l'écriture finit par vous ronger la cervelle, devient un supplice; que mes épouses ont gentiment pris parfois, chacune à tour de rôle, le relais de cette correspondance; que certains de mes amis se faisaient un devoir d'écrire à ma mère pour lui faire prendre patience. Trente années à raison d'une lettre par semaine en moyenne, cela fait mille cinq cent soixante lettres. L'équivalent de sept romans de deux cents pages. Je les ai retrouvées, ces lettres, bien sûr. Elles emplissaient, remises dans leurs enveloppes, de nombreuses boîtes à chaussures. Je me suis empressé de les brûler.

Cette correspondance de mon père et de ma mère montre très nettement un phénomène de dédoublement culturel. Le style dans lequel ils s'expriment est celui d'une culture d'emprunt. Ni l'un ni l'autre ne sont naturels. Alors que mon père sera après sa retraite un amuseur quasi professionnel et patoisant, alors que ma mère a toujours truffé son langage de mots locaux, aucune trace de patois dans ces lettres. Rien de paysan. Le patois était donc déjà devenu pour eux la langue de la quotidienneté vulgaire, dont on ne pouvait se servir pour des lettres d'amour. Mon père racontait ses histoires drôles en patois, chantait ses chansons égrillardes en patois, mais il ne lui venait pas à l'idée qu'un fiancé puisse employer un autre vocabulaire que celui du français académique. Un académisme ampoulé, mais pas du tout maladroit. Pour se présenter l'un à l'autre, mon père et ma mère s'habillaient en dimanche. Leur écriture cherchait à se hisser au style du roman épistolaire.

Mais d'où leur venait cette culture d'emprunt? Pour ma mère, j'ai retrouvé toutes les sources et nous en reparlerons. Mais pour mon père, soldat en

Cochinchine, comme on disait alors, où a-t-il pris cette écriture à boucles, ce ton solennel, ces phrases bien troussées et sans une seule faute d'orthographe? D'où lui est venue cette envie de lire *La Chanson de Roland*, et en vieux français? Mais il est vrai que le vieux français et notre parler vendéen ont beaucoup de points de ressemblance. *La Chanson de Roland*, c'est une épopée guerrière, certes, mais si lointaine! L'a-t-il vraiment lue ou ce livre a-t-il échoué au grenier par hasard? Comment le savoir!

Revenons à nos papiers jaunis. La grande photo de mariage (mon père finit par obtenir sa permission) avec les deux familles. Le premier rang est assis et tout le monde pose ses deux mains sagement sur ses genoux. Au centre, mon père et ma mère. Lui en uniforme, bien sûr, le « col officier » bien serré sous le menton, la moustache retroussée, les cheveux frisés au fer, les trois décorations pendant sur la poitrine. Elle dans sa robe blanche de mariée, souriante, une couronne de fleurs d'oranger sur la tête. A droite de mon père, la grand-mère Sourisseau toujours caparaçonnée de noir, la *grisette* blanche sur la tête, l'air triste; puis le grand-père Sourisseau, chauve, moustaches gauloises tombantes; et un vieillard au cou de poulet décharné qui doit être le grand-oncle marieur. Derrière, debout, la haie des Ragon : l'oncle Ernest le maréchal-ferrant, moustaches en balais, les poings fermés, boudiné dans un costume noir qu'il ne doit pas avoir mis depuis son propre mariage et qu'il a boutonné seulement sous le menton, les autres boutons n'arrivant pas à trouver leur boutonnière; l'oncle Alfred, cheveux tondus ras; la tante Victorine (l'autre marieuse), son mari le bel Hubert, chauffeur de four de son état. Et les chères nièces de mon père, avec leurs époux, tous métayères et métayers réjouis, visiblement prêts à faire la fête.

De la famille Sourisseau, Godreau le sabotier dont nous avons vu la photo en militaire en 1918 et sans doute ces visages qui ne me rappellent personne.

On signa un contrat de mariage, comme les gens qui ont du bien. J'ai retrouvé les traces de ce contrat de mariage dans une grosse brochure du 3 février 1933, intitulée désagréablement : « Etat liquidatif Ragon », par maître Eugène Baudry, notaire à Fontenay-le-Comte. Il s'agit en effet d'un inventaire fait à la mort de mon père et visiblement imposé par la tante Victorine, le chef de tribu, dans l'intention de sauver les intérêts de l'enfant, c'est-à-dire moi qui vous parle. Là encore, la culture des riches se superpose à la culture des pauvres et jusqu'à l'absurde, pour ne pas dire jusqu'à l'odieux. Car l'état liquidatif est surtout rempli par les phrases tarabiscotées du notaire, qui répète vingt fois la même chose, c'est-à-dire qu'il n'y a pratiquement rien à liquider.

Au terme du contrat de mariage, sur la base du régime de la communauté de biens réduite aux acquêts, je lis :

« M. Ragon, futur époux, a déclaré apporter en mariage : sa garde-robe, destinée à être reprise en nature; du linge marqué initiales A R et comprenant : dix-neuf draps, onze nappes, quatre serviettes, douze essuie-mains, quatre torchons, huit bernes...

« Mme Ragon a déclaré de son côté apporter en mariage : sa garde-robe destinée à être reprise en nature; divers meubles meublants, linge et objets mobiliers... »

Au décès de mon père, il n'existait plus dans la communauté que dix draps de lit, sept nappes et sa garde-robe. Tout cela a été « prisé » dans l'inventaire.

L'inventaire est minutieux et l'on imagine la douleur qui s'ajoute au veuvage de voir tous ses objets familiers examinés ainsi par « des étrangers ». Non

43

seulement la vie est brisée par la mort de l'un des partenaires du couple, mais le résultat familier de dix ans de vie commune est violé publiquement, on pourrait même dire moralement saccagé. Ces hommes de loi qui examinent les meubles, en évaluent le prix, qui comptent dans les armoires les torchons et les serviettes, qui fouinent dans tous les coins pour examiner si rien n'a été « soustrait à la communauté », quelle lamentable fouille. On imagine la grand-mère et le grand-père Sourisseau, assistant, muets de réprobation, à cette perquisition. Et ma mère poussant des cris, protestant contre l'attribution de certains objets « à la communauté » alors qu'ils sont à ses propres parents. Par exemple, je lis :

« Sous les articles dix et onze, il a été inventorié :

1. Une armoire en orme à deux portes;
2. Et une petite table en chêne.

« Mais ces objets n'ont été portés que pour mémoire, Mme Veuve Ragon ayant déclaré qu'ils appartenaient à Mme Sourisseau, sa mère.

« Lesdits objets ont donc été repris par cette dernière. »

« L'état liquidatif » va jusqu'à faire le décompte des frais pharmaceutiques et médicaux « occasionnés par le dernière maladie de M. Ragon », le prix du transport payé au commissionnaire « pour le transport à l'hôpital de la literie ayant servi à M. Ragon pendant sa dernière maladie », le prix payé « à l'hôpital de Fontenay-le-Comte, pour la désinfection de ladite literie, M. Ragon, de cujus, étant décédé à la suite d'une maladie contagieuse ».

Sans doute ma mère, pressurée par les liquidateurs, arguait-elle que la longue maladie de mon père avait occasionné des frais qui devaient être réduits de sa propre part. Et le liquidateur accepte de faire figurer ces sommes « aux dépenses du compte d'administration de Mme Veuve Ragon ». Et il y ajoute le recensement minutieux des dépenses après décès :

« 30 frs	pour M. Serre, docteur en médecine
33 frs 25	pour M. Gautier, pharmacien
320 frs	à M. Cadet, menuisier, pour le cercueil
88 frs	à l'Imprimerie Moderne, pour les lettres de faire-part
118 frs 50	à Mme Maugan, marchande de couronnes
80 frs	à la Société de Secours Mutuels de Fontenay-le-Comte, pour le transport du corps de M. Ragon, de cujus
684 frs 50	à M. le curé de Notre-Dame, pour la cérémonie
50 frs 05	à la ville de Fontenay-le-Comte, pour frais d'établissement d'une concession dans le cimetière de Notre-Dame
25 frs	au fossoyeur
300 frs 50	à la ville de Fontenay-le-Comte, pour prix de la concession d'un terrain dans le cimetière Notre-Dame
120 frs	à M. Faucher, marbrier, pour entourage de la tombe. »

Soit 1849,80 frs pour les frais funéraires. Très visiblement, mon père mourait nettement au-dessus de ses moyens.

D'autant plus que les conventions, dont on sait

combien elles matraquaient les pauvres, ajoutent encore d'autres dépenses, scrupuleusement recensées. Ma mère ne pouvait raisonnablement acheter des vêtements de deuil, mais elle se devait de faire teindre sa garde-robe en noir. Ce qui donne cette monenclature :

« 10 frs	à M. Boiteux, cordonnier, pour teinture de chaussures
340 frs	à M. Bourgoin, teinturier
40 frs	à Mme veuve Grangé, pour achat d'un parapluie
200 frs	à Mlle Lambert, pour fournitures de chapeaux et de voiles
56 frs 50	à la Maison Cauchard-Vinette, pour achat de blouses et de bas
124 frs	à M. Bordier, teinturier. »

La couleur noire coûtait donc à ma mère et, par là même, à la communauté, donc à ma propre part ainsi rognée, 770 frs 50.

Mais nous en étions au mariage et sommes passés un peu vite à l'enterrement. Les dix ans qui séparent ces deux événements ont dû aussi paraître à ma mère s'écouler à une vitesse folle. Attendre pendant trente ans l'élu, le fiancé, l'époux, puis pleurer sa disparition pendant quarante ans. Entre l'attente et le regret, dix petites années qui vont néanmoins illuminer toute une longue vie.

Je savais qu'après son mariage, ma mère avait suivi mon père à Marseille, où je suis né, et que ce séjour « au pays où fleurit l'oranger » lui laissa pour toujours l'image même du bonheur. Bonheur de la première année de mariage, bien sûr, sans souci, une vie de femme de sous-off qui lui parut la richesse; les copains de mon père, les réceptions chez l'un et l'autre; la bonne humeur communicative de mon père, son entrain et sa gaieté; la découverte de la grande ville : le jardin du Pharo, la Canebière, le Vieux Port; des nourritures inconnues et exotiques : la bouillabaisse, le rouget grillé; enfin des excursions sur la Côte d'Azur dont elle ne cessa de me parler avec ravissement : Cannes, Nice, Monaco... La « grande vie », la vie sans souci, le soleil, les orangers, le mimosa, la mer « toujours bleue ».

Bien longtemps après, dans la grisaille de notre exil à Nantes, brumeuse et pluvieuse, il arrivait à ma mère de chantonner cet air de *Mignon* :

> *Connais-tu le pays où fleurit l'oranger...*
> *Le pays des fruits d'or et des roses vermeilles,*
> *Où la brise est plus douce, et l'oiseau plus*
> [*léger*
> *Où dans toutes saisons, butinent les abeilles*
> *Où rayonne et sourit, comme un bienfait de*
> [*Dieu,*
> *Un éternel printemps sous un ciel toujours*
> [*bleu...*

Et sa voix se cassait au refrain :

> *C'est là... c'est là que je voudrais vivre*
> *Oui vivre... aimer et mourir.*

J'ignorais qu'il y eut séparation provisoire entre mes parents, sur un différend dont témoignent trois lettres en octobre 1924.

J'étais né depuis quatre mois et ma mère était retournée chez ses parents, en Vendée, visiblement bien décidée à ne plus revenir à Marseille.

Le papier à lettres alors employé par mon père n'est plus le délicat vélin, mais des feuilles très ordinaires. La correspondance n'est donc plus endimanchée. Le style n'est plus celui de la romance, mais de l'inventaire du barda de conscrit :

« Ma chère petite femme,

« Hier soir je suis allé manger la soupe avec Raymond, soupe lard et légumes, trop salée et poivrée. Le dîner fut vite fait. J'ai lavé la vaisselle, Raymond l'a essuyée. A huit heures j'étais couché. J'ai peu dormi tracassé par l'idée de ne vous avoir ramenés avec moi.

« Tantôt je vais déjeuner encore avec Raymond. Nous mangeons un peu tous les deux de nos provisions. Je vais tâcher de manger ici quelque temps et ensuite j'irai à la caserne du 22e colonial. Je crois qu'ils paient 6,50 F par jour. Ce sera toujours plus économique que de manger en ville et même d'acheter seul. Etant habitué maintenant à manger de la soupe, seul je mangerai mal et dépenserai plus. Raymond est bien décidé à se faire libérer. Il va travailler pour commencer comme garçon de café, sa femme travaillera d'un autre côté; ensuite ils prendront s'ils le peuvent une gérance de café ou autres, il paraît que les plus petits fonds, à Paris, sont inabordables. Gauthier est en permission et va partir pour le Sénégal... »

Comme on le voit, mon père s'était réinstallé rapidement dans sa vie de célibataire, avec ses copains. La « grande vie » sur la Côte d'Azur n'avait été qu'un voyage de noces. On comptait maintenant ses sous et la lettre se terminait par l'énumération d'un colis dont les produits étaient achetés économiquement à la cantine de la caserne. Un colis de cinq kilos, envoyé à ma mère, comprenant sept boîtes de lait Berna, trois boîtes de Phoscao.

Rien n'aurait pu faire soupçonner dans le ton de cette lettre, pratiquement administratif, qu'un drame couvait dans le couple sinon ces lignes ultimes et ajoutées avec une certaine désinvolture :

« Cet envoi sera dans l'attente de ce que nous allons faire par la suite. Si tu dois rester au pays, je t'expédierai une caisse complète de lait en petite vitesse, le bénéfice réalisable n'en sera que plus grand. »

Si tu dois rester au pays... Comme dans la langue d'un fantassin de la coloniale cette supposition est lourde de menace! En même temps, dans l'impersonnalité de cette lettre, la culture d'origine affleure : *tantôt je vais déjeuner* (dans ses lettres de fiançailles il eût écrit : « cet après-midi ») et ce : *si tu dois rester au pays*. Dans la même lettre il dit aussi : « Il fait moins froid à Marseille que chez nous. » *Chez nous,* c'est en Vendée, évidemment, c'est *au pays*.

Une autre lettre me fait soupçonner que mon père cherche même à réattirer ma mère, non plus en lui parlant d'exotisme, mais au contraire en l'assurant qu'elle ne sera pas dépaysée, en lui parlant en quelque sorte avec son accent. Le lettre suivante contient même, pour la première fois, un mot patois, mais prudemment placé entre guillemets. C'est toujours de la bouffe avec ce Raymond qui est certainement un autre sous-off, dont il s'agit :

« Si tu étais ici *tantôt* tu mangerais de bonne *moujette* chez Raymond. [La moujette, ou mojette, est avec le chou vert le plat national des Vendéens. Ce sont de petits haricots secs presque ronds, que l'on mange pratiquement en bouillie. Certains assurent que le mot mojette vient de l'espagnol *monjetto* (petit moine, au ventre rebondi). Ce n'est pas impossible, le vendéen étant une langue d'oc autant que d'oïl et les moines jouant un grand rôle dans son folklore.] Ce matin, je fais la cuisine, plein la cocotte d'haricots (il abandonne le mot mojette, déjà). Hier soir nous avons acheté quelques bouts de côtes de mouton. Ce matin j'ai donc mis les haricots à bouillir, avec un peu de bicarbonate de soude. Ensuite j'ai fait revenir un oignon et le mouton au roux dans la poêle. J'ai mis cela à mijoter ensemble à petit feu. Je t'en dis qu'on va se lécher les lèvres. Tant pis, t'en auras pas. Puis une salade (14 sous), un bout de fromage d'Auvergne, une pomme de Vendée et voici les *vœufs* satisfaits. »

Toujours de la désinvolture, mais avec beaucoup de gentillesse. Mon père fait un peu le pitre (« Tant pis, t'en auras pas »). Il démontre aussi qu'il peut très bien se débrouiller sans être marié (« Et voici les *vœufs* satisfaits ») et donne par la même occasion une leçon de cuisine à ma mère dont les dons culinaires restèrent toujours extraordinairement négatifs. A noter aussi qu'il écrit vœuf comme bœuf.

Mais dans la troisième lettre de cette ultime série, mon père craque. Son assurance disparaît. Sa désinvolture fait place à l'angoisse.

« J'ai bien réfléchi, moi aussi, disant en décembre j'irai les chercher. Je serai mieux fixé sur ce que je vais faire l'an prochain. Tout s'efface devant votre bonheur à tous les deux, et moi aussi je veux être avec vous. C'est pour moi le plus grand désir.

« Si tu viens tu me feras grand plaisir. Maintenant si tu étais fatiguée, ou le petit, je ne suis pas à ne vouloir satisfaire que mes désirs. J'ai assez de caractère pour savoir attendre, et surtout je ne veux à aucun prix que vous vous risquiez à prendre mal dans un aussi long voyage. Fais pour le mieux, ma Camille chérie, je te sais assez de sagesse pour agir, mais que la dépense ne te cause aucune irrésolution. Je ne crois pas que je puisse t'en dire davantage, chez moi le cœur passe avant l'intérêt. »

Et toujours cette fascination du soleil, pour nous, gens de la pluie :

« Ici tu auras tout ce qu'il te faudra et en plus un beau soleil. »

Qu'en est-il advenu? Ma mère m'a-t-elle ramené avec elle à Marseille? Toujours est-il qu'elle a réussi à pousser mon père hors de l'armée et à le récupérer dans la maison de son enfance, avec ses deux vieux parents. Je vois sur le livret militaire un visa de gendarmerie attestant que mon père réside à Fontenay-le-Comte le 29 avril 1925. Il avait été nommé à l'emploi de garde domanial des Eaux et Forêts, de 6e classe, par décret du *Journal officiel*, le 19 mars 1925.

Voilà un emploi qui lui aurait bien convenu, mais ma mère le trouvait sans doute encore trop aventureux. Le drame qui se joua entre ma naissance et l'inscription fatidique sur le livret militaire « parti et rayé des contrôles » tenait sans doute dans le désir de mon père de se réengager, de repartir « aux colonies », en nous emmenant comme tant d'autres militaires de la coloniale. Mais ma mère n'aimait les aventures que dans les romans de Pierre Loti. Dans la réalité cela lui paraissait de l'extravagance. Et puis quoi, on était bien mieux chez nous. Mais en même temps, elle ne comprenait pas qu'en voulant faire de mon père un lapin de choux, elle se condamnait à un veuvage prématuré.

3

CE père, que je n'ai connu qu'en civil, voici le seul portrait où il n'est pas en uniforme : une petite photo d'identité, décollée d'un papier officiel. Cette image ressemble-t-elle à celle que je conserve en ma mémoire d'un homme vif, gai, bavard ? Les yeux sont brillants, le front haut, la chevelure abondante. La moustache n'a plus de croc. C'est vraiment une moustache de civil. Chemise claire, cravate, veste fantaisie avec un ruban à la boutonnière, à quoi fait-il penser ? Plutôt à un citadin qu'à un paysan, plutôt à un ouvrier déluré qu'à un petit-bourgeois. Mais les militaires en retraite étaient un peu comme les premiers prêtres qui perdirent leur soutane. Sans l'uniforme ils paraissaient bizarres, inclassables, plutôt mal fagotés. On eût même pu dire, déguisés. Curieusement, ni l'habit militaire ni l'habit ecclésiastique ne constituaient pour eux un déguisement, mais le costume civil. Ma mère m'a dit qu'elle avait reçu un choc lorsqu'elle le vit pour la première fois sans son habit à ancres de marine. Mais à la réflexion, cette réaction est absurde. Gardait-il le costume militaire dans l'intimité ? En pantoufles ?

Parmi les photos retrouvées, une autre montre néanmoins mon père en civil. Elle date du temps où il travaillait comme valet de ferme, juste sans doute avant son engagement à Rochefort. Photo signée à la plume : Thomas, horloger à l'Hermenault. L'Hermenault se situe à quelques kilomètres de Saint-Martin-des-Fontaines, le village des grands-parents paternels, le village de la métairie de l'oncle Alfred, et de la maréchalerie de l'oncle Ernest. Un jour, le valet de ferme alla donc poser chez l'horloger-photographe, devant un drap assez mal repassé qui sert de fond de décor. Col de celluloïd cassant le cou, cravate noire, mains croisées dont on ne sait que faire, c'est le portrait d'un prolétaire rural en 1905 endimanché pour cette pose faite on ne sait dans quelle intention. Peut-être simplement se voir, voir comment on est fait, à quoi on ressemble. Se regarder dans sa condition de paysan sans terre, avant de quitter la terre pour toujours.

Et puis, les photos en uniforme reviennent. L'une d'elles, faite à Marseille, nous montre un militaire vraiment splendide. Bichonné, *gominé*, la moustache en croc, l'air martial, on dirait une de ces cartes postales patriotiques qui pullulaient avant la guerre de 1914 et dont l'envers s'ornait des vers de mirliton de Déroulède. Au verso : « Photographie artistique, L. Gaulard, officier d'Académie, 18, rue Noailles, Marseille. » Ma mère n'aimait pas cette photo, éliminée du panthéon familial, en permanence sur la cheminée. Elle me l'avait cependant montrée une fois, en faisant la moue : « Il n'était quand même pas si beau que ça ! »

Elle préférait de petites photos d'amateur qui lui rappelaient « le pays où fleurit l'oranger ». Par exemple celle qui comporte au revers l'inscription : « En souvenir d'une promenade au Parc du Pharo, 1er juillet 1923. » On y voit au premier plan deux sergents, tête nue, dont l'un est mon père. L'autre, serait-ce Raymond ? Derrière, les deux femmes, avec d'immenses chapeaux de paille. Ma mère, mariée depuis six mois, est visiblement resplendissante de bonheur. Au revers de cette photo trois chiffres, formant une soutraction, m'intriguent : 1970 – 1923 = 0047. 1923, c'est la date de la photo. Eh oui, en 1970 ma mère reprit en main cette photo et fit le compte de ses souvenirs : quarante-sept années! Oui, toujours ma mère m'a parlé avec de l'émotion dans la voix, et des yeux brillants, de la grande aventure de sa vie que fut ce séjour à Marseille. Et pourtant elle ne dura qu'un an et demi. Et pourtant c'est elle-même qui y mit un terme. Car l'aventure eût continué au Sénégal ou en Cochinchine. Quarante ans après, elle me racontait encore, pour la quarantième fois, l'excursion faite à Nice et à Monaco, les fiacres sur la Promenade des Anglais, le musée océanographique, la « mer toujours bleue », les tamaris, le soleil d'hiver. Alors pourquoi cette fuite soudain, ce retour en Vendée, « avec le petit », cette obstination à ne pas vouloir rejoindre la caserne, cette obstination à pousser mon père à la retraite? Jalousie des copains de l'armée? Mais non, eux aussi faisaient partie de ses bons souvenirs et leurs femmes ont été ses seules amies. Pendant au moins vingt ans, elles ont continué à s'écrire rituellement au Jour de l'an et l'arrivée d'une lettre d'une de ces femmes constituait toujours un événement. Avec la lettre revenait le parfum du « pays où fleurit l'oranger », l'air de *Mignon* ou celui de *L'Arlésienne*.

Il semblait qu'il n'y eût que deux épisodes dans la vie de ma mère : ce séjour à Marseille (qui incluait son mariage et ma naissance) et la mort de mon père. Le bonheur et la tragédie. Entre les deux, c'est-à-dire quand même ses huit années de vie commune avec mon père à Fontenay, le silence.

Que fut cette vie conjugale à laquelle j'ai assisté avec mes yeux d'enfant sans en rapporter autre chose que de fugitives images? Mais les images fugitives du père viennent sans doute de ce que celui-ci, je le comprends maintenant, fut un perpétuel fugitif. Pièce à conviction de ce délit, sa bicy-clette, accotée contre un mur de la cour de mes grands-parents et qu'il enfourchait prestement afin d'éviter le cri de ma mère : « Où vas-tu encore ? »

Où allait-il ? Chez ses nièces, dans ces fermes de la tribu des Ragon qui s'éparpillaient (et qui s'éparpillent toujours) à la lisière du bocage et de la plaine, de Sainte-Hermine à Nalliers. Il y restait un temps indéterminé, prenant prétexte que l'on avait besoin de lui « pour les *métives* » (il eût dit moisson dans ses lettres de fiançailles), ou pour les foins, ou pour les vendanges, ou pour la tuerie du cochon, ou pour la chasse. Finalement, on avait besoin de lui très souvent. Et ma mère se retrouvait seule, comme du temps où elle était une demoiselle, avec ses vieux parents. Mais en plus, il y avait « le petit », souvenir vivant du « pays où fleurit l'oranger ».

Enfin, mon père « faisait » les noces et les kermes-ses. Sa belle voix, ses belles mains, combien de fois ma mère m'en a-t-elle parlé ! Elle me disait qu'en Cochinchine les officiers le faisaient venir à leur mess pour lui demander de chanter *Le Temps des cerises*. Après sa retraite, il trouva l'astuce d'aller chanter ce même *Temps des cerises* aux noces, d'y ajouter des histoires patoisantes et, disait ma mère avec quelque dédain, « des grimaceries ». En réalité je crois que c'est surtout son entrain qui plaisait. On l'invitait aux noces comme boute-en-train. Puis de noces en banquets, il finit par aller produire ses grimaceries aux kermesses (que l'on appelle en Vendée des *préveils*).

Remarque amusante, je lis sur le livret militaire à la rubrique « Instructions, Stages et Emplois spé-ciaux » : « A obtenu le brevet de cycliste régimen-taire le 13 janvier 1909. »

Voilà au moins une « instruction » militaire qui lui a beaucoup servi. Le coup de fusil aussi, qui lui valait d'être l'invité de toutes les chasses. Il en revenait crotté, trempé, toussotant et en général un « verre dans le nez ». Mais l'ivresse ne lui enlevait pas sa bonne humeur. Parmi les rares images qui me restent de cette époque, celle-ci, qui m'horrifia : mon père rigolard, mais *tricolant* (l'ivrogne qui zigzague *tricole*), s'élançant vers ma mère qui le repoussait en glapissant. Je devais avoir six ans. Devant moi l'incompréhensible. Cette mère en général calme devenue furie, harpie, mégère et ce père repoussé des deux mains qui ricochait contre les meubles, se rattrapait tant bien que mal en chantonnant, ironique, moqueur mais mou, flasque, comme un pantin de chiffon.

Tous les hommes buvaient trop, alors, du moins dans notre milieu. N'être pas soûl le dimanche soir eût paru une anomalie et, en tout cas, un mauvais genre. Lorsque mon père restait à Fontenay le dimanche, il passait son après-midi avec mon grand-père au Café du Cerf, y jouait aux cartes et tous les deux revenaient dans un état d'ébriété qui, tous les dimanches soir, comme si ce n'était pas habituel, mettait la maisonnée en émoi, ma grand-mère et ma mère piaillant de concert et se lamentant. Au fond ne s'agissait-il pas autant d'un rite que celui d'aller chanter à la messe le dimanche matin ?

Ma mère jugea toujours les hommes suivant qu'ils buvaient ou qu'ils ne buvaient pas. Ceux qui ne buvaient pas étaient évidemment la crème des crèmes. Elle ajoutait pour mon père : « Il buvait, mais il n'était pas méchant. »

Quant à moi, qu'une lourde hérédité alcoolique conduisit à prendre l'alcool en aversion, ce n'était pas pour ma mère une absolue satisfaction. Cette phobie de l'alcool et des bistrots devenait à ses yeux une autre extravagance. La sainteté, pas plus que la débauche, ne sont des états convenables.

« Il buvait, mais il n'était pas méchant. » Quelle satisfaction rétrospective. Car notre entourage paraissait empli d'hommes soûls qui battaient leur femme. Du moins à ce qu'on en disait. Mon grand-père se soûlait, mais ne battait pas sa femme. Mon père idem. En réalité je n'ai jamais connu, ni vu, dans notre famille ni dans nos relations, d'homme battant sa femme. Mais ma mère en parlait tout le temps. Et même dans sa vieillesse cette vision d'homme soûl battant sa femme lui revenait, comme un cauchemar, tellement cette hantise devait être incrustée dans la condition féminine.

On récoltait encore dans les vignes du *noah*, un vin dont on disait qu'il contenait plein d'éther et rendait fou. Il devait bien y avoir quelque chose de vrai puisque plus tard la préfecture fit arracher les vignes de *noah*. Le spectre de l'ivresse, du delirium tremens, de l'épilepsie (qui leur était rattachée à tort) rôdait au-dessus de la petite ville de mon enfance. Le dimanche soir, lorsque nous étions bien calfeutrés chez nous, à la lueur des lampes pâlottes, des cris et des rires montaient de la rue des Orfèvres. « Ne regarde pas, disait ma mère, c'est des hommes soûls qui tricolent. »

De son vivant, on appelait mon père, sur un ton amusé : « Aristide le Cochinchinois. » Après sa mort, il devint (ton grave) : « le défunt Aristide ». Le défunt Aristide se para de beaucoup de vertus : l'ancien militaire décoré, l'ancien combattant pensionné, le feu mari de la pauvre Mme Ragon, etc. A croire qu'Aristide le Cochinchinois eût été un autre : l'amuseur, l'exotique, le « bambocheur », etc.

Celui-là, ma mère eut tendance à le censurer de plus en plus, au cours des ans, pour ne mettre en relief que le plus recommandable. Mais les « nièces », les fameuses nièces, mes cousines germaines, que j'aimais autant que mon père les aima, me racontèrent tout ce qui concernait Aristide le Cochinchinois. Avec une certaine gourmandise, j'en conviens, qui ne convenait peut-être pas à la pieuse mémoire d'un mort. Chacune d'elles conservait un souvenir précis et qui lui était en quelque sorte particulier, personnel. Pour cousine Marie, réapparaissaient les couplets de la *Mère Ageasse*, cette chanson en patois qui remonte au temps des parpaillots et que mon père mimait de telle sorte que cousine Marie en riait encore. Pour cousine Marthe, c'était la *Mariée de Chambretaud*, et Marthe prenait un air entendu, un rien effarouché comme s'il y avait péché en l'air. Cousine Julia qui ne parlait que le patois n'avait retenu que le diseur d'histoires et toutes ses histoires vous faisaient frémir. Il racontait des contes à dormir debout, me disait-elle, comme s'il avait vécu tout ça, si bien qu'on y croyait. Il arrivait à nous en faire rêver la nuit. Puis il se moquait, le lendemain, de nos yeux rouges : « Mais tout ça c'est des menteries! » Puis il recommençait la prochaine veillée. Il nous montrait le bras rouge, sortant de l'étang, comme si on y pataugeait, que l'on courait parfois aux portes pour voir si le verrou était tiré. Lorsqu'il en venait au troussepoil, cette bête qui dévore la beauté des filles, on se cachait la face dans nos dornes. La Galipote, il en causait comme si elle l'avait culbuté hier dans le fossé. Il se frottait d'ailleurs la culotte, en en parlant, comme pour enlever une boue qu'il nous forçait à y voir, bien que, si soigneux de sa personne, ses vêtements ne fussent jamais tachés. Et le lendemain, il se moquait de nos peurs, disant du chien que c'était peut-être la Galipote, ou du mouton, ou de la chèvre.

Ces histoires, que me racontaient mes cousines, ces histoires du Cochinchinois (et s'y glissaient aussi des chasses au tigre, à dos d'éléphant; des descentes de fleuves, en sampang, avec des singes hurleurs sur les rives), ces histoires vendéennes (sans éléphant, sans tigre et sans singe) je les ai retrouvées plus tard, avec une certaine stupeur, en

58

lisant Rabelais. Comme j'ai retrouvé, dans *Gargantua* et *Pantagruel*, mon patois. Mon patois et mon père.

Si bien que je ne sais plus si c'est mon père ou Rabelais qui raconte. Car les histoires de mon père devaient être des retombées de ces contes de foires, colportés oralement de *préveils* en noces, depuis mille ans, de ces contes de foires imprimés plus tard dans les almanachs que lut Rabelais et dont il s'inspira.

Le folklore vendéen est fourni de géants et d'ogres. Le plus célèbre de tous les ogres, Barbe-Bleue, n'est-il pas un grand seigneur vendéen, maître de ce pays de Retz qui borde la rive gauche de la Loire, de Tiffauges où l'on voit encore, au fond d'une vallée, les ruines d'un de ses repaires, à l'Océan du sable et du sel. Et Geoffroy la Grand' Dent, comte de Lusignan (de cette famille Lusignan dont l'un des membres fut l'époux de la fée Mélusine), c'est le géant d'une forêt géante. Une sorte d'ogre, lui-même, qui sort de cette forêt de Mervent-Vouvant, à une dizaine de kilomètres de Fontenay, avec cette dent de sanglier qui lui fait un visage épouvantable. Mon père racontait comment Geoffroy la Grand' Dent mangeait à la cuiller des soupes de champignons où flottaient des bolets de Satan, sans qu'il en fût le moins du monde incommodé; comment son armée rôtissait à la broche des troupeaux de bœufs ramassés dans les prairies comme on ramasse des escargots; comment il buvait un gris de Mareuil à même la barrique qu'il tenait au-dessus de sa tête « en faisant pisser le vin dans sa goule »; comment enfin Geoffroy la Grand' Dent se mit en colère contre les moines de Maillezais et les fit *grâler* dans leur monastère; et puis comment le pape excommunia l'ogre, qui se repentit et fit reconstruire un couvent si beau que l'évêque de Luçon en « braillait de jalouseté ».

C'est dans ce couvent de Maillezais que Rabelais

devait vivre les plus heureuses années de sa vie, protégé par son abbé, Geoffroy (encore un Geoffroy) d'Estissac, que François Ier avait nommé à la tête de cette abbaye bénédictine, non pour sa piété, mais pour sa naissance. Ce grand seigneur ecclésiastique trouve de bon ton d'attacher à son service personnel un moine qui lise aussi bien le grec que le latin et dont le jurisconsulte André Tiraqueau, grand bourgeois lettré de Fontenay, dit le plus grand bien. François Rabelais, qui compte alors une trentaine d'années, suit son abbé dans tous ses déplacements à travers le Poitou. Plus tard, lorsqu'il aura jeté le froc, il se souviendra de Geoffroy la Grand' Dent, dont il fera l'un des ancêtres de Pantagruel. Il se souviendra aussi des noms de Lusignan, de Vouvant, de Fontenay et de Maillezais bien sûr, qui réapparaissent si souvent dans ses livres. Pantagruel passe « par Fontenay-le-Comte saluant le docte Tiraqueau et de là arrivèrent à Maillezays »...

Avant d'aller s'engager dans l'infanterie de marine à Rochefort, on a vu que mon père se fait photographier chez l'horloger Thomas, à l'Hermenault. Rabelais va aussi tous les étés à l'Hermenault, car son abbé s'y retire dans son prieuré, l'air du bocage étant plus sain que celui des marais de Maillezais où, dans mon enfance encore, rôdait le paludisme.

Les chères nièces me parlaient aussi, non sans pouffer de rire, mais sans aucun complexe devant un enfant, du capitaine Merdaille et du seigneur de Baisecul. Les contes patoisans du répertoire de mon père, surtout ceux destinés aux *préveils*, étaient souvent franchement scatologiques, mais jamais pornographiques. Grivois, mais pas érotiques ou du moins l'érotisme se manifestait autrement qu'aujourd'hui et plus par les allusions, les clins d'œil, voire les gestes que l'on disait lestes, que par la description de la mécanique des sexes. Une jarretière troublait, mais n'amusait pas. Ce qui amusait, c'était la poésie farfelue des noms. Et les paysans ne se privaient pas de donner des noms de lieux comme Chèvrecul, ou Chieurs-aux-Bois, dont certains existent encore dans leur pureté étymologique, mais la plupart ont été recouverts par la décence des siècles bigots.

Souvent se retrouve, dans Rabelais, le terme *embousé*. Or les bouses de vache tenaient aussi une place considérable dans les histoires de mon père. Le pays de la vache est le pays de la bouse, par voie de conséquence. Rabelais appelait sa Touraine le pays de la vache, mais l'aluette, ce jeu de cartes vendéen où les signes échangés par les joueurs tiennent un rôle capital, Rabelais l'appelait le jeu de la vache. Loin de se fâcher du terme de bouseux, mes camarades d'école se l'affublaient eux-mêmes. Nous étions des bouseux et fiers de l'être. Et les maraîchins récoltaient précautionneusement la bouse de vache à pleines charretées et la mettaient en tas, comme des meules de paille, la faisant sécher pour s'en servir l'hiver de combustible.

Beaucoup de bouse, beaucoup de fesses et de culs, beaucoup de crottes et de merde, chez mon père et ce Rabelais que j'aurais bien tendance à adopter comme arrière-grand-père s'il n'eût été moine.

D'autant plus que, tant j'y réfléchis qu'il me semble l'avoir vu dans les rues de Fontenay, sa robe de bure sanglée par une corde nouée autour des reins, pieds nus dans des sandales, la barbe rousse et le crâne rasé. Pendant toute mon enfance, j'ai en effet remarqué un moine semblable, remontant la rue de la République vers la place Viète, une besace sur l'épaule, capucin mendiant et souriant, qui m'intriguait tant que je m'arrêtais pour le regarder et lui, face à ce petit voyeur, au lieu de prendre un air ecclésiastique de circonstance, me faisait des grimaces.

Oui, il devait être exactement semblable à ce jeune moine qui cherchait à s'amuser avec un enfant, le Tourangeau qui arrive à Fontenay-le-Comte vers 1510, comme novice au couvent du Puy-Saint-Martin. Comme il a seize ans, on devait aussi l'envoyer mendier, une besace sur l'épaule. Etrange chose que de voir Rabelais cordelier, alors que cet ordre monastique avait la réputation d'être le plus sale et le plus ignorantin. Rabelais, le futur humaniste, entre dans un ordre qui est la cible préférée des humanistes. Ces franciscains sont appelés cordeliers en raison de la corde qui leur sert de ceinture, corde symbolique qui ne permet pas de servir de porte-monnaie comme les ceintures de cuir de l'époque, puisque les cordeliers ne devaient jamais toucher d'argent. Mais Erasme disait que certains portaient des gants afin de coutourner le règlement.

Le couvent du Puy-Saint-Martin, détruit par les huguenots en 1568 (mais son souvenir reste par le nom d'une rue à Fontenay), devait être en effet particulièrement crasseux puisqu'il comptait déjà deux siècles lorsque Rabelais y fit son entrée. Crasseux de corps et d'esprit. D'où venait ce Pierre Amy qui l'initiera à la littérature grecque si peu connue à l'époque dans sa langue originale que, même à Paris, on ne comptait guère qu'une dizaine d'hellénistes ? Sans Pierre Amy, Rabelais aurait-il été autre chose qu'un moine ignorantin ?

Au XVIᵉ siècle, Fontenay-le-Comte est une ville prospère, dont la bourgeoisie, humaniste et lettrée, virera bientôt au protestantisme. Parmi ces bourgeois, le magistrat André Tiraqueau est une vedette. D'une grande fécondité, ses contemporains assuraient qu'il faisait chaque année un fils et un livre. Il écrira en effet de nombreux ouvrages en latin, comme *De legibus connubialibus et de opere maritalis,* qui lui vaudront une telle réputation que François Ier le nommera en 1541 conseiller au Parlement de Paris. Le Quatrième Livre de Pantagruel fait l'éloge du « bon, docte, sage, tant humain, tant débonnaire et équitable Tiraqueau ». C'est sous les lauriers-tins de la maison de Tiraqueau que les deux cordeliers vont passer des soirées à discuter de l'infériorité ou non des femmes et des avanies de la vie conjugale. Rabelais a vingt ans. Tiraqueau quarante. Le fils du cabaretier tourangeau doit être grisé de son admission si rapide dans la société des beaux esprits. Mais ces beaux esprits, séduisants comme Lucifer lui-même, sentent le soufre. Si bien que François Rabelais se retrouve soudain bouclé dans une cellule du couvent, avec interdiction de lire des livres grecs et que Pierre Amy ne doit la vie sauve qu'à la vélocité de ses jambes qui le mènent jusqu'en Suisse où il deviendra d'ailleurs luthérien.

Le magistrat Tiraqueau fera extraire Rabelais de sa cellule. Grâce à ses hautes relations, le jeune moine pourra quitter les franciscains de Fontenay, pour les bénédictins de Maillezais. C'est sa seconde chance. Néanmoins Rabelais aura vécu à Fontenay exactement le même nombre d'années que moi-même : quatorze ans.

Donc beaucoup de bouse dans la langue de Rabelais et dans celle de mon père. Mais aussi beaucoup de bile. Et là, cette bile, c'est le domaine de ma mère. La bile a tenu une place considérable dans mes relations avec ma mère, cette bile qui lui causait tant de malaises, cette bile qui jaunit les yeux, qui rend de mauvaise humeur. Comme ma mère, le roi Picrochole est un bilieux. Est-ce pour cette raison que ma mère rendait un culte à des eaux dont elle ignorait pourtant, me semble-t-il, qu'elles fussent rabelaisiennes ? Ces eaux, c'étaient celles de la Fontaine des Quatre-Tias. Non loin de la rue des Orfèvres (et du Café du Cerf, rendez-vous des beuveries dominicales) ma mère m'emmenait en effet souvent voir une fontaine monumentale dont elle ignorait qu'elle fût « Renaissance » mais qui exerçait sur elle une étrange fascination.

Pourtant les fontaines publiques ne manquaient pas, en ce temps-là, à Fontenay (qui s'appela d'abord Fonteneum). Sans parler du Puits-Lavaud, qui alimenta les Fontenaisiens à l'époque romaine et pendant tout le haut Moyen Age, dont le souvenir reste par une ruelle proche de l'église Notre-Dame, chaque pâté de maisons utilisait sa fontaine. Alors pourquoi celle-là, cette fontaine des Quatre-Tias attirait-elle à un tel point ma mère?

J'ai beaucoup rêvé, enfant, sur ces « quatre tias », nom énigmatique, soudain dépourvu de poésie depuis que je viens d'apprendre qu'il s'agit des quatre tuyaux de cuivre crachant leur eau dans un bassin d'où l'on ne pouvait accéder qu'en descendant de hautes marches.

Au fond d'une courte rue (celle du Café du Cerf, dite rue de la Fontaine), cette architecture somptueuse est vraiment insolite. Deux colonnes surmontent un fronton orné d'une urne de pierre. Entre des armoiries à salamandres, se trouve une inscription latine que ma mère me faisait épeler : *Fontanacum Felicium Ingeniorum Fons et Scaturigo*. J'apprends maintenant que cette devise fut composée par Rabelais, du temps qu'il était moine à Maillezais.

Alors pourquoi cette application de ma mère à me faire lire ces lettres latines? Et pourquoi ai-je toujours été fasciné par Maillezais? Jadis, sans savoir que ces ruines, haut dressées dans le marais, entre Fontenay-le-Comte et La Rochelle, représentaient les restes d'un couvent où Rabelais vécut d'heureuses années; aujourd'hui en le sachant et en

64

cherchant parmi ces pierres dépareillées envahies de ronces et bordées de roses trémières les plans de l'abbaye de Thélème.

Décidément les grimaces du capucin que je croisais en rentrant de l'école, tout en haut de cette rue de la République qui s'appela jadis route Royale (évidemment) et en bordure de l'actuelle place Viète qui, du temps de Rabelais, se nommait le Bois des Amourettes, ces grimaces me poursuivent. Comme me poursuivent des mots qui sont à la fois de Rabelais et de mon père. Lorsqu'il vivait à Fontenay, mon père parlait son français militaire mâtiné de tournures locales. Mais dès qu'il se trouvait à la campagne, je l'entendais utiliser d'autres mots, qui sont tous dans Rabelais : les vaches venaient boire au *taimbre* (l'auge de pierre) et nous, nous buvions en puisant dans les seaux d'eau fraîche avec une cuillère en bois, à manche formant tuyau (la *coussotte*). On y pouvait *boyre à tire-larigot* et se faire ensuite *graisler des chastaines* dans le feu de cheminée. A moins que l'on ne préférât aller dénicher les *grolles* (corneilles), ou s'amuser avec le chat en prenant garde à ne pas se faire *grafigner* le nez, ou encore courir à la chasse aux *parpaillons* (papillons), *subler* (siffler) les filles, *s'accoutrer* de *rogatons* trouvés dans une armoire pour faire des *momeries* (se déguiser avec des restes de frusques pour faire une mascarade). Je lis Rabelais à livre ouvert, y retrouvant mon enfance, tant par les lieux que par les dires. Ces grandes beuveries, ces ripailles, cette énumération fastueuse de victuailles, souvent lassantes chez Rabelais, je les connais bien. Ce sont les phantasmes de gens qui font plus souvent maigre que gras et que le gras fascine. C'est le sempiternel gigot de mouton de mon grand-père, toujours repoussé à un futur de plus en plus hypothétique, mais toujours plus gros, toujours plus gras, si gros et gras qu'il passait du gigot de mouton au mythe ogresque. C'est le cochon (le *goret*) tué et que l'on dévore en famille, bâfrant, se barbouillant, de *fressure*. C'est le rêve paysan d'être ogre et géant, ce rêve qui pour les Vendéens s'est matérialisé deux fois, la première peu de temps après que Rabelais s'en fut pour mener sa vie lorsque la Vendée devint protestante; et la seconde en 1793 lorsque la Vendée protesta une seconde fois et, comme la première, par aversion du pouvoir parisien, et où cet ogre paysan faillit avaler la France entière.

4

A PARTIR de la mort de mon père, ma mère se retira dans son veuvage. Elle fut cette statue voilée, drapée, engloutie dans ses vêtements de deuil, que l'on voit au pied de la colonne brisée de certains monuments aux morts. On ne fit plus marcher le phono à pavillon bleu dont mon père remontait le ressort avec application. On n'alla plus aux *préveils*, ni aux fêtes foraines sur la place du Champ-de-Mars, ni au cirque, ni nulle part. Ma mère ne se permettait que la lecture. Je m'habituai à la douilletterie de la lecture au coin du feu, dans les beaux livres rouge et or sortis précautionneusement de l'armoire de grand-mère. Le monde entier entrait alors subitement dans notre vieille maison.

Du temps de mon père, nous allions nous promener en famille à la gare. Je comprends maintenant combien cette promenade était symbolique. Mon père étouffait dans notre petite ville et ses pas le portaient tout naturellement vers la gare, c'est-à-dire la porte du large. Puis il revenait tristement à la maison. D'où il ressortait bien vite pour rejoindre ses copains au Café du Cerf et s'y évader dans la boisson.

Après la mort de mon père, tous les dimanches, nous effectuions une promenade en sens inverse. La gare de situe à l'extrémité sud, nous allions à l'extrémité nord où, au fond d'une longue et monotone rue en impasse, se trouvait (et se trouve toujours) le cimetière. Promenade lugubre, avec ma mère et ma grand-mère. Pour moi, les cyprès et les buis sentent le cimetière et l'odeur de l'eau croupie dans un vase me fait aussitôt penser à une odeur de cadavre. Parce que chaque dimanche les deux femmes changeaient l'eau du vase en plomb qui se trouvait sur la tombe de mon père et que cette odeur m'est restée vivace. Je ne peux voir aussi un insecte rouge à pois blancs, dont j'ignore le nom, mais qui pullulait dans les graviers de la tombe, sans penser à la mort, aux morts et un peu au diable, ces insectes qui grouillaient sur la tombe de mon père m'ayant toujours paru quelque peu diaboliques.

Les couronnes de perles, les lettres métalliques détachées des gerbes, les plaques de marbre avec leurs noms et parfois une photo, les croix de guingois, certaines tombes presque bousculées, comme si les morts avaient tenté de les soulever, les noms, tous ces noms, dont le nôtre, autant d'éléments nouveaux d'un nouveau jeu macabre.

Je n'aimais pas ces promenades dominicales au cimetière. Je les prenais pour une corvée qui me répugnait. Mais tant que nous restâmes à Fontenay, c'est-à-dire pendant six ans ancore, il n'était pas question que je puisse y échapper. Si bien qu'à la fin je m'y habituai et qu'aujourd'hui encore je visite volontiers les cimetières des villages ou des villes, alors qu'aucune tombe particulière ne m'y attire.

Après la mort de mon père, la tristesse et le silence s'abattirent sur notre maison. Je me suis tant fait à ce silence que les églises en dehors des offices et les cimetières en dehors des dimanches sont parmi mes lieux de prédilection.

Les cimetières me fascinent dans la mesure où ils sont une réplique de l'agglomération qu'ils desservent. Ces villes des morts sont l'envers de la ville des vivants, expulsées de plus en plus loin, cachées derrière de hauts murs. Notre siècle traite ses morts, comme le Moyen Age ses lépreux, comme le siècle de Louis XIV ses pestiférés. Mais déjà nos vieillards sont ramassés dans des maladreries, concentrationnés, comme préemballés dans le suaire qui les emportera au cimetière. L'asile de vieillards, baptisé hypocritement maison de retraite, est le sas par lequel nous sommes maintenant destinés à passer de vie à trépas, le conditionneur placé entre la ville et le cimetière.

Les enclos bretons nous montrent encore comment, jadis, les morts n'étaient pas séparés des vivants. Le cimetière y jouxte l'église. En sortant de la messe, les familles vont se promener parmi les tombes. On y retrouve ses aïeux et ses proches. Les plus lointains ascendants sont également tout près, dans l'ossuaire. Pas de tristesse dans ces cimetières. Les enfants jouent entre les tombes, les adultes discutent en allant d'une fosse à l'autre. Les morts ne sont pas abandonnés dans un terrain vague soigneusement clôturé. Ils sont au contraire au cœur même du village.

Presque partout ailleurs, en France, le cimetière a été extirpé du village. Il reste parfois quelques tombes autour de l'église, abandonnées parmi les herbes, et ce sont ces morts oubliés qui m'attirent.

J'ai, dans la tête, toute une collection de cimetières visités : cimetières mexicains avec leurs maisons miniatures bariolées de couleurs, cimetières musulmans dont les stèles affleurent à peine le sable, cimetière juif sur la pente du Mont des Oliviers face à la vieille ville de Jérusalem, cimetières américains qui ressemblent à des terrains de golf, cimetières militaires avec leurs croix alignées comme à la parade, cimetières bourgeois avec leurs chapelles, leurs statues, leurs colonnes brisées, leurs gisants à redingotes; ces cimetières sont une projection du monde des vivants poussée jusqu'à la caricature.

Quel édile fontènaisien eut l'idée de placer le cimetière Notre-Dame tout au fond d'une rue en impasse? Singulier symbole, là encore! On ne peut se trouver par hasard devant le cimetière et y entrer un instant. On ne peut pas le traverser, comme on traverse un jardin public. Il faut y aller spécialement. Si l'on n'y va pas spécialement, on peut même ignorer qu'il existe, ce cimetière, ignorer que la mort existe, la nier. Un cimetière en cul-de-sac, voilà une trouvaille rationnelle!

Ma mère porta longtemps ce voile en tulle noir, rabattu sur le visage qui donnait aux veuves l'allure de fantômes. Mais n'étaient-elles pas des fantômes, entre leurs dévotions à l'église et leur dévotion au cimetière? Si l'on avait déjà expulsé les morts, on ne savait que faire des veuves et leur présence dans les rues causait un malaise. Ces habits spéciaux les retranchaient du monde. On ne leur parlait qu'en baissant la voix, « pour respecter leur douleur ».

Donc, non seulement depuis « le départ » de mon père, la maison était devenue silencieuse, mais il se faisait de plus un silence autour de nous. La maison du mort devenait maison de la peste. De plus, mon père avait succombé à une maladie contagieuse qui effrayait autant que la peste : la tuberculose. On nous suspectait d'en transporter les miasmes. Ma mère avait beau dire que sans ses maladies coloniales, mon père ne serait pas mort, qu'on aurait pu soigner sa tuberculose et qu'en réalité la dysenterie l'avait emporté, personne n'en croyait rien. D'ailleurs, pensaient les gens, ces maladies coloniales c'est rien de bon non plus. Peut-être bien que ça s'attrape.

Le vide se fit autour de nous. Je n'étais plus invité à jouer chez les parents de mes camarades d'école.

Au deuil, s'ajoutait la pauvreté. Mais pas la misère puisque ma mère touchait une « reversion de pension » et qu'elle trouva un peu plus tard, quand les risques de contagion s'estompèrent, des emplois temporaires de vendeuse dans quelques magasins.

Bien que nous fussions très pauvres (une reversion de pension de sergent ce n'est pas le Pérou!), je n'ai jamais eu conscience de l'être tant que nous vécûmes dans notre petite ville, avec mes grands-parents. La révélation de la pauvreté, proche de la misère, se fit lorsque nous émigrâmes à Nantes et qu'il nous fallut trouver à la fois logement et travail.

Les enfants ont-ils conscience de la pauvreté? Non. C'est l'affaire des adultes. Tous les enfants sont à la fois pauvres et riches. Du moins ceux d'autrefois qui ne recevaient qu'exceptionnellement de l'argent, que leurs parents soient bourgeois ou prolétaires. Ma mère me donnait parfois quelques sous pour acheter un petit pain au raisin ou un illustré. Les fils de bourgeois enviaient-ils autre chose? Mais connaissais-je des fils de bourgeois?

Les plus riches d'entre nos parents étaient commerçants ou artisans : le boulanger, le boucher, le menuisier. Mon meilleur camarade, un moment, fut le fils d'une mercière. Plus tard, un orphelin de père, comme moi, dont la mère travaillait comme vendeuse dans un magasin, comme la mienne. Le médecin, le notaire, quelques gros commerçants, représentaient la vraie richesse, qui ne dépassait pas, en réalité, une confortable aisance. Mais leurs enfants allaient au collège et nous ne les fréquentions pas. Nous autres, enfants de la communale ou de l'école des Frères, vivions dans une communauté de pauvres sans histoires. La richesse n'était d'ailleurs pas offusquante, dans notre petite ville. Personne n'y faisait étalage de richesse. Autant dire que la richesse restait invisible. Il n'eût d'ailleurs pas fait bon aux riches de vouloir se distinguer. J'avais entendu parler par ma mère des propriétaires des Grandes Galeries dont la maison était pleine de statues. Nous le savions par une femme qui allait y faire des ménages et qui avait rapporté ce phénomène plutôt stupéfiant : une maison avec des statues comme dans une église. Etrange manie! Je « décode » aujourd'hui, passé du côté de la culture bourgeoise, que ces bourgeois devaient collectionner des sculptures. Mais le terme de sculpture n'existait pas dans notre vocabulaire. Il n'existait que des statues et les statues ne se trouvaient qu'à l'église et sur les monuments aux morts. Ces collectionneurs, dont on ignorait qu'ils collectionnaient (et qu'il puisse exister un tel jeu de société), paraissaient des lunatiques, des maniaques, pour lesquels on grimaçait un sourire de commisération. N'eussent-ils été riches qu'on les eût pris pour les idiots de la commune.

Qui était riche encore? Les Cauchard-Vinette. Propriétaires du grand magasin de confection, leurs enfants, en âge de flirter et de traîner aux terrasses du Café du Commerce, donnaient un petit air de scandale du fait de leurs toilettes et de leur liberté d'allure. Mais il s'agissait d'un autre monde, le même que celui des gens aux beaux équipages que l'on voyait dans la cour de l'hôtel Fontarabie. C'était notre cinéma, à nous. Du cinéma, pas la vie réelle, la seule vie réelle étant bien sûr la nôtre, une vie à ras de terre, une vie de bouseux et de gagne-petit, une vie d'obscurs et pas mécontents de l'être.

Au jardin de mon grand-père, qui nous assurait notre année de pommes de terre, de haricots, de légumes verts et de fruits, s'ajoutait le résultat de nos expéditions de cueillette. Finalement, beaucoup de vivres restaient encore gratuits. Il suffisait d'avoir la patience de les trouver. Il n'existait plus de promenades désintéressées depuis la mort de mon père. Toute sortie de la maison, entre ma mère et ma grand-mère, avait un but précis. Nous allions *aux* champignons, ou aux escargots, ou aux plantes. Chaque saison, chaque mois, apportait sa manne gratuite. Il fallait seulement trottiner, se lever de bon matin, avant que des concurrents n'arrivent, fouiner et la cueillette ne pouvait qu'être abondante. Ma grand-mère faisait bouillir les escargots dans un fait-tout, avec du laurier et de l'ail. Nous les mangions dans leur jus, à pleine louche. Parmi les aliments gratuits, se trouvaient aussi les poissons de rivière pêchés par mon grand-père, les anguilles et quelquefois des grenouilles. On trouvait encore, en lisière des chemins, de la salade de pourpier et des pissenlits dans les champs. En bordure des chemins, toujours, personne ne vous empêchait de récolter les noisettes et les châtaignes. Parfois, on allait jusqu'à gauler quelques noix, mais là on sortait de la légalité. Sur les buissons, les mûres assuraient des kilos de confitures.

Au milieu de l'été, nous partions dans la campagne ensoleillée à la recherche « des plantes ». Les plantes, toutes les plantes aux vertus médicinales qui permettaient, elles aussi, de se soigner gratuitement : les grandes fleurs bleues de la bourrache pour les rhumes et les fluxions de poitrine, la menthe qui guérit du hoquet, apaise les coliques aussi bien que la toux, le coquelicot qui combat les insomnies, la mauve aux fleurs violacées qui guérit les bronchites et les angines, le serpolet qui tonifie le cœur, l'aubépine qui régularise la circulation du sang, le lierre qui calme les bronches.

Ma mère raffolait de cette médecine par les plantes. Tout comme elle usait et abusait des eaux minérales. La Bourboule, le Mont-Dore, Evian, Vichy, étaient pour elle non pas des lieux mais des mots fabuleux.

Bien sûr, les livres de médecine la fascinaient et

ces livres n'ont pas peu contribué à la rendre hypocondriaque. L'autodidactisme est particulièrement dangereux dans le genre médical. On réussit à se trouver toutes les maladies décrites. Lorsque les remèdes proposés sont aussi simples que ceux du « docteur » Raspail, qui soigne intégralement au camphre, tout va bien, mais parfois les breuvages proposés sont extrêmement compliqués et ma mère s'esquinta l'estomac à les essayer.

J'ai trouvé dans l'armoire de la cuisine plusieurs de ces livres. Un petit opuscule jaune porte sur sa page de couverture :

> *Le Père Benoît*
> *d'Amiens*
> *La Santé*
> *par les simples*
> *Comment j'ai soigné et guéri mes malades*
> *la médecine naturelle à la portée de tous*
> *édité par l'auteur, 1926*

Si vous avez de l'anémie, avec un mauvais estomac, c'est assez simple. Vous prenez quinze grammes d'écorce de bouleau, quinze grammes de reine-des-prés, quinze grammes de pensée sauvage, dix grammes de gentiane, dix grammes de cacao, dix grammes de cola, vingt grammes d'orge, vingt grammes d'avoine, quinze grammes de fleur d'acacia blanc, vous faites bouillir le tout deux heures à petit feu dans un litre d'eau et vous servez.

Les autres remèdes sont à l'avenant.

La *Médecine des Familles* de Raspail est un ouvrage encore plus minuscule, dans le style des almanachs de colportage, qui doit avoir appartenu aux parents de mes grands-parents. Sur la première page :

Médecine des Familles
ou
Méthode hygiéniste et curative
par les cigarettes de camphre
les camphratières hygiéniques,
l'eau sédative, etc.
Contre une foule de maux lents à guérir, ou même
incurables et chroniques, qui ne réclament pas ou ne
réclament plus la présence du médecin, ou bien enfin
qu'on est condamné à soulager en son absence.
par F.-V. Raspail
L'hygiène préserve de la médecine
Paris
Chez Collas, Pharmacien
rue Dauphine, 10
1845

Raspail (qui, lorsqu'on ne l'emprisonnait pas pour exercice illégal du pouvoir, l'était pour exercice illégal de la médecine) préconisait l'emploi du camphre à priser (« de la même manière que le tabac à priser »), des cigarettes de camphre (à fumer), de l'alcool camphré, de l'huile camphrée, du sirop de gomme camphré, de l'eau sédative à base d'ammoniaque. Raspail assurait que sa méthode guérit la gastrite, les maux d'estomac, le rhume, l'asthme, la coqueluche, la migraine, la fièvre cérébrale, la fièvre typhoïde, qu'elle met les opérations chirurgicales à l'abri de la gangrène, de la fièvre, de l'érysipèle et du tétanos et qu'elle peut diminuer des deux tiers les séjours dans les hôpitaux.

Raspail écrit que « le pot-au-feu dirigé avec art est la base d'une alimentation hygiénique... Que de gens j'ai guéris de la gastrite, seulement en réformant leur pot-au-feu », il s'en prend avec véhémence aux vers intestinaux, aux « insectes nocturnes » qui se glissent dans les draps de lit, au froid aux pieds et aux courants d'air.

Ce livre avait été lu et relu car ma grand-mère confectionnait le pot-au-feu dominical avec un soin extrême. Je n'ai d'ailleurs jamais compris comment elle s'y prenait pour que ce pot-au-feu dure trois jours. Le dimanche midi, nous avions la viande bouillie avec ses légumes, le lundi nous retrouvions le bœuf du pot-au-feu, froid, coupé en petits morceaux et à la vinaigrette, et le mardi il restait encore de la viande pour un hachis Parmentier. Sans parler évidemment du bouillon qui réapparaissait à tous les repas.

Quant aux « insectes nocturnes », les punaises étaient considérées comme abominables et la maison qui n'arrivait pas à s'en débarrasser se déshonorait. Par contre, les puces tombaient dans le secteur de la fatalité. Et même de la familiarité. Les punaises faisaient honte, alors que les puces faisaient rire.

L'aristocratie a vécu pendant des siècles en commerce aimable avec ses puces. Il suffit de regarder, dans les musées, les innombrables tableaux et gravures où l'on voit une dame plus ou moins dénudée à la recherche de « sa » puce. Je ne sais si, dans mon enfance, les aristocrates et les grands bourgeois conservaient toujours des puces comme animaux familiers, mais nous, nous n'avions pas, dans ce domaine, décollé du XVIIᵉ siècle. La puce reste associée dans mon souvenir à la lingerie féminine. Car ma grand-mère et ma mère soulevaient de temps en temps leur robe ou dégrafaient leur corsage en fouillant frénétiquement pour trouver l'insecte suceur. Et ce qui m'étonnait, ce n'était pas, bien sûr, que se grattent ainsi les puces en famille, mais ce linge blanc qui apparaissait. J'étais tant habitué à

76

voir « mes » deux femmes vêtues de noir que cette couleur semblait celle de leur peau. En réalité, je m'apercevais qu'il s'agissait d'une carapace qui, lorsqu'elle s'entrouvait, laissait apparaître du blanc, un flot de blanc puisque ces dessous féminins étaient aussi nombreux qu'abondants : jupons, chemises, culottes de la taille de nos actuelles jupes-culottes, cache-corset, flanelle, camisole...

Une puce n'y eût pas retrouvé ses petits. Aussi devait-on poursuivre de longues explorations pour arriver jusqu'à l'insecte qui n'attendait que ce moment-là pour sauter du jupon à la camisole. Aussi, la chasse aux puces requérait-elle la collaboration de plusieurs personnes. Ma mère et ma grand-mère s'entraidaient et bientôt je fus invité à participer aux recherches.

L'une des deux femmes s'asseyait sur un tabouret, devant le feu de cheminée pour ne pas prendre froid, et l'autre se lançait dans l'exploration avec mon aide. C'était à la fois une cérémonie et un jeu. Comme pour tout jeu on arrivait parfois près du but (« Oui, par là, par là... Oh! que ça me gratte! ») ou on s'en éloignait (« Non, plus à droite! Vers le haut! Ça y est, tu l'as perdue! Maladroit! »). Et j'avais l'impression d'éplucher ma mère ou ma grand-mère, en écartant toutes ces couches de blanc, pour arriver jusqu'à la peau, elle-même d'un blanc de linge. (On disait : « Il (ou elle) est blanc comme un linge! ») Jusqu'à la peau qui parfois montrait les rougeurs de la piqûre de la puce, des cloques. Et alors on s'excitait à chercher plus vite, plus vite et parfois on l'attrapait, la puce, juste sous l'ongle. Si ma grand-mère l'attrapait, elle se régalait à croquer la puce, en riant. En riant parce que ma mère trouvait ça choquant et qu'elle s'indignait à chaque fois, comme si c'était nouveau.

Dans un troisième livre de médecine, celui-ci plus sérieux (mais peut-être me paraît-il plus sérieux parce que plus récent, donc plus « moderne »), il est question d'autres insectes corporels, mais ceux-là avaient mauvais genre : le pou et la gale. Il s'agit d'un gros volume broché, à couverture verte avec une croix rouge de pharmacien : *Soignez-vous bien*, par le docteur Octave Belliard, publié par Hachette en 1934. J'ai souvent vu ma mère le consulter et elle me disait : « C'est le docteur Belliard. C'est un savant. Il a son nom sur la place aux Porches. » Vérification faite, il existe bien une place Belliard à Fontenay, mais ce Belliard-là était un général de l'armée napoléonienne dont la maison natale se trouve sur cette place qui s'est appelée en effet avant la Révolution place aux Porches, comme disait encore ma mère. L'homonymie donnait un lustre tout particulier à ce livre qu'il me suffit de feuilleter pour voir qu'il a beaucoup servi à me soigner. L'huile de foie de morue y est recommandée contre la tuberculose. J'en ai donc avalé des litres, à la cuillère à soupe, non sans pleurs et cris. Je suis allé, comme il y est recommandé, boire un verre de sang de cheval à l'abattoir, pour « me remonter ». On m'a mis du goménol dans le nez, contre les rhumes, ce qui ne m'empêchait pas d'être enrhumé tout l'hiver. On m'a donné de l'huile de ricin comme laxatif. On m'a gratifié de quinquina comme fortifiant. On m'a fait des cataplasmes de farine de lin tiède. Tout y est.

A propos des poux, le docteur Belliard en distingue trois sortes : ceux du corps, de la tête et du pubis. On peut être envahi du pou du pubis, dit-il, « en s'asseyant sur une banquette de café ou de voiture publique ». Quant à la gale, qui creuse des galeries dans la peau et donne des démangeaisons nocturnes, le docteur Belliard assure qu'elle est « répandue dans la classe pauvre ».

La classe pauvre, j'en réponds, n'aimait pas la gale, ni les poux, ni les punaises. Elle admettait seulement les puces. Evidemment nous n'avions pas d'eau courante, pas de bain, pas d'autre lavabo qu'une cuvette de faïence dans laquelle nous faisions parcimonieusement couler l'eau d'un broc.

Deux expressions sont éloquentes : « méchant comme la gale », « laid comme un pou ». Par contre, l'amoureux appelait volontiers son aimée « ma puce ».

Le livre du docteur Belliard est illustré de dessins et de planches en couleurs. Je me souviens de m'être arrêté longuement devant ces dessins de bandages, d'orthopédie, et de monstruosités diverses comme le mongolisme, le mal de Pott, le « petit vieux hérédosyphilitique » (un enfant monstre), l'éléphantiasis, etc. Il y avait là de quoi peupler copieusement ses cauchemars. Ma mère m'apprenait aussi à reconnaître les champignons vénéneux sur une carte en couleurs et à distinguer les vipères (abondantes en Vendée) des couleuvres. On y voyait aussi des cartes des maladies, par exemple la carte mondiale de la peste. On poussait un soupir de soulagement en voyant que la France y échappait.

Nos sorties du dimanche me familiarisaient avec la mort. Nos lectures des veillées m'initiaient à toutes les maladies.

Comme Raspail, « mes » deux femmes abhorraient les vers intestinaux, le froid aux pieds et les courants d'air. Les vers intestinaux étaient tenus pour responsables d'un grand nombre de malaises. On me demandait de faire mes besoins dans un petit pot de chambre pour examiner si je n'avais pas de vers. Il suffit de feuilleter les journaux de l'époque pour s'apercevoir que cette obsession devait être commune, les publicités pour les vermifuges y apparaissant aussi abondantes que celles des lotions contre les poux.

Dans la hiérarchie des vers, le ténia se plaçait tout au sommet. A tel point que ce devenait presque un honneur de l'avoir. En tout cas, on en parlait autour de vous avec une certaine considération : « Il a le ver solitaire. » Contre le ténia, ma grand-mère connaissait un remède : les graines de potiron.

On s'entraidait ainsi parmi les pauvres, n'appelant un médecin que pour les cas graves. Chacun conservait encore en sa mémoire quelques recettes transmises de génération en génération, depuis le temps de Geoffroy la Grand' Dent, et même sans doute avant. De maisonnée à maisonnée, on se faisait des échanges de tisanes, d'onguents, d'emplâtres et l'on arrivait ainsi, empiriquement, à reconstituer une médecine populaire.

On considérait, par exemple, le bouillon de lapin comme un fortifiant. Une infusion de racines d'orties apaisait les règles douloureuses. Les fleurs de sureau servaient pour les collyres, celles des lilas pour désinfecter les plaies. Les feuilles de noyer soignaient la gorge. Les marrons d'Inde décongestionnaient le système nerveux. Le gui régularisait les battements du cœur. L'écorce de bouleau calmait les brûlures d'estomac. Mon grand-père se coupait souvent, dans ses travaux de jardinage. Pour ces coupures, ma grand-mère employait un remède infaillible : du poivre moulu très fin et inséré dans la plaie. Au bout de deux heures, la coupure se refermait.

J'ai toujours vu ma grand-mère et ma mère traîner dans la maison leurs éternelles chaufferettes, dans lesquelles elles mettaient de la braise. Tout cela pour ne pas avoir les pieds froids. Mais à se chauffer toujours les pieds, elles finissaient par écoper des engelures.

En réalité, dans ces maisons sans chauffage (seulement un feu de cheminée dans la salle commune, mais jamais de feu dans les chambres si bien qu'en plein hiver l'eau se transformait dans le broc à toilette en morceau de glace) et bien que la Vendée bénéficie d'un climat assez doux, on n'en finissait pas d'être malade. Les compresses d'eau sédative (recommandée par celui que l'on appelait toujours, bien que ce titre ne figurât nulle part, « le docteur Raspail ») contre les maux de tête, l'alcool camphré (toujours Raspail) pour les frictions (ça réchauffe le sang), les inhalations d'eucalyptus, les sinapismes, les cataplasmes, les sangsues, les ventouses, les lavements, ma mémoire enfantine est pleine d'un remue-ménage de médications et d'appareils destinés à lutter contre les attaques répétées de la maladie.

J'ai toujours connu ma mère malade, ou plutôt *patraque* comme elle disait. Jamais gravement malade, sauf en son extrême vieillesse, mais toujours fatiguée, courbatue, anémiée, migraineuse, mal dans sa peau. L'estomac, le foie, puis l'intestin qui s'est mis à pourrir et qu'il a fallu couper, enlever, jusqu'à devoir pratiquer un anus artificiel. Ce fichu système digestif détraqué dans toute notre tribu. Mon père mort de dysenterie, autant que de tuberculose, l'oncle Alfred mort d'une occlusion intestinale, ma mère morte d'un cancer de l'intestin. Moi-même qui ne tiens qu'à force de régimes. Trop de saletés bouffées, trop de famines. Trop de faim au ventre et, dans les années fastes, trop de nourritures bourratives et indigestes. Trop de *mojettes*, trop de choux, trop de fèves, trop de ragoûts...

Peut-être aussi trop de tisanes, trop de décoctions de plantes et d'écorces dont les doses n'étaient peut-être pas très bien calculées. En définitive, une chiasse à rendre Garguantua jaloux. Bouseux on naît, bouseux on le reste.

5

MATER dolorosa... Ma mère toujours vêtue de noir, à l'ancienne mode, éternellement veuve.

D'abord disparue sous ses voiles, comme une *pietà*. Effacée, éliminée. Puis peu à peu redécouverte, mais avec combien de pudeur. Veuve à trente-neuf ans, elle n'osa aborder un peu de violet qu'à la cinquantaine. Elle se faisait une fête, de ce violet, mais avec, néanmoins, mauvaise conscience. L'impression de trahir quelque chose, quelque chose de lointain mais toujours là, comme une boule sur l'estomac. A soixante ans, elle se lança dans le brun et le mauve. A quatre-vingts, elle osa arborer du bleu. Ces gilets de lainage que nous lui achetions pour ses fêtes et anniversaires et qu'elle collectionnait, ne les portant que tout à fait exceptionnellement.

N'ayant pratiquement pas quitté ses parents (sinon pour le bref intermède au « pays où fleurit l'oranger ») ma mère se retrouvait, dans son veuvage, la demoiselle solitaire de sa jeunesse (déjà veuve de monsieur Emmanuel, d'ailleurs). Et elle se rejetait avec boulimie dans la lecture.

Demoiselle, elle lisait François Coppée et Pierre Loti. Bien qu'elle n'ait plus repris de livres de François Coppée après son mariage, elle se souvenait encore dans sa vieillesse de certains vers :

Et surtout ceux-ci qui témoignaient de son obsession de l'ivrognerie, la plaie, le fléau des femmes de son temps :

> *Il entrait toujours ivre et battait sa maîtresse.*
> *Deux sombres forgerons, le Vice et la Détresse,*
> *Avaient rivé la chaîne à ces deux malheureux.*
> *Cette femme était chez cet homme – c'est affreux!*
> *Seulement par l'effroi de coucher dans la rue.*

Coucher dans la rue, cette perspective terrorisait autant les gens de mon enfance que mourir à l'hôpital. Avoir un toit, une chambre, un lit, voilà un bonheur qui ne date que d'hier. Combien de valets de ferme, dans ma famille, n'ont eu pour toit que la charpente d'une écurie et pour lit que la paille d'une litière!

Les hauts lits de bois dans lesquels nous couchions conservaient encore le souvenir de cette paille puisque les matelas ne s'y trouvaient que sous forme de paillasses.

De Pierre Loti, elle avait lu *Le Roman d'un spahi*, *Madame Chrysanthème*, *Aziyadé*. Elle me fit lire ces livres très tôt, mais elle n'osait les relire. Mon père s'y trouvait trop présent. N'étaient-ce pas ces romans qui l'avaient poussée vers cette aventure d'épouser « un colonial »? Néanmoins, elle ne pouvait s'empêcher de reprendre de temps à autre *Pêcheur d'Islande* et de le feuilleter, lisant, çà et là, des phrases qu'elle connaissait par cœur et qu'elle aimait néanmoins retrouver. Car si je dis que ma mère avait une boulimie de lectures, cela ne signifie pas qu'elle disposait d'une immense bibliothèque. Elle ne possédait en réalité que quelques livres, mais qu'elle relisait souvent. On ne lisait pas des livres, on lisait *son* livre.

Ces femmes, ces filles de *Pêcheur d'Islande*, qui attendent interminablement le retour des bateaux, comme elle devait s'y retrouver, elle dont la vie ne fut qu'une longue attente : attente du fiancé parti à la guerre, attente du mari courant les bistrots et les fermes, plus tard attente du fils saisi à son tour par la maladie de la bougeotte.

« *Et toutes les heures du jour passaient, l'une après l'autre, et toutes les heures du soir, et toutes celles de la nuit, et toutes celles du matin. Quand elle comptait depuis combien de temps il aurait dû revenir, une terreur plus grande la prenait; elle ne voulait connaître ni les dates ni les noms de jours.* »

Ainsi Loti parle de la petite Gaud, mariée pendant six jours, qui attend son Yan disparu au large de l'Islande.

La mer, le froid, la pluie, le sel, le gel, la brume, toutes ces horreurs, aurait dit ma mère qui détestait la nature, comme tous les gens qui ont pâti des éléments et de la dureté de la terre et de la mer, pendant des siècles.

« *Les tombées de nuit lugubres où, de bonne heure, tout se faisait noir dans la vieille chaumière, et noir aussi alentour.* »

Comme je m'en souviens de ces tombées de nuit lugubres! La lumière ne s'allumait qu'à la limite extrême du jour, afin de ne pas trop dépenser. On eût dit aussi que l'on cherchait à allonger le temps du jour, à le prolonger le plus longtemps possible, la nuit et son obscurité étant aussi redoutées que l'hiver.

Et Sylvestre, dans *Pêcheur d'Islande*, Sylvestre

parti en bateau (toujours des bateaux et des départs) dans la mer de Chine, Sylvestre troué d'une balle dans la boue d'une rizière tonkinoise et qui meurt sur le retour en France du bateau-hôpital... Toujours des bateaux et toujours en toile de fond exotique ce que l'on n'appelle jamais l'Indochine (ni à plus forte raison le Vietnam) mais du nom de ses cinq États : la Cochinchine, le Tonkin, l'Annam, le Laos, le Cambodge; les indigènes étant tous dits Annamites.

On voit combien Loti semblait de la famille. Si bien qu'un jour, ma mère, qui ne sortait jamais pour autre chose que le travail ou la cueillette, se mit en tête d'aller visiter la maison de Pierre Loti à Rochefort.

Rochefort est à quatre-vingts kilomètres de Fontenay. Ce n'est plus « le pays ». Le « pays » va à la rigueur jusqu'à La Rochelle, en souvenir sans doute des liens sanglants entre cette ville et la Vendée huguenote. Après, c'est « ailleurs ».

Le dépaysement commença dès l'arrivée à la gare de Rochefort, une gare somptueuse du style casino, avec une grande coupole centrale et un bâtiment longiforme en redan butant sur deux bâtiments terminaux carrés qui s'appliquent à paraître Renaissance. Au-dessus de la grande marquise vitrée de l'entrée, entre des blasons, s'étalent les immenses lettres en cintre qui indiquent : « Chemin de fer de l'État. » Ma mère était toujours émerveillée lorsqu'il s'agissait de « l'État », ce seigneur invisible et omniprésent, bien plus puissant que ne le furent jamais nos hobereaux crottés. Émerveillée et un peu terrifiée; en même temps reconnaissante puisque l'État lui versait une pension. Mon père avait été « serviteur de l'État » comme le père et la mère de ma mère avaient été serviteurs du baron de la V... Et dans cette ville de Rochefort, construite de toutes pièces sous Louis XIV et Colbert, l'État étalait partout sa présence. Dans le plan de la ville d'abord, tracé à la règle : un échiquier de rues droites, très larges, se coupant à angles droits. Ville de casernes. Ville-caserne.

J'ai très vite su qu'il s'agissait d'un double pèlerinage.

Après avoir suivi l'inévitable rue de la Gare, avenue toute droite bordée de platanes, nous prîmes en effet un chemin de ronde qui entoure l'énorme Hôpital des Armées. Rue Toufaire, nous nous arrêtâmes devant la tour carrée de la Salle d'Armes de la Marine, intrigués par les trois cadrans d'horloge aux heures contradictoires. Des sentinelles coiffées du bonnet à pompon faisaient les cent pas devant la préfecture maritime, fusil à baïonnette sur l'épaule. Nous allâmes jusqu'aux bâtiments de l'Arsenal, au bord de la Charente. L'un d'eux portait cette curieuse inscription : École des Fourriers.

« Qu'est-ce que c'est, un fourrier ?

– Un fourrier (ma mère cherchait, remontait dans ses souvenirs du « pays où fleurit l'oranger » et trouvait les copains sous-officiers)... Un fourrier... oui... quand ton père partait en route, eh bien, il y avait des sous-officiers qui s'occupaient de la nourriture et du logement. On les appelait les fourriers... »

Emportée par ses souvenirs, elle me traînait autour des casernes. Les soldats aux képis noirs à ancres de marine nous dévisageaient. L'un d'eux plaisanta :

« Alors, il vient pour s'engager ce gaillard ? »

Ma mère répliqua, prenant son ton de tragédienne :

« Son père est venu s'engager là ! »

Les soldats se mirent à rire :

« Et vous voulez savoir s'il est revenu, ma petite dame ? »

Vexée, ma mère me tira par la main vers la rue du port et nous partîmes, dans une grande excitation, à la recherche de la maison de Pierre Loti. Que comptions-nous y voir? Pierre Loti lui-même ou mon père ressuscité? Il devait y avoir des deux.

Ma mère n'osait demander où se trouvait la maison du romancier. Elle savait que cette maison existait, que son intérieur ressemblait aux livres de l'écrivain, avec un salon turc, des statues d'Asie, des armes, des tapis d'Orient, tout un bric-à-brac colonial beaucoup plus fabuleux que celui rapporté par mon père (mais Loti était officier, noblesse oblige!), seulement comment la trouver, cette maison? Aujourd'hui, la chose serait simple puisque la maison de Loti est devenue un musée et se trouve tout simplement rue Pierre-Loti. Mais lorsque nous allâmes à Rochefort pour ce pèlerinage, Loti n'était mort que depuis une dizaine d'années.

Que de rues de Rochefort n'avons-nous pas parcourues, toutes désespérément semblables. A croire que nous n'avancions pas. A croire que le temps s'était arrêté et que nous piétinions. Ces rues si monotonement droites étaient balayées par le vent du large, glacial. Nous nous trouvions bien loin de *Madame Chrysanthème*. Et puis, lorsque, lassés, nous reprenions le chemin de la gare, tout près de la rue du Port un homme, intrigué par notre manège, interpella soudain ma mère :

« Voulez-vous visiter la maison de M. Loti? »

Ma mère bredouilla, me prit par la main et s'enfuit. La panique! Nous aurions voulu trouver Loti tout seuls. Ce monsieur entrait par effraction dans notre rêve. Je devais avoir douze ans. Combien de fois pareille aventure m'est arrivée depuis!

On aborde presque au rivage de son rêve, on va y pénétrer, et quelque chose intervient qui vous fait fuir, quelque chose qui a cassé à tel point le rêve que l'on n'en a plus envie.

Loti et Coppée, auteurs de la jeunesse de ma mère, auteurs de la vie rêvée, de la vie prénuptiale. Auteurs placés dans le rayon des regrets, comme « le pays où fleurit l'oranger ». Dans son veuvage, un autre auteur de prédilection, Pierre l'Ermite.

Peut-être ne connaissez-vous pas Pierre l'Ermite? Ses romans ont pourtant tiré de trois cent à cinq cent mille exemplaires. Curé de Montmartre, et de son vrai nom Edmond Loutil, Pierre l'Ermite emmenait chaque année les enfants de son patronage dans une colonie de vacances à Noirmoutier. La Vendée apparaît donc souvent dans ses livres.

Deux d'entre eux plongeaient ma mère dans une grande exaltation : *Comment j'ai tué mon enfant* et *Pas de prêtre entre toi et moi.*

Je m'étais toujours demandé où ma mère avait pris certaines de ses phrases grandiloquentes, que l'on eût dites d'un Corneille ou d'un Racine du pauvre. Je les pratiquement toutes retrouvées dans Pierre l'Ermite.

Comment j'ai tué mon enfant est l'histoire d'une mère, veuve d'un colonial, qui couve son fils unique. Mais le curé du patro entreprend d'arracher ce fils de riche à son milieu pour le mettre au service des pauvres. Le jeune homme avoue à sa mère qu'il désire être prêtre :

« Mme Yholdy se jette dans un fauteuil et se met à fondre en larmes.

— Alors, c'est fini, je n'ai plus qu'à mourir, car mon fils, mon seul amour, est mort... Moi qui rêvais de sortir un jour à son bras...

— Mais maman, l'abbé Firmin vous a dit jadis qu'aucune mère n'est plus heureuse ici-bas que la mère d'un prêtre...

— Oui, les femmes de rien! Les femmes du peuple, les femmes de ton patronage! Celles dont les fils auraient été des petits employés, des camionneurs...

des meurt-de-faim s'ils n'avaient pas été curés! Mais moi! Mais toi!... Laisse-leur la prêtrise à ces pauvres... »

Réponse du prêtre à la mère éplorée qui vient le supplier de lui laisser son fils :

« Je vous avais confié mon fils pour en faire un homme et vous voulez l'ensoutaner.
— Votre fils, madame, vous sera toujours pris... par une femme ou par Dieu... »

La mère réussit à récupérer son fils en feignant une maladie grave, s'arrange pour le faire embusquer pendant la guerre de 14. Mais trop couvé, trop gâté, finalement trop solitaire, ce fils se suicide en se jetant à la mer à Noirmoutier.
Réflexion de la mère :

« Quand les enfants sont petits ils vous marchent sur les pieds. Quand ils sont grands ils vous marchent sur le cœur. »

Je n'avais jamais lu Pierre l'Ermite avant de partir à la recherche des sources de l'accent de ma mère. Sous la coupole de la Bibliothèque nationale, ce petit livre à trois sous des Éditions de la Bonne Presse m'a causé une profonde stupéfaction. Cette mère veuve d'un colonial, ce fils qui veut être prêtre, ce fils couvé que l'on vous arrache (« L'enfant qu'il m'a volé », dit la mère en parlant du curé) combien je comprenais l'affabulation que pouvait en faire ma mère. Non pas que j'eusse ressenti une vocation religieuse. Mais néanmoins, puisque j'apprenais bien à l'école, le vicaire du patronage me faisait miroiter la gratuité du séminaire. Et puisque je parlais toujours « des colonies », pourquoi ne serais-je pas missionnaire? Mais il en fut comme pour la maison de Loti. De douze à quatorze ans, on en parla beaucoup de ce futur séminaire, et des missions. Mais lorsque après le certificat d'études le vicaire vint solennellement, rue des Orfèvres, me demander en présence de ma mère : « Alors, c'est oui ou non. Il faut maintenant que tu choisisses. Ou bien tu prends un métier, ou bien tu deviens prêtre.

– Oui, dit ma mère, très agitée, il faut que tu choisisses, tu ne peux pas laisser comme ça monsieur l'abbé, le bec dans l'eau. »

J'ai dit non. J'ai eu tort. Je ne savais pas que l'on pouvait faire des études au séminaire et ensuite jeter la soutane, comme le fit Rabelais de son froc. Je croyais que les études au séminaire se payaient d'une vie obligatoirement ecclésiastique. On ne m'avait pas informé de la séparation de l'Église et de l'État. J'ai dit non. Ma mère a enchaîné, très vite :

« Je savais bien, monsieur l'abbé, qu'il n'avait pas la vocation. »

Quatre ans de gagnés, jusqu'à ce qu'arrive la première femme...

Pas de prêtre entre toi et moi! nous concerne moins directement. Il s'agit d'une jeune fille pieuse, plutôt bigote, amie du vieux curé, et qui s'occupe des enfants et du cathéchisme. Elle épouse un jeune avocat brillant qui va à la messe mais ne fait pas ses Pâques. Il jalouse sa bigoterie : « En amour, dit-il, quand on ne donne pas tout, on ne donne rien. » Et à propos du curé : « Cet homme, il est entre toi et moi toujours... Il me vole ma femme. » Réponse de l'épouse : « Vous êtes pour la terre... Lui il est pour le ciel... Tout vrai chrétien a deux foyers : le sien et puis sa paroisse. »

Le mari interdit à sa femme la fréquentation du curé, ainsi que la confession et la communion. Il ne lui permet que la messe le dimanche, le maigre du vendredi et le denier du culte. Puis, en lui glissant de mauvaises lectures (Rabelais, Voltaire, Michelet), il réussit à lui faire perdre la foi. Mais le jour où cette femme s'aperçoit que son mari a une maîtresse, que lui reste-t-il à faire, sinon de perdre la raison?

Poussant la curiosité jusqu'à lire d'autres livres de Pierre l'Ermite, comme *La Vieille Fille* et *Peut-on aimer deux fois*, j'y retrouve la plupart des références culturelles de ma mère. Le couplet de *Mignon* (« Connais-tu le pays où fleurit l'oranger... ») et celui de *Carmen* (« L'amour est enfant de bohème »). J'y retrouve souvent le portrait de la Petite Sœur Thérèse de l'Enfant-Jésus encadré dans notre chambre, comme dans la plupart des chambres des personnages de Pierre l'Ermite. J'y retrouve : « Mourir à l'hôpital, c'est mourir deux fois. »

La Vieille Fille... Peut-on aimer deux fois... Ces titres seuls pouvaient mener ma mère dans de bien mélancoliques rêveries.

Je me souviens que, du temps où nous vivions en Vendée, la lecture du *Petit Écho de la Mode* constituait le régal hebdomadaire de ma mère. Et non seulement la lecture de cet « illustré », mais les travaux pratiques qui en découlaient. C'est ainsi que ma mère se constituait une bibliothèque de petits romans, grâce à des encarts qui permettaient à chaque livraison de former des cahiers de huit pages en pliant les feuilles suivant une formule indiquée. Ces cahiers étaient ensuite assemblés et brochés en passant un fil aux points désignés par l'imprimeur.

Là encore, puisque je suis allé jusqu'à lire ces brochures jaunies, dont le papier se cassait sous mes doigts, on peut voir facilement dans quelle excitation ces romans mélodramatiques conduisaient une veuve qui se faisait peu à peu une vertu de son veuvage, conduite d'ailleurs sans doute, ou

en tout cas aidée dans sa philosophie du renonce-
ment et du culte du « héros mort », par cette
littérature édifiante et lénifiante.

Par exemple, ce début de *Il y a danger!* par
Emmanuel Soy :

« *Ayant terminé cette lettre, la malade, épuisée par
cette fatigue au-dessus de ses forces, se renversa dans
son fauteuil. De ses grands yeux tristes et creusés, elle
regarda la petite fille grave qui, dans un coin de la
pièce, jouait sans bruit avec une vieille poupée.*
– *Pauvre petite... Moi, je m'en vais... Mon combat
sera bientôt fini, mais le tien va commencer... Que
vas-tu devenir?* »

Le danger, la fatigue, l'angoisse de la maladie et
de la mort, l'obsession de l'avenir pour son enfant
« qui ne pourra pas faire d'études parce qu'on est
trop pauvres », tout y est. On dirait que le *Petit Écho
de la Mode* n'écrivait que pour elle! Ce qui signifie
que les lectrices du *Petit Écho de la Mode* devaient
être pour la plupart dans son cas. Vieilles filles, ou
veuves, ou divorcées, ou abandonnées, ou malheu-
reuses en ménage, l'éventail de l'infortune féminine
était suffisamment grand pour que cette publica-
tion, entièrement axée sur le réconfort moral et
bien-pensant, soit prospère. Si prospère que ce
journal a survécu à toutes les crises politiques et
religieuses, à la guerre, à la résistance et à la
collaboration, à la Libération comme à Mai 68.
Simplement, il a supprimé de son titre l'adjectif
« petit ». Petit sous-entendait entre les deux guerres
mondiales une idée de gentillesse et aussi de feinte
modestie. Le populaire se faisait petit, se disait
petit, pour mieux échapper au regard des grands,
pour ne pas les indisposer. Le populaire voulait
alors passer inaperçu. Vieille habitude paysanne qui
savait que le château, tout là-haut, a la manie des

grandeurs et qu'il ne tolère autour de lui que la petitesse. Alors autant feindre d'être petit, alors autant crier à qui veut l'entendre que non seulement on est petit mais qu'on a plaisir à l'être, que l'on ne se trouve jamais si bien que dans un trou de belette. Rien ne vous empêche ensuite, la nuit tombée, d'aller saigner le lapin du maître.

Aussi la démagogie de la presse s'empara-t-elle de ce sentiment confus en en faisant l'adjectif de ses titres. *Le Petit Écho de la Mode* n'était pas seul à tirer sur cette corde sensible. A Bordeaux on lisait *La Petite Gironde*, à Marseille *Le Petit Marseillais*, à Angers *Le Petit Courrier*, à Troyes *Le Petit Troyen*, etc.

Autre roman broché avec du fil de couture par ma mère : *D'un cœur inapaisé*, par Marie Barrère-Affre. En voici la fin :

« *Ce soir, debout devant la pierre tombale où le connétable d'Aulussard-Montaltier repose dans la paix suprême, un peu de soleil blond sur ses cheveux argentés, elle rêve. L'effigie de marbre s'allonge parmi les lettres de l'épitaphe : Fidèle à son Dieu, à son Roy, à sa dame et à sa parole... Doucement, un sourire aux lèvres, Micheline répète : "Fidèle !"*

« *Lente, elle s'éloigne, faisant tourner autour de son doigt pâle l'alliance brillante et l'anneau où courent les lierres; et toute l'immortelle espérance est dans son cœur enfin apaisé... »*

Ces romans font un abus invraisemblable des points de suspension. Presque tous les titres de ces romans pliables et cousables en comportent. Chez Pierre l'Ermite c'est une telle manie que l'impression de ses livres contient au moins le quart des caractères en points de suspension. Mais les points de suspension permettent de faire flotter le lecteur, de le tenir sans cesse en haleine, c'est un peu comme le heu du langage parlé.

La pierre tombale, le rêve, la fidélité dans le veuvage, l'anneau d'or au doigt, l'espérance, l'apaisement, c'est comme un portrait de celle que j'essaie, d'une manière plus longue et finalement peut-être plus malhabile, de raconter.

Je parlais de travaux pratiques. La chronique de la mode, tenue par la baronne de Clessy, permettait de faire jouer ses aiguilles et ses crochets. Je retrouve de nombreux exemples de points de broderie dont ma mère s'est acharnée à vouloir orner tous nos mouchoirs de poche, ce qui les rendait inutilisables, la mauvaise qualité du tissu amenant le linge à se contracter autour des broderies, à se froncer, et finalement à se recroqueviller.

Je feuillette une collection du *Petit Écho de la Mode* de 1936 et je revois ma mère dévorer des yeux toutes ces lingeries, ces dessus, ces dessous, ces « manteau d'auto », « tailleur de voyage », « robe de visite », « robe du soir », « élégant déshabillé », etc., alors qu'à l'époque, comme je l'ai déjà dit, elle ne se vêtait que de noir. Lorsqu'elle renonça à son voile de veuve, elle porta ensuite des petits chapeaux de la plus parfaite banalité, en feutre noir l'hiver, en paille noire l'été. Mais pour ces chapeaux elle allait néanmoins en grand cérémonial chez une modiste, comme toutes les autres femmes (sauf celles qui, comme ma grand-mère, portaient leur éternelle et immuable coiffe blanche). On ne s'achetait jamais des chapeaux tout faits. De même que l'on achetait des patrons-modèles indiqués par le *Petit Écho de la Mode* pour ses robes que l'on faisait faire par une couturière, on allait chez une modiste, *sa* modiste, avec les derniers numéros de l'*Écho de la Mode* dans son sac à main. Et la quantité de petits chapeaux qui sont décrits, dessinés dans le *Petit Écho de la Mode* est phénoménale. Panamas, chapeaux en duvetine, tyroliens, marquis, amazones, bérets en velours, toques, canotiers bretons («en bakou noir bordé d'un gros-grain rouge»); chapeaux à aigrettes, à plume-baïonnette, à fleur, à ruban, avec oiseau, «en ottoman de soie», «en paille exotique», «en paille anglaise», «en paille des Antilles», «en paille Manille» ou encore, lit-on dans un numéro: «Ornés des plus charmantes fantaisies de plumes posées spirituellement à la manière de Robin des Bois, de Puck ou de Merlin l'Enchanteur.»

Donc les pauvres, comme les riches, avaient leurs tailleurs et leurs modistes. Il ne s'agissait évidemment pas des mêmes. Ces couturières (et non tailleurs) et ces modistes étaient elles-mêmes pauvres, comme les laveuses et les ravaudeuses (ce qui sera finalement le métier de ma mère). Mais néanmoins les couturières et les modistes se situaient à un échelon social beaucoup plus élevé que les laveuses et les ravaudeuses. De même qu'un savetier se trouvait nettement moins haut dans les marches du sous-sol qu'un cordonnier. Plus de considération pour celui qui fabrique que pour celui qui répare et à plus forte raison que pour celui qui vend. Le marchand de draps semblait plus riche que le tisserand, mais c'est le tisserand que l'on estimait.

Ma mère partait chez *sa* modiste avec une liasse de feuilles du *Petit Écho de la Mode* pour se faire confectionner un chapeau splendide et elle en revenait avec son éternel feutre rapetassé, transformé, mis à la mode, dont elle se montrait d'ailleurs très contente, ce qui était le principal.

La coutume voulait que l'on se mette des peaux de renards au cou et aux manches. Ma mère tenait autant à son renard qu'à son alliance. Mais ce renard, qu'elle avait fait teindre en noir, datait du temps de mon père. Je revois encore très bien sa tête triangulaire, avec des yeux en billes de verre. Ce renard, seul animal dans notre maison, perdait d'année en année un peu plus de poils. Si bien qu'aux approches de mes quatorze ans, je commençais à me sentir honteux lorsque ma mère le jetait sur ses épaules pour sortir en ma compagnie. Je ne voyais plus de ce renard que le côté mité, pelé, minable. Il me semblait même qu'il sentait mauvais. De plus, la teinture du veuvage se décolorait par endroits, donnant à la bête une couleur pisseuse. Je ne savais comment dire à ma mère de jeter cette défroque, car je voyais bien qu'elle y tenait, que ce déchet de renard conservait pour elle une image de splendeur impossible à retrouver dans du neuf, trop cher, inaccessible. Heureusement la mode du renard passa. Néanmoins ce renard de plus en plus mité, de plus en plus pisseux, sentant de plus en plus mauvais, nous suivit dans nos pérégrinations à Nantes. Jusqu'à ce qu'un jour, un chien affamé ou myope nous le dérobât, ma mère l'ayant posé, malencontreusement pour elle, heureusement pour moi, sur le dossier d'une chaise, devant notre porte, pour le faire sécher au soleil.

Bienheureuse disparition, qui lui permit d'affabuler longtemps sur ce renard, qui devint peu à peu renard argenté et que l'on eût pu vendre à un naturaliste, ce qui nous eût permis de passer des caps difficiles, etc.

Travaux pratiques encore que ceux conseillés par la chronique *La Bonne Cuisine à bon marché*. Bon marché certes, mais bonne cuisine? Le potage aux cosses de pois, la tarte aux pommes de terre, les navets farcis, le chou à la villageoise, le ragoût de légumes à la bordelaise, le tapioca aux pommes, tout ça venait donc de ce maudit *Petit Écho de la Mode*!

Ma mère se ruait bien sûr sur la *causerie médicale* où le rhume de cerveau se retrouve en bonne place : « Ce n'est ordinairement pas par le froid au visage que l'on s'enrhume du nez; c'est par le froid aux extrémités... Le refroidissement de la plante des pieds, voilà donc une des causes les plus ordinaires du catarrhe nasal. » Les remèdes indiqués me replongent dans l'environnement médicamenteux de mes jeunes années : fumigations ou inhalations de mauve, guimauve, violette, bains de pieds chauds ou sinapismes, sudation (avec la bourrache de nos cueillettes, prise en tisanes), bouillottes, chauffe-pieds.

Nous conjuguions, avec ma mère : j'enrhume, tu enrhumes, il enrhume. J'ai continué à le faire, inconsciemment, jusqu'à ce que ma femme me réprimande : « On ne dit pas j'enrhume, mais je m'enrhume. » En effet, le *Petit Écho de la Mode* lui-même écrit « on s'enrhume », alors que nous avons toujours dit : « On enrhume. »

J'ai essayé de me corriger de cette « faute » jusqu'à ce que, retournant dans l'Ouest, j'entende très nettement quelqu'un dire : « J'enrhume. » Je ne faisais donc pas une « faute », sinon contre le français académique, et « l'accent de ma mère » n'avait pas totalement disparu de mon langage, contrairement à ce que je croyais. En vieillissant, j'ai d'ailleurs tendance à récupérer certains mots, sans le vouloir. Ils me remontent à la gorge et fusent soudain, comme un rot que l'on ne peut éviter. Du moins ils apparaissent ainsi dans le contexte du « beau langage », ces mots français déformés ou ces mots patois. Ils détonnent, insolites, sorte d'éructation.

1936. C'est bien une collection du *Petit Écho de la Mode* de 1936 que je feuillette! Aucune allusion, nulle part, au Front Populaire. Les *Livres du moment* recensés sont les *Lettres du sud de Madagascar*, par le maréchal Lyautey, *Henry de Bournazel*, par Henry Bordeaux, *Le P. Mell, apôtre de la Guinée française*, par P. Piacentini, *Mémoires du Sergent*

Bourgogne (Hachette), *Bayard*, par Paul Bellaguy, *La Vie de Jésus*, par François Mauriac... La seule allusion à l'actualité pourrait se trouver dans ce « costume d'Éthiopien pour garçonnet de douze à treize ans » que recommande la rubrique de la mode, mais que la postérité n'a pas retenu au même titre que d'autres costumes aussi ridicules dont on affligeait les enfants : costume marin ou costume de golf.

Il me semble réentendre ma mère (il y a pourtant plus de quarante ans) me parler de ce *Courrier de Liselotte* (qui fait aussi un éditorial : *Le Jardin des âmes*). Quelle aubaine pour les solitaires que ces courriers au lecteur. On trouvait aussi dans le *Petit Écho de la Mode* un « courrier du docteur » et des pensées « d'hommes illustres » que ma mère recopiait sur des petits carnets. Par exemple cette réflexion profonde et bien sentie de René Bazin : « La mort est notre dernier devoir. Il faut bien le faire. »

Et ces placards de publicité, comme ils témoignent bien encore de l'obsession de la maladie qui n'affectait donc pas que ma mère. Goitres, épilepsie, malfaisance des poux, maladies « honteuses » agitent leurs crécelles. Cependant que les Grains de Vals assurent qu'ils combattent la constipation, que les Lithinés du docteur Gustin se posent en vainqueurs des rhumatismes, que l'abbé Soury offre sa jouvence aux femmes sur le retour d'âge, que le Vin de Frileuse s'affirme « le plus fort des fortifiants » et un « donneur de globules rouges », que le Phoscao assure qu'il combat les « maladies de langueur », que la crème Tokalon préserve la peau, que le « Bon Vermifuge Lune » tue les vers des bébés à la moue pleureuse. Autant de remèdes proposés ne témoignent pas d'une santé florissante chez les lectrices du *Petit Écho de la Mode*.

Dans le vocabulaire des journalistes de la rue

Gazan revient souvent le mot « fantaisie ». Tout est matière à fantaisie. D'où sans doute cette inscription de la main de ma mère au dos d'une photo qui me représente en costume marin, tenant un cheval de carton bouilli au bout d'une ficelle : « Michel, avec sa fantaisie de petit jouet. » On y retrouve les termes petit et fantaisie. « Sa fantaisie de petit jouet », cette phrase me plaît beaucoup pourtant. J'y vois chez ma mère une propension à l'allégorie. Ce n'est pas, comme on aurait pu s'y attendre : « Michel, huit ans. » Non, ma mère répugnait à ces constats dépourvus de poésie. L'âge, finalement, lui importait peu. Elle voulait se souvenir en écrivant au dos de la photo de ce moment d'une vie où un petit jouet apportait dans l'existence d'un enfant (et dans la sienne) une « fantaisie », donc un caprice, un goût passager et original. Aussi original, bien que non exceptionnel, que cette « fantaisie » de m'habiller à huit ans en fusilier marin et à treize ans en joueur de golf.

6

DE l'aspect physique de mon père, ma mère retenait un détail qui l'avait beaucoup frappée, car elle y revenait souvent : « ses belles mains blanches ». Des mains blanches, des mains non gercées, non déformées par le travail de la terre, des mains que la bêche ou la cognée n'ont pas transformées en battoir, cela devait être si rare dans notre milieu que ma mère caressait ce souvenir comme une image de luxe. Elle n'ajoutait pas, comme on pourrait s'y attendre dans mon nouveau langage : « des mains d'intellectuel ». Le mot intellectuel nous était inconnu. Je ne l'ai jamais entendu prononcer avant de le trouver, adolescent, dans des livres. Elle disait (on disait) quand elle (quand on) parlait de mains blanches, des mains de coiffeur, ou de commis de magasin, ou de pharmacien.

Or, ces mains blanches de mon père, mains de paysan blanchies dans la pratique militaire où, comme on le sait, quoi que l'on fasse on a toujours les mains propres, ces mains blanches devaient me poursuivre. Elles me poursuivent encore puisqu'il paraît que j'ai la manie de me laver les mains vingt fois par jour, alors que depuis longtemps je ne fais plus de métier sale. Puisqu'un jour mon ami, le sculpteur Gilioli, lui aussi prolo parvenu, m'a dit cette chose qui m'a stupéfié : « Pourquoi mets-tu toujours tes mains sous la table? Pourquoi es-tu toujours en train de les frotter l'une contre l'autre? Tu as un malaise avec tes mains. Tu as des mains honteuses. »

Mains honteuses, mains honteuses? Moi je n'ai pas honte de mes mains. Mais, peut-être, ont-elles honte de moi?

Dès l'approche de mes quatorze ans, ma mère me parla de métiers qui conservent les mains blanches. Pas pharmacien, bien sûr, mais préparateur en pharmacie. Je ne sais comment lui vint cette idée, mais elle me voyait commencer comme garçon de course dans une pharmacie puis le pharmacien m'aurait appris le secret de ses breuvages et, peu à peu, je serais devenu préparateur. Ce mot « préparateur », dans sa bouche, devenait phénoménal. Ce serait, à n'en pas douter, une promotion sociale assez inouïe pour toute la famille. Elle chercha le pharmacien qui voudrait bien accepter un « débutant » et le « former ». Le plus étonnant c'est qu'elle le trouva. Mais on ne se lance pas dans une telle aventure sans demander conseil à l'abbé de la paroisse. Vexé sans doute par mon refus du petit séminaire, l'abbé s'opposa carrément à ce projet, arguant que le pharmacien en question était un célibataire de mauvaise vie.

Ma mère *qui ne voulait pas tuer son enfant* fit confiance à l'abbé et chercha du côté des coiffeurs. Mais aucun coiffeur ne ressentait un besoin d'apprenti. Commis de magasin paraissait prétentieux et, de toute manière, j'étais trop jeune. Qu'à cela ne tienne! Si notre petite ville n'avait pas besoin de son fils, elle irait ailleurs, nous irions ailleurs.

Nous allâmes ailleurs, dans la métropole qui chevauche Bretagne et Vendée, c'est-à-dire Nantes.

Lorsque les Vendéens ont un reproche à faire à la nation, c'est à Nantes qu'ils s'adressent. Pas à La

Roche-sur-Yon, ville qui n'existe pas puisque créée de toutes pièces par un général de la République devenu usurpateur sous le nom ridicule de Napoléon Ier. En juin 1793, l'ogre paysan qui brandit ses fourches et ses faux n'eut qu'une seule idée : dévorer la bourgeoisie de Nantes. Aller leur montrer, à ces messieurs en habits noirs, que les bouseux du bocage ne se laissent pas *embobicher*, ni *enjominer*. Aller leur montrer qu'on existe, le *dail* à la main et un sacré-cœur rouge cousu sur la poitrine.

Ils étaient quatre-vingt mille qui marchaient sur Nantes, venus du bocage, des mauges, du marais. En tête de l'immense colonne, des hommes déguenillés, aux uniformes bleus, enchaînés : les prisonniers républicains dont ils se servaient comme boucliers. Puis des cavaliers sans selle, sur des chevaux de labour, avec des cordes en guise d'étriers. Cent trente canons tirés par des bœufs. Tous ces canons, ils les avaient pris à l'armée républicaine grâce à une technique déroutante pour des soldats de métier qui observaient encore les règles du jeu de la guerre. Ils se jetaient à plat ventre lorsque tiraient les canons ennemis et, pendant que les artilleurs rechargeaient leurs engins, se précipitaient en hurlant sur les pièces, assommaient les soldats ahuris et retournaient les canons sur l'infanterie républicaine. Cette artillerie récupérée était commandée par un paysan nommé Six-Sous. Derrière venaient les chariots de mitraille. Puis les fantassins regroupés par paroisses. Le quart de ces fantassins disposait de vieux fusils de chasse ou de fusils de guerre récupérés sur les prisonniers bleus. Les autres étaient armés de bâtons, de coutres de charrue, de pieux, de broches à rôtir et de faux emmanchées à l'envers.

Ils marchaient lentement, de leur démarche habituelle lorsqu'ils suivaient leurs bœufs, sans parler ou presque, égrenant le chapelet qu'ils tenaient à la main ou récitant des prières. De temps en temps, de paroisse à paroisse se relançaient les versets d'un cantique. Le *Vexilla Regis*, composé au VIᵉ siècle par l'évêque poitevin Fortunat, était devenu leur hymne favori. Mais ils aimaient aussi la musique de *La Marseillaise* et ils la chantaient avec quelques couplets modifiés.

Toutes les villes, tous les bourgs républicains rencontrés en cours de route, étaient mis au pillage. Dès que les « bourgeois » entendaient le hurlement de leurs cornes à bœufs (qu'ils préféraient aux tambours), la panique s'ensuivait. Les « vainqueurs de Valmy » eux-mêmes étaient à tel point terrifiés qu'en mars 1793 soixante mille prisonniers encombraient les colonnes vendéennes. Devant traîner des régiments entiers sur les routes, ils auraient bien voulu les échanger contre des chouans prisonniers, mais la République répondait : « On ne traite pas avec les brigands, ce serait reconnaître leur puissance. » Et la République fusillait les prisonniers chouans. Les Vendéens se vengeaient en mettant leurs prisonniers en première ligne. Mais soixante mille prisonniers pour une armée de quatre-vingt mille hommes devenaient une charge impossible. Les Vendéens eurent alors l'idée curieuse de relâcher leurs prisonniers après les avoir tondus, persuadés qu'ils ne se relèveraient pas d'une telle humiliation.

Dans leur marche sur Nantes, les Vendéens paraissaient à un tel point invincibles qu'un de leurs officiers, de Lescure, se disait persuadé qu'ils prendraient Paris avant la fin de l'été. Villes, bourgs, villages, rien ne leur résistait en effet. Ils délivraient les prisonniers « blancs », emplissaient des charrettes de sacs de blé, de barriques de vin, de bonbonnes d'eau-de-vie, de munitions, de poudre. Puis repartaient vers le nord, de leur marche lente, rencontrant en chemin des villages incendiés par les républicains qui refluaient, des troupeaux errants, des cadavres, des chiens abandonnés redevenus aussi sauvages que des loups.

Le soir, au campement, ils récitaient leur chapelet, debout, tête nue, leurs longs cheveux raides recouvrant leurs épaules.

Aux approches de Nantes, les Vendéens se divisèrent en cinq colonnes, l'une devant attaquer la ville par la route de Paris, une autre par la route de Vannes, une troisième par la route de Rennes, une quatrième en descendant l'Erdre, et la cinquième, celle de Charette, canonnant la ville depuis Pont-Rousseau. Le 28 juin, la ville était totalement encerclée. Mais les bourgeois nantais, au lieu de céder à la panique, se défendirent avec une énergie inattendue. Un marquis, Canclaux, commandait la garnison républicaine. L'armée vendéenne était menée, elle, par un colporteur, fils de maçon : Cathelineau. Dans cette première grande bataille, toute l'ambiguïté de la révolution et de la réaction apparaît. Nantes pris par les Vendéens, tous les historiens sont formels, la République était perdue. Rien n'aurait arrêté « l'armée catholique et royale » fonçant ensuite sur Paris, d'autant plus que la Bretagne et la Normandie avaient aussi pris les armes contre la République et que Lyon et Toulon s'insurgeaient.

Mais Nantes fut fatal aux Vendéens. C'était un trop gros morceau pour l'ogre paysan. Il s'est cassé les dents sur cette grosse pierre qui barre la Loire. Le généralissime plébéien Cathelineau, tué en pénétrant dans les faubourgs de Nantes, la panique s'empara des paysans et ce fut la débandade. Le marquis de Canclaux avait sauvé la République.

L'impulsion soudaine de ma mère, qui lui faisait quitter pour la première fois ses parents, procédait un peu de la même folie que l'ogre-chouan. Tenant une valise de carton bouilli d'une main, son fils de l'autre, elle allait leur réclamer son dû à ces messieurs importants. Elle allait se présenter chez eux, nous présenter, en réclamant « une place ». Elle se sentait sûre de son droit. C'est d'ailleurs une de ses caractéristiques que cette certitude que la société lui devait (nous devait) quelque chose. Et une telle conviction finissait par devenir payante. On se débarrassait toujours de cette quémandeuse en lui laissant quelques miettes qu'elle ramassait en remerciant à peine. « Ils » lui devaient bien ça!

Je ne sais d'où elle tirait cet orgueil et ce dédain « des autres ». Elle aura vécu toute sa vie dans une solitude hautaine, regrettant visiblement que je me compromette tant avec le monde.

Notre premier contact avec Nantes fut très dur. Nous n'y connaissions personne. Nous n'y avions ni logement ni travail. Le simple fait de se repérer, de se retrouver, dans tant de rues et de places, lorsque l'on vient d'une petite ville demeurée quasiment villageoise, est déjà paniquant.

En ce qui concerne le logement, nous fûmes assez vite casés au pied du château des ducs de Bretagne. Ma mère se fit en effet engager comme concierge dans un immeuble qui bordait les douves. Ainsi nous retrouvions la position clef de la famille maternelle qui semble avoir toujours dormi sur le paillasson des châteaux.

Le local concédé à la concierge se composait de deux pièces, la première ne disposant que de l'éclairement de la porte-fenêtre sur la cour, la seconde complètement obscure. Cette seconde pièce n'avait sans doute jamais été habitée et devait servir de débarras, voire même de fosse d'aisances car j'en tirais une quantité d'immondices. On en revient toujours aux bouses. Mais des bouses en plein air et des bouses dans un réduit étouffé par les cinq étages qui le surplombent n'ont rien de commun. Pas même l'odeur. L'odeur des bouses de vache, dans un pré, est bucolique. Celle des excréments humains, dans une loge de concierge, est à faire vomir. Seulement je m'étais mis dans l'idée d'avoir « ma chambre ». Alors je charriai vingt ans, cinquante ans, cent ans d'ordures accumulées dans ce réduit. Puis j'y mis le lit de fer que ma mère voulut bien acquérir chez un brocanteur, décarcassai quelques caisses pour en faire des étagères à livres et branchai tant bien que mal des fils électriques sur l'installation de la loge. Lorsque la lumière jaillit je m'aperçus que les murs vomissaient du salpêtre, que le plafond était si noir qu'il paraissait badigeonné de suie et que l'odeur de merde semblait imprégner le sol. Mais j'avais « ma chambre ». J'en fis les honneurs à ma mère qui commença par trouver la lampe électrique beaucoup trop forte. J'allais m'abîmer les yeux avec une telle lumière. Nous n'avions jamais utilisé que des lampes de 25 W et j'avais commis la prodigalité de mettre une lampe de 40 W. Revenir aux 25 W eut l'avantage de rendre le salpêtre des murs et la suie du plafond moins visibles.

Lorsque la propriétaire de l'immeuble vint visiter notre installation, elle se mit à protester en me voyant occuper le réduit.

« Mais c'est un débarras. Vous ne pouvez pas laisser votre fils coucher là. Ce n'est pas hygiénique. Il n'aura pas assez d'air. Et ce fil électrique qui court sur le mur ? Vous allez mettre le feu... »

Ma mère lui coupa la parole :

« Comment voulez-vous qu'on mette le feu avec un fil. Un fil c'est un fil, non ! Et où il est ce débarras, dites-le-moi un peu ? La chambre de mon fils n'est pas un débarras. Et depuis le temps qu'on vit à la campagne, il a bien eu assez d'air. »

La propriétaire partit en joignant les mains et levant les yeux vers ce premier étage où elle habitait et qui allait être pendant quelques années notre seul ciel.

Nous étions logés, il s'agissait maintenant de me trouver du travail. Comme ma mère refusait d'accepter tout ouvrage qui me « mettrait aux intempéries », c'est-à-dire tous les métiers de plein air : maçon, charpentier, couvreur, cantonnier, terrassier... et tous les métiers qui risquaient de m'abîmer les mains : mécanicien, plombier, menuisier, chaudronnier, soudeur... nous revenions rituellement faire la queue au bureau de placement tous les lundis matin.

« Mais enfin, madame, disaient les employés excédés, que voulez-vous en faire, de votre fils ? A quatorze ans, il ne peut être qu'apprenti. »

Elle se pinçait les lèvres :

« Il doit quand même bien y avoir des pharmaciens ou des coiffeurs qui ont besoin d'apprentis ?

– Non, non, nous n'avons pas de demandes dans cette catégorie. Il faut prendre ce que l'on trouve. »

Dans ce refus des métiers de plein air et des travaux salissants, s'exprimait bien sûr la vieille peur paysanne des frimas, l'horreur de la nature toujours hostile à ceux qui sèment et qui plantent. Tout comme le mythe des belles mains blanches se superposait à tant de mains déformées par le travail de la terre, entaillées par les outils, brûlées par le soleil et le gel.

Tout cela restait inconscient chez ma mère. Comme elle ne pouvait expliquer les raisons de son refus, elle s'accrochait à lui avec d'autant plus d'énergie.

De semaines en semaines, nous finîmes par prendre nos habitudes dans la salle d'attente du bureau de placement. Nous y rencontrions d'autres habitués. Le ton montait. A la revendication succédait l'invective :

« Ils ont le beau rôle, eux, assis derrière leurs guichets.

– Qu'il pleuve, qu'il vente, ils ont les pieds au chaud.

– Ils gardent les meilleures places pour des privilégiés, nous, on ramasse ce dont personne ne veut.

– C'est une place comme ça, qu'il faudrait pour votre petit. »

Ma mère en eut le souffle coupé. Avant que quelqu'un d'autre puisse profiter d'un tel conseil, elle se précipitait, me tirant toujours par la main, dans le bureau du directeur où elle entra par surprise, sans frapper.

Finalement, lassés par cette quémandeuse obstinée et de plus en plus hostile, les employés du bureau de placement s'en débarrassèrent en m'embauchant comme garçon de courses.

Ma mère était ravie. Elle me disait : « On commence comme ça et puis après on devient employé de bureau. Tu verras, un jour tu seras toi aussi derrière un guichet et tu feras attendre le monde. »

En attendant, et en guise de place au chaud et à couvert, j'allais arpenter les pluvieuses rues de Nantes. J'allais patauger dans l'eau, ruisseler de toutes les gouttières, courir par tous les temps, d'un bout de la ville à l'autre. J'allais, l'hiver, allumer tous les poêles des bureaux, balayer les pièces dès le petit matin, avant que les employés n'arrivent.

Le soir, je retrouvais notre antre. Si obscur, si humide, qu'il me semblait que nous étions enfoncés dans les profondeurs du sol et que la loge devait communiquer avec les douves du château.

Nous nous sentions bien seuls dans cette immense ville où nous ne connaissions personne. A peine franchissions-nous la porte cochère de l'immeuble, sur une ruelle aux pavés de guingois, que nous recevions en plein visage la masse compacte des murailles du château, de l'autre côté des douves. **Murailles** sombres, sinistres, hostiles, signe omniprésent de nos anciens seigneurs et maîtres. Même si la duchesse de Bretagne était depuis longtemps inoffensive, son château nous écrasait encore de toute sa masse. « M'sieu not' maître... » Ainsi s'adressait-on, dans la famille de mon père, au châtelain propriétaire des fermes dont nous étions métayers. « M'sieu not' maître », nous semblait derrière ces murailles, toujours là. Nous collions à ses bottes.

Je remarquai que lorsque nous sortions de l'immeuble, ma mère jetait un regard de biais au château, regard rapide, regard mauvais. Puis elle pressait le pas en me tirant par la main.

Ces premières années à Nantes, ces premières années d'adolescence, sont si obscures que je n'y vois rien. Obscures au sens propre du mot. C'est-à-dire dans la nuit de notre réduit si faiblement éclairé par nos 25 W. Dans la pénombre de la ruelle qui jouxtait le château. Dans la grisaille du brouillard, du crachin et de tous ces immeubles gris.

Enfoncés sous un immeuble, comme au fond d'un tiroir, il nous semblait que nous avions toute la ville au-dessus de nous.

C'est alors que ma mère découvrit qu'il existait une nature autre que la campagnarde, une nature non hostile, disciplinée, muséographique : le jardin des plantes. A Fontenay-le-Comte, elle pouvait se passer de nature, du moins elle le croyait. La nature affleurait de partout. Il suffisait d'aller se promener sur la place Viète pour faire sa provision de tilleul. Il suffisait de prendre le chemin de halage, le long de la Vendée, pour se trouver tout de suite au milieu des prairies et y cueillir tantôt des jonquilles, tantôt des violettes, tantôt des pâquerettes.

A Nantes, nous nous trouvions en plein centre avec un couvercle d'immeubles au-dessus de notre tanière. Au bout de quelques mois, nous étouffions.

Par la force de l'habitude, ma mère alla se promener le dimanche vers la gare et, tout près, trouva le jardin des plantes dont elle ne soupçonnait pas l'existence.

Ce parc public lui causa sans doute l'un des rares plaisirs de sa vie, et des plus durables. Jusqu'à ce qu'elle ne puisse plus quitter hôpitaux et maisons de retraite, ce jardin des plantes fut, avec le Grand Magasin Decré, son lieu de prédilection. Il est singulier de voir cette femme, qui était le désordre même, qui laissait toujours traîner vaisselle et linge, fascinée par des systèmes où le rangement est extrême. Sans doute, depuis « le pays où fleurit l'oranger », n'avait-elle pas rencontré nature aussi accueillante. Les grands arbres aux essences variées, la pelouse, les cours d'eau où nageaient des poissons rouges, les petits ponts en arceaux, et toute la partie botanique du jardin avec cette multiplicité de plantes étiquetées, tout cela l'enchantait. Elle qui aimait herboriser (pour les tisanes) me montrait l'infinie variété des plantes, se perdait un peu dans le latin des étiquetages, s'extasiait devant l'inattendu de certaines herbes exotiques.

Bientôt elle connut le jardin des plantes dans tous ses recoins : les serres avec les orangers, la statue de Jules Verne, le cèdre tricentenaire, les roseraies, l'immense saule pleureur du bassin aux carpes.

Nous ne prenions pas de chaises puisqu'il fallait payer une location, mais cherchions un banc à l'ombre. Il y faisait bon lire, sous le bruissement des branches et dans la jacasserie des oiseaux.

A cette époque, elle s'était plongée dans Delly, ayant lu et relu depuis longtemps tout Pierre l'Ermite. Quant à moi je découvrais avec ivresse Jean-Jacques Rousseau. Ce ne pouvait être plus à propos puisque ma mère manifestait le même goût de la nature que Jean-Jacques, c'est-à-dire d'une fausse nature, d'une nature policée, citadinisée, hygiénisée, rassurante. Ma mère m'a mené à Jean-Jacques Rousseau par le biais du jardin des plantes, cela est certain. Et toute ma vie en sera transformée.

Par le fait que je n'avais alors d'autre ami (d'autre amie) que ma mère et qu'elle ne fréquentait elle-même personne d'autre que moi, ces premières années de mon adolescence ont sans doute été les plus satisfaisantes qu'une mère puisse obtenir. Et ceci malgré la dureté de notre condition : logement infect, mon salaire insignifiant de garçon de courses, les heures de ménage que ma mère ajoutait à sa maigre pension.

Mais le dimanche après-midi nous retrouvions le paradis du jardin des plantes et nos lectures. Ma mère se montrait très contente de me voir lire les *Rêveries du promeneur solitaire*. Elle me prenait parfois le livre des mains pour le feuilleter et lisait à haute voix :

« Je ne cherche point à m'instruire : il est trop tard. D'ailleurs je n'ai jamais vu que tant de science contribuât au bonheur de la vie; mais je cherche à me donner des amusements doux et simples, que je puisse goûter sans peine, et qui me distraient de mes malheurs. Je n'ai ni dépense à faire ni peine à prendre pour errer nonchalamment d'herbe en herbe, de plante en plante, pour les examiner, pour comparer leurs divers caractères, pour marquer leurs rapports et leurs différences, enfin pour observer l'organisation végétale de manière à suivre la marche et le jeu de ces machines vivantes... »

Comme elle lisait Jean-Jacques avec le ton juste! Il semblait que ce fût une lettre reçue hier. Je la remerciais du fond du cœur d'aimer celui que je reconnaissais pour un grand frère. La lecture de Rousseau m'aidait à faire le passage difficile entre l'état de nature et l'apprentissage de la ville, entre l'âge d'enfance et celui de jeune homme. Grâce aux *Confessions*, je compris mieux le déchirement qui était le mien puisqu'il fut celui de Jean-Jacques lors de son premier emploi : « grapignan », comme j'étais « courantin », deux mots pour dire ce que l'on appelle plus communément saute-ruisseau. On est si petit à quatorze ans, si frêle, si démuni face à tous ces adultes qui vous houspillent, qui se plaignent de vous avoir dans leurs jambes si vous vous tenez trop près et qui hurlent parce que vous n'arrivez pas dans la minute même où ils appellent, si vous vous tenez trop loin. Je n'osais dire à ma mère que mon travail au bureau de placement ne correspondait guère aux ambitions qu'elle se faisait pour moi. Je regardais mes mains rougeaudes, abîmées l'hiver d'engelures, noircies par le charbon des poêles.

« Mon pauvre petit, soupirait ma mère, tu n'auras jamais les belles mains blanches de ton père. »

La solitude de Jean-Jacques était la nôtre, comme son dénuement. Je lisais *La Nouvelle Héloïse, Émile*. Je lisais... du moins, je lisais en morceaux choisis, ne pouvant guère me payer que les petits classiques brochés achetés d'occasion passage Pommeraye.

Lorsque j'en arrivai au *Contrat social* une grande exaltation m'envahit. La révolution était pour demain. Nous allions entrer sans plus tarder dans le domaine des égaux. Je lisais des passages du *Contrat social* à ma mère, qui faisait la moue. Tant de promesses édéniques lui paraissaient suspectes. Elle préférait le romantisme de *Julie* ou le ton larmoyant des *Confessions*.

La lecture de Pierre l'Ermite et de Delly brisait ses élans. Belle mécanique réactionnaire que cette littérature démontrant que la résignation est la plus grande des vertus. Pendant que je lisais Jean-Jacques Rousseau, ma mère lisait de Delly : *Fille de Chouan, Le Chant de la misère, Une misère dorée*.

Ma mère, comme les centaines de milliers de lectrices de Delly, était d'abord happée par la description de la misère. La misère de l'héroïne constituait en quelque sorte le piège où « l'ordre moral » faisait tomber le lecteur. L'héroïne du *Chant de la misère* est la fille d'un ouvrier éternellement chômeur et d'une mère qui se tue au travail à sa machine à coudre. Pourtant elle devient institutrice et épouse un fermier militant catholique. Quoi d'extraordinaire ? Mais une « institutrice laïque » qui épouse un militant catholique, ça ne se voyait alors que dans les romans !

Une fille de chouan qui épouse un directeur de fabrique, ça ne se voyait pas non plus dans tous les bocages. Ma mère se consolait de nos malheurs en lisant dans Delly des phrases comme celle-ci :

– *Les grands bonheurs sont silencieux – surtout lorsque planent sur eux de douloureux souvenirs...*

Ou celle-ci :

– *La souffrance est la monnaie de ce monde. Il ne faut jamais la regretter, c'est à elle que nous achetons le bonheur sans fin... Et c'est par elle que les âmes sont sauvées.*

Pas assez de souffrance dans le *Contrat social* ! Elle ne voulait pas me décourager, mais pour elle ce livre ne tenait pas debout.

Dans nos premières années nantaises se place le début de la Seconde Guerre mondiale, mais il est bien évident que cet événement, capital dans l'Histoire, n'était qu'une péripétie mineure dans notre histoire à nous. Les guerres faisaient partie d'un fond de décor dans notre culture : guerres de Religion, guerres de Vendée, tranchée des baïonnettes, guerres du Tonkin, Clemenceau (« le Tigre ») dont j'avais visité la maison à Saint-Vincent-sur-Jar (visite annuelle du patronage), monuments aux morts dans tous les villages, sonneries aux morts le 14 Juillet et le 11 Novembre; et tout ce recensement des « campagnes » de mon père sur son livret militaire. Pour les paysans, la guerre représentait une fatalité contre laquelle on ne peut rien. On la redoute comme la grêle qui saccage la floraison des arbres fruitiers, comme l'ouragan qui couche le blé, comme la sécheresse qui détruit la fertilité du sol, comme l'inondation, comme la peste, comme la tuberculose, comme la mort... Mais on ne s'en inquiétait pas trop tant qu'elle n'était pas là. Elle viendrait bien assez vite. La guerre ne paraissait tangible que lorsque les soldats ennemis commençaient à brûler les villages, à piller les fermes. Alors le moment venait de faire face. Et il y avait des millénaires que l'on faisait face, toujours battus, toujours vaincus; étrillés, clopineux, bancals, estropiés. Ceux qui traînaient leur jambe de bois, ceux qui laissaient flotter une manche vide à leur veste, et les borgnes, et les gueules cassées, et les infirmes dans leurs poussettes, je les connaissais depuis ma plus lointaine enfance. Les deux premières peintures dont je me souvienne sont deux images de guerre : *Le rêve passe*, d'Édouard Detaille, en reproduction ai-je déjà dit chez le coiffeur de la rue des Loges et la *Tranchée des baïonnettes* peinte par le cafetier de la rue de la République et qui avait été solennellement exposée au musée de Fontenay.

C'était la première fois que nous allions dans un musée, ma mère et moi. Je m'en souviens comme d'une cérémonie à l'église. Tout le monde, endimanché, parcourait d'intimidantes pièces au plancher ciré où l'on voyait à la dérobée des « peintures à l'huile » : des portraits « d'époque » de Nicolas Rapin et de Tiraqueau, des paysanneries de Milcendeau et des allégories de Paul Baudry; les deux artistes étant les deux grandes gloires picturales vendéennes. Paul Baudry (qui s'en souvient?) fut le peintre préféré de Napoléon III et peignit le plafond de l'Opéra, recouvert aujourd'hui par le plafond de Chagall. On nous arrêta pour nous obliger à regarder les gravures de « Monsieur » Octave de Rochebrune, qui fut propriétaire au siècle dernier de ce château de Terre Neuve où Nicolas Rapin recevait jadis Sully et Agrippa d'Aubigné. Puis enfin nous arrivâmes dans la pièce où la *Tranchée des baïonnettes* occupait tout un mur. Mais nous fûmes déçus. Le tableau nous sembla trop petit. On s'attendait à voir les personnages grandeur nature. Les soldats du 137e régiment d'infanterie étaient bien là, dans leur capote bleue, enfouis dans la tranchée qui allait devenir leur tombeau. Mais ils nous parurent raides, empesés, pas vivants du tout. Quelqu'un dit, grave : « Ils ont été enterrés vivants. » Un autre ajouta : « On est de la chair à canon, faut bien dire... » Mais une impression de gêne poussait au silence. La présence de ma mère avec son voile de veuve ne faisait qu'ajouter à la morosité. Bien des années passeraient avant que je retourne dans un musée. Ma mère ne fit pas de commentaires, sinon que « c'était peint à la main ». Ce qui sous-entendait que ça avait de la valeur, cette valeur que l'on donnait à l'objet, lentement et artisanalement produit. Elle ajouta toutefois : « Ce cafetier, quand même, c'est un artiste ! » Quand même ! C'est-à-dire malgré la boisson, malgré le mauvais exemple du lieu où il vivait, « dans la vinasse ».

La guerre, d'abord lointaine, mythique, se rapprocha brusquement et se transforma, on le sait, en déroute, exode, défaite, occupation, collaboration, résistance, libération.

Au moment de l'exode et aux premiers temps de l'Occupation, un certain nombre de bourgeois nantais crurent plus prudent d'émigrer dans leurs terres. C'est ainsi que de concierge dans la rue du Château, ma mère devint gardienne d'appartements vides. Étrange travail, mais qui nous enchanta. Il nous permit d'abord de quitter notre cloaque médiéval pour aller habiter dans les beaux quartiers. Rien que des immeubles cossus. Nous couchions un jour dans un appartement, un autre jour dans un autre. Ma mère aérait, faisait le ménage, et surtout du remue-ménage, afin qu'il soit bien visible que ces appartements n'étaient pas vacants. Non seulement un appartement libre pouvait recevoir la visite de cambrioleurs, mais il risquait aussi d'être réquisitionné. La réquisition inquiétait plus les propriétaires que la cambriole, les compagnies d'assurances ne couvrant que le second sinistre.

Ce vagabondage dans les maisons des autres, où l'on trouvait le nécessaire en arrivant, et un confort qui nous « laissait baba »; ce furetage dans les appartements délaissés qui nous amenait de curieuses découvertes, quelle excitation! Nous vîmes qu'il existait des salles de bain et des baignoires, de l'eau chaude au lavabo et à l'évier, des tapis dans les chambres, des fauteuils dans lesquels, disait ma mère, « on pouvait dormir debout ». Et puis des livres... Dès que j'arrivais dans un de ces appartements, je partais à la recherche de nouveaux livres. Il en traînait toujours, de-ci, de-là. Certains appartements disposaient même de grandes bibliothèques vitrées, mais fermées à clef. Quel supplice de voir tant de dos de livres, sans pouvoir les sortir du rayon. J'essayais toutes les clefs que je pouvais trouver. Parfois, une simple épingle à cheveux suffisait pour ouvrir une serrure. Alors quelle orgie! Nous n'abîmions rien, nous remettions tout en place, mais nous passions, ma mère et moi, des demi-nuits à lire. Comme nous ne payions pas l'électricité, nous avions enfin une lumière convenable. C'est dans un de ces appartements que je lus les

Fleurs du mal, sous l'œil réprobateur de ma mère qui n'en voulait pas à Baudelaire dont elle n'avait jamais entendu parler, mais au titre qui « présentait mal ». Par contre, nous nous délectâmes ensemble avec les élégies de Lamartine.

L'Histoire nous montre le pays s'enfonçant dans les ténèbres de l'Occupation, les premières lueurs vacillantes des foyers de Résistance, les déportations, les exécutions, la torture, l'héroïsme et la trahison. Mais il en était de ces ténèbres comme des fameuses « ténèbres du Moyen Age ». Combien de moyenâgeux, ignorants qu'ils l'étaient, n'ont jamais perçu ces ténèbres ? Combien, au contraire, ont été irradiés des lumières de la foi et de l'amour. Les sculpteurs qui taillaient dans la pierre les images du portail de la cathédrale de Reims vivaient-ils dans les ténèbres ? Le paysan qui vannait son grain dans la splendeur du mois d'août vivait-il dans les ténèbres ? Paradoxalement, alors que tout allait si mal en France, jamais nous n'avions été aussi bien. Mais il faut dire que notre hérédité vendéenne est singulière. Les Vendéens sont foncièrement des ruraux, taciturnes, repliés sur eux-mêmes et sur leurs tribus, hostiles au changement, collant de toute la force de leurs sabots à la glaise, à la glèbe. On les dirait imperméables à l'aventure et pourtant régulièrement ils se lancent collectivement dans les équipées les plus folles. Ces sédentaires sont pris de temps à autre, et inopinément, de la maladie du vagabondage. D'où l'énorme recrutement de soldats de la coloniale et de missionnaires en Vendée. D'où la passion avec laquelle les Vendéens se sont lancés par deux fois dans des guerres perdues d'avance contre le pouvoir parisien : la première fois contre le Roi, la seconde fois contre la République. La première fois, ils s'appelaient parpaillots, la seconde chouans. Mais on aurait pu penser qu'il s'agissait des mêmes, si les premiers n'avaient été massacrés.

Sauf ceux qui s'enfuirent sur des voiliers et larguè-
rent vers l'Acadie.

De 1605 à 1628 (date à laquelle La Rochelle est
vaincue par les troupes royales), les Vendéens passent la mer et s'installent sur la côte est du Canada.
Ils y fondent l'Acadie, l'heureuse Arcadie avec une
faute de prononciation. Qu'ils y aient trouvé l'inno-
cence n'est pas sûr, mais leur bonheur certainement. Un siècle après, les Anglais arrivent et les
Vendéens-Acadiens résistent aux Anglais comme ils
avaient résisté aux troupes de Richelieu. N'en pouvant venir à bout, l'Angleterre décide tout simplement la déportation massive et totale des Acadiens.
Sur trois mille quatre cent cinquante que l'on traîne
à l'île Saint-Jean, mille trois cents meurent en mer.
Un millier est transporté en Virginie, un autre
millier au Maryland, mille cent quarante en Angleterre et deux mille trois cent soixante-dix sont
ramenés dans « le vieux pays », ou plutôt à la lisière
du « vieux pays » puisqu'ils sont parqués à Belle-
Isle-en-Mer. Cette déportation totale d'une population, complétée par l'incendie systématique des
maisons, des granges et la confiscation du cheptel,
les Acadiens l'appelèrent « le grand chambardement ». Ils attendirent un siècle dans leurs exils
puis, dans la deuxième moitié du XVIIIᵉ siècle, ils
recommencèrent individuellement par retourner
dans leur Acadie. Ils y sont aujourd'hui près de
deux cent mille. Et ils parlent le dialecte vendéen.
Ils disent « il mouille » quand il pleut, il « mouil-
lasse » quand il pleuvote. Ils *pigouillent* la vase avec
une perche comme dans le marais vendéen. Ils
appellent eux aussi une brouette une *berouette*, un
oiseau un *ozo*, un merle un *marl*, des épluchures des
éplures, une génisse une *taure*, du fromage du
feurmage. Ils mettent des *eux* au bout d'une quantité
de mots : *parleux, bouseux, radoteux, conteux,
buveux, coureux, traîneux...* Avec ce que cette termi-

nale *eux* contient de méprisant. Par contre les finales en *ouère* indiquent presque toujours un objet fonctionnel : *pressouère* (pressoir), *rasouère* (rasoir), *tyrouère* (tiroir), *mirouère* (miroir). Ajoutons que tous ces mots-là sont aussi chez Rabelais. Mais nous reviendrons en Acadie où je suis allé un jour à la recherche de l'accent de ma mère...

« Le grand chambardement », une expression tranquille pour un drame aussi atroce. Les Anglais dépècent un peuple en Acadie, démantèlent ses tribus, ses familles, éparpillent une population à des milliers de kilomètres pour qu'ils ne puissent même pas avoir l'idée de se rejoindre. Ils expérimentent sur les Vendéens ce qu'ils feront deux siècles plus tard avec les Indiens. Mais on parle encore vendéen en Acadie.

Autre « grand chambardement », dont l'Histoire de France fait peu de cas et que les Vendéens appellent « la grande virée de galerne ». C'est ce que d'une manière plus moderne on pourrait nommer « la Longue Marche » en faisant référence à celle de Mao. Cette longue marche, c'est celle des Vendéens de 93, vaincus, et qui cherchent une nouvelle fois à quitter la Vendée. Ils se heurtent à la Loire le 18 octobre. Ils sont cent mille et derrière eux les villages brûlent, ceux qui ne sont pas partis sont massacrés par les Bleus. Cent mille, dont vingt mille non-combattants : dix à douze mille femmes, trois cents prêtres, des enfants par milliers, des vieillards, des religieuses, des aristocrates en familles complètes avec leurs domestiques. Ils sont cent mille qui traversent la Loire par groupes de dix sur ces longs bateaux plats, noirs, des passeurs et des pêcheurs d'alose. Des radeaux sont improvisés avec des futailles. La noblesse qui les suit, plutôt qu'elle ne les conduit, est épouvantée. Bonchamps et Lescure, blessés à mort, sont emportés sur des civières. La Rochejaquelein, furieux, refuse de partir. Mais on le nomme généralissime. Il se cache, pleure, répète qu'il n'est pas digne de cet honneur, qu'il est top jeune, qu'il ne pourra pas imposer une discipline à une armée en déroute. De plus, il est blessé et porte le bras en écharpe. Il a vingt et un ans. On le pousse. On l'entraîne. Il sera généralissime malgré lui. La traversée dure vingt-quatre heures, entre Saint-Florent-le-Vieil et Varades. Très peu savent nager. Certains cavaliers lancent néanmoins leurs montures dans le fleuve. Des infirmes, des vieillards, sont piétinés par la foule affolée. Et les Vendéens ont avec eux cinq mille prisonniers républicains. Il n'est pas question de les emmener dans l'exode. La foule veut les massacrer quand Bonchamps et Lescure, mourants, s'interposent. « Grâce aux prisonniers ! » Dans l'église de Saint-Florent-le-Vieil se trouve aujourd'hui le tombeau de Bonchamps surmonté d'une sculpture très « romaine » de David d'Angers qui m'avait beaucoup impressionné lorsque, revenant du maquis, j'étais allé à vélo rendre mes dévotions à l'ancien chef vendéen. Et la carte postale que j'avais alors achetée, cette carte postale du tombeau représentant le pardon et la grâce, je l'ai toujours. Elle est là, dans mes papiers, parmi mes notes sur la « grande virée de galerne ». Et Bonchamps mourant qui ressemble à Atala, me regarde toujours de ses yeux de marbre blanc.

Bonchamps mourut lorsqu'on le descendit sur la plage de la Rive Droite. Le lendemain, les Républicains déterreront son cadavre, lui couperont la tête et l'enverront à la Convention.

La Vendée n'est plus, mais les Vendéens s'échappent. Les chefs qui les suivent sont désemparés. La Rochejaquelein voudrait attaquer Nantes. Stofflet pense qu'il faudrait se ruer sur Cholet. Mais les paysans sortent à découvert, montent vers les collines du Maine, puis bifurquent vers la Bretagne. La colonne fait seize kilomètres de long. Les quatre mille hommes de Stofflet forment l'avant-garde. La traversée de la Loire n'a permis d'emporter que quelques canons. Un millier de cavaliers seulement protège les flancs de l'immense cohorte. Les paroisses se sont regroupées. On chante des cantiques. La plupart des marcheurs ont les pieds nus. On a emporté ce que l'on a pu et les vêtements sont si hétéroclites que l'on voit même des femmes enveloppées dans des morceaux de tapisseries de laine enlevées à des châteaux. L'exode paysan se fait par des milliers de charrettes à bœufs, mais il y a aussi une cinquantaine de carrosses, des bannières portées à bout de bras, des crosses d'évêque, des croix d'argent et des reliques emportées des églises.

Bizarrement, cette horde affamée, grelottante dans les premiers frimas d'automne, encombrée d'une multitude de non-combattants, enlève d'assaut toutes les villes qui se trouvent sur son passage : Candé, Segré, Château-Gontier. Comme à leur habitude, dans chaque ville les Vendéens brûlent les papiers administratifs et les arbres de la Liberté. Mais, contrairement à ce qu'avait toujours espéré Bonchamps, la Bretagne ne se soulève pas. Six mille jeunes paysans bretons viennent néanmoins se joindre aux Vendéens à Laval. Avec leurs longs cheveux, leurs vêtements en peau de chèvre, leur langue incompréhensible aux Poitevins, ils formeront un groupe à part. Mais ils se battent avec les Vendéens à Laval et les aident à repousser l'attaque de trente mille Mayençais. Comme d'habitude, une offensive des Bleus est une belle occasion de récupérer des canons. Une nouvelle fois, les Mayençais sont en déroute, avec treize mille tués, blessés ou prisonniers. Les Vendéens ont récupéré dix-neuf canons, des caissons de munitions, des chariots chargés de pain et d'eau-de-vie.

La longue colonne va vers Fougères, précédée des

tambours de Stofflet qui jettent la panique jusqu'à Rennes. Il est vrai que la Convention a affiché partout en Bretagne et en Normandie : « Toute ville qui recevra dans son sein des brigands ou qui ne les aura pas repoussés avec tous les moyens dont elle est capable sera punie comme une ville rebelle et, en conséquence, elle sera rasée et les biens des habitants seront confisqués. » A cette menace s'ajoute pour les citadins la terreur de voir arriver une population affamée de cent mille personnes qui ne peut s'approvisionner que sur l'habitant.

Le but, l'aspiration confuse de la foule vendéenne qui a fui son bocage, c'est de rejoindre la mer et, au-delà, les navires anglais qui les emmèneront vers une nouvelle Acadie. Le 13 novembre, ils arrivent devant les murailles fermées de Grandville. Comme ils n'ont pas de matériel de siège, ils prennent une soixantaine d'échelles dans des fermes. Mais ces échelles sont trop courtes. Ils tentent alors d'escalader les murs en y plantant des baïonnettes. Mais Granville se défend avec la même énergie que Nantes, jadis. Après trente-six heures d'attaque, les murs ne cèdent pas. Dans les villages d'alentour l'hostilité de la population contre les Vendéens est très vive. On leur lance des pierres. On tire sur eux par les lucarnes des greniers. Les cent mille Vendéens se pressent sur les plages, s'entassent en bord de mer comme ils l'avaient fait un mois plus tôt au bord de la Loire. Les bateaux anglais ne viennent pas. La fusillade s'entend pourtant de Jersey. Le futur Charles X, qui est en Angleterre, ne bronche pas. Ces noblaillons vendéens, aussi crottés, aussi loqueteux, aussi sanguinolents que les paysans, la haute aristocratie et la cour les méprisent. Aucun noble vendéen n'avait émigré à Coblence. Pour les frères de Louis XVI ces chefs de « brigands » sont peu sûrs. Cette petite noblesse vendéenne aussi provinciale, aussi renfermée, aussi frondeuse que la paysannerie qu'elle est censée surveiller, la surveille bien mal puisqu'elle devint huguenote comme elle par esprit d'indépendance. Louis XVI la détestait, cette noblesse vendéenne. Et c'est tout à l'honneur de ces noblaillons crottés que d'avoir suscité la colère du « Roi-Soleil » : « Entendrai-je toujours parler de la noblesse du Bas-Poitou! » Puis le mépris désabusé du Régent : « La noblesse du Bas-Poitou est la plus misérable du Royaume. »

Ils attendent sur la plage, après leur échec du siège de Granville, entassés, affamés, les blessés mourant en geignant contre les rochers. Ils attendent le bon vouloir de la famille royale en exil. Ils sont théoriquement « l'armée royale », la seule qui combatte la République. Mais la famille royale ne bouge pas. Pour elle, l'avenir de la France est à Coblence. Alors, quand ils comprennent qu'ils ne peuvent pas espérer une nouvelle Acadie, un cri retentit, se propage, déferle : « A la Loire! A la Loire! » Les généraux veulent aller en Normandie. Ils refusent. Ils prennent le chemin du retour.

Mais à Dol les Bleus attaquent. Comme la ville est formée d'une seule rue large, les femmes et les blessés se rangent en file le long des murs. Les bagages, les chariots, sont placés au milieu de la rue. La cavalerie se tient sur deux rangs, entre les canons et les femmes. Les Vendéens, pour la première fois, se sont laissé prendre dans une souricière. Cernés, sabrés, déchiquetés par les éclats d'obus, les paysans refluent dans la ville, foulant aux pieds les blessés. Les morts sont si nombreux qu'ils servent d'escaliers pour passer par-dessus les charrettes. Les bêtes d'attelage sont étouffées. Les officiers frappent les fuyards. Les femmes s'accrochent aux soldats pour les supplier de se battre. Les prêtres crient que ceux qui fuient iront en enfer, ceux qui meurent en se battant au paradis. Rien n'y fait. La panique est totale. La déroute complète. Les voitures passent sur les cadavres et les blessés dont on entend les os craquer.

Entre Dol et Le Mans les Bleus ont mis le feu à l'unique route possible en enflammant des arbres abattus qui forment un brasier. Les Vendéens doivent s'employer à éteindre ou à écarter les brandons pour frayer un chemin à la colonne, à son artillerie et à ses caissons de poudre. C'est un passage effrayant dans un terrain fumant, noirci, couvert d'étincelles, prémices de l'enfer qui attend les soixante mille survivants qui ne forment plus une armée, mais une confusion de soldats, de blessés, de malades. Ceux qui sont semés en chemin sont sabrés par les hussards. Des mères, désespérées, jettent leurs enfants dans les buissons, espérant qu'ils seront recueillis par des paysans. Dans les villages retraversés, on trouve les cadavres de la marche en avant, à demi dévorés par les loups.

On arrive à Laval. Ceux qui les avaient bien accueillis à l'aller ont été guillotinés ou fusillés, et tous les blessés laissés à l'hôpital jetés à la rivière ou sabrés dans leurs lits. Mais les deux mille défenseurs de la ville ayant pris la fuite, les Vendéens peuvent se reposer pendant deux jours. Affamés, ils se jettent sur le blé, l'eau-de-vie, le cidre. On se regroupe autour de grands feux de genêts et l'on dépèce des vaches que l'on mange par lambeaux sanglants. Le cidre, boisson inhabituelle pour les Vendéens, provoque coliques et dysenterie. Aux blessures, à l'épuisement d'une aussi longue marche et d'escarmouches incessantes, s'ajoute la déprime de la chiasse. Et puis, il fait froid. Pour ces hommes et ces femmes qui craignent tant le froid, aucun vêtement d'hiver. Ils s'accrochent des couvertures autour du cou avec des ficelles. Comme ils n'ont plus ni sabots ni chaussures, ils s'enveloppent les pieds dans des chiffons. Cette foule exténuée arrive le 3 décembre devant Angers qui ferme ses portes et se prépare à la résistance. Après trente heures d'attaques sans résultat, les Vendéens se replient, abandonnant au pied du mur deux mille femmes, vieillards et enfants, qui seront fusillés. Les cadavres empestent à tel point les rues angevines que l'on y brûle solennellement « l'encens de la Patrie, pour purger l'air infect qu'ont pu y laisser les brigands de la Vendée ». Sur la route de La Flèche, les fuyards sont rattrapés par la cavalerie hurlante du général républicain et ci-devant noble Jean-Fortuné Bouïn de Marigny. La piétaille paysanne est une fois de plus sabrée par un noble, au nom de la République. Les six mille Bretons sont partis dans le Maine où ils vont former ce que la République appellera « la bande noire des pillards ». Les Vendéens espéraient trouver des vivres à La Flèche. Mais pillée et repillée, La Flèche est exsangue. C'est une armée de fantômes, transis par le vent glacé, pouvant à peine tenir un fusil, qui arrive au Mans. A travers ses fenêtres, la population terrorisée voit déambuler cinquante mille gueux, hâves, déguenillés, traînant quand même trente pièces de canon, des charrettes chargées de blé et une cinquantaine de carrosses emplis de femmes. Le défilé ne fait plus que douze kilomètres, mais c'est quand même encore une colonne énorme, qui passe en silence dans les rues et se loge à quatre-vingts ou cent dans les maisons dont elle enfonce les portes à coups de crosse.

Kléber, Marceau, Westermann se ruent avec leurs troupes sur Le Mans. Les feux de peloton abattent les Vendéens entassés dans les rues, comme des quilles. Dans le carnage, les chariots et les canons renversés, beaucoup de personnes sont écrasées par les fourgons. Les fuyards poursuivis par la cavalerie jonchent de cadavres la route du Mans à Laval. Dix mille morts ensanglantent les rues du Mans. Les soldats Bleus retournent les cadavres pour les dépouiller de leurs montres, de leurs bijoux, de leurs assignats et de leurs pièces d'argent. Parmi les prisonnières, ils se répartissent les femmes les plus distinguées et les religieuses comme butin de guerre. Les mortes sont dénudées, alignées nues, jambes relevées. Les soldats s'amusent à, disent-ils, « mettre les femmes en batterie ». Puis ils introduisent des cartouches dans les vagins, qu'ils font exploser.

Ceux qui ont pu fuir Le Mans et qui s'égarent sur la route de Paris sont pris et exécutés, les autres font une course de cent quarante kilomètres en vingt-quatre heures. Ils passent à Sablé, se retrouvent à Laval pour la troisième fois. Comme il pleut à torrents, les chemins sont embourbés. Il n'est plus question de pouvoir conduire des chariots ou des carrosses. Les blessés sont abandonnés au bord des routes. Ils seront massacrés. Qui s'endort est massacré. Qui s'arrête pour manger est massacré. Qui tombe de fatigue est massacré. Dans tous les villages, des pelotons de prisonniers vendéens sont abattus à coups de pique et de sabre. Des rescapés refluent vers le nord de Nantes. Sur six cents enfants vendéens capturés, trois cents seront noyés comme des chatons dans la Loire et trois cents autres étrangement épargnés. Baptisés « Enfants de la Patrie », ces derniers, élevés en « patriotes », ne seront jamais rendus aux familles.

La panique est totale aux abords de la Vendée si proche, mais dont la Loire interdit le passage. Le 16 décembre, le plus gros des fuyards arrive néanmoins à Ancenis, s'empare des bateaux du port et construit des radeaux avec des barriques. La foule patauge dans la boue des berges. Les radeaux canonnés par les Bleus qui tiennent la Rive Gauche, bien peu de Vendéens réussiront à passer avant que n'arrivent les hussards qui les dispersent.

Un flot de Vendéens en déroute se meut sur

Nantes. Ils sont cueillis aux portes de la ville comme du gibier cerné par des rabatteurs. Mais que faire de tant de prisonniers? Les prisons de Nantes sont pleines et même les noyades de Carrier dans la Loire n'éliminent que dix mille personnes. Le typhus frappe les rescapés vendéens et les Nantais sont effrayés par l'épidémie. Lorsqu'il arrive à cet épisode. Michelet dira avec une horrible désinvolture littéraire : « On avait tué pour le péril, on tua pour la salubrité. »

Des cent mille Vendéens qui passèrent la Loire deux mois plus tôt, il ne reste plus qu'une colonne de quinze mille soldats, femmes, enfants, vieillards. Ils se dirigent vers Savenay, cherchant toujours à franchir le fleuve. Après une nuit de marche sous une pluie qui n'a pas cessé depuis un mois, ils se trouvent face à face avec quinze mille soldats républicains qui avancent sur trois colonnes, comme à la parade. Seulement deux cents cavaliers s'échappent dans la forêt du Gavre. Il faudra des semaines pour brûler à la chaux et enterrer quinze mille cadavres. Carrier fera afficher dans Nantes : « Les brigands sont foutus. Il n'y a plus de calotins et de royalistes. » Et Westermann écrira à la Convention : « Il n'y a plus de Vendée, elle est morte sous notre sabre libre, avec ses femmes et ses enfants. Je viens de l'enterrer dans les marais et les bois de Savenay. »

Cette « longue marche » n'aura duré que soixante-six jours, du 18 octobre au 23 décembre 1793, alors que la « Longue Marche » de Mao se poursuivra durant un an et couvrira douze mille kilomètres. Mais si, au lieu de monter au nord, vers l'Angleterre, les Vendéens étaient partis à l'est, peut-être seraient-ils arrivés eux aussi au Yen-an. Et nous y serions encore!

Tout ceci pour essayer de m'expliquer par les hasardeuses lois de l'hérédité la peur de l'inconnu chez ma mère, son côté lapin de choux et ses brusques accès de vagabondage. Son coup de foudre pour un sous-off de la coloniale et l'Acadie qu'elle trouva « au pays où fleurit l'oranger ». Puis son brusque repliement sur la terre vendéenne et son refus de suivre mon père « aux colonies ». Et toute sa vie j'observe le balancement entre le désir de se cacher dans un trou de souris et la brusque détermination de partir ailleurs, vers l'inconnu, sans rien regretter de ce qu'elle abandonnait. Sa mère, dont elle semblait ne pouvoir se passer, et qu'elle laisse à Fontenay pour partir avec moi à Nantes, sans logement, sans travail. La conciergerie près du château des ducs de Bretagne, délaissée brusquement pour un transbordement journalier d'un appartement vide à un appartement vide. Puis la facilité avec laquelle elle admit que je quitte ma place de garçon de courses pour entamer moi-même un vagabondage de travaux divers dont le moins que l'on puisse dire c'est qu'aucun ne présentait une perspective d'avenir.

Manutentionnaire dans un entrepôt près des quais de la Loire, expéditionnaire, débardeur au cul des camions, manœuvre ici et là, au hasard des besognes, voilà qui nous menait loin du préparateur en pharmacie et de ses belles mains blanches. De quinze à dix-neuf ans, j'ai vécu ainsi, dans ce que l'on appelle les bas travaux, compagnon d'autres paysans sans terre, d'autres bouseux devenus citadins d'infortune. On pourra s'étonner que ma mère, venue spécialement à Nantes pour ma réussite sociale, s'en soit soudain totalement désintéressée. Mais c'est que, tout comme moi, ou moi tout comme elle, tellement captivés par les livres que nous lisions, le monde de la vie quotidienne ne nous importait plus. Nous affabulions à tel point toutes les nuits que les travaux du jour devenaient sans importance.

Soudain, elle prit une décision inouïe : bazarder le phonographe et les disques de mon père. Décision inouïe parce que tout ce qui avait trait à mon père prenait valeur de relique. Nous transportions partout une de ses cantines militaires noires recouverte d'un treillis d'osier bourrée de ses « souvenirs ». Parmi ceux-ci, le phono et les disques.

Il s'agissait bien sûr d'un phono dont on remontait le ressort avec une manivelle, flanqué d'une pavillon bleu. Depuis la mort de mon père, il ne fonctionnait plus. Jamais. Si je réfléchis bien, je dois avoir passé une dizaine d'années sans entendre jamais de musique. Constatation étrange puisque, aujourd'hui, j'envisage difficilement de passer un seul jour sans écouter de la musique et que, si même je voulais le faire, celle des transistors et des télés des voisins viendrait certainement me rejoindre. Un soir donc, ma mère sortit le phono de sa cantine noire, vissa le pavillon, remonta le mécanisme et décida de passer tous les disques. Je me souvenais vaguement des « séances de phonographe » du temps de mon père. Le phono marchait assez souvent et l'on y entendait Bruant hurler je ne sais quoi, Déroulède déclamer *Le rêve passe* et je ne sais qui chanter *Le Credo du paysan*. Les disques de mon père étaient pour moitié militaristes et pour moitié populistes. Ceux de ma mère donnaient des extraits d'opérettes ou d'opéra-comique : *Mignon, Le Pays du Sourire, L'Arlésienne, Fuliculi Fulicula...*

L'audition de notre discothèque familiale prit plusieurs soirées. Non que les disques fussent si nombreux, mais ma mère repassait plusieurs fois le même, comme si elle avait voulu s'en imprégner avant de s'en débarrasser à jamais. Ainsi *Les Millions d'Arlequin* revinrent-ils souvent, tout crachoteux et grésillants qu'ils fussent. Et *Lakmé, ton doux regard se voile...*

Elle me reparla de ces disques jusque dans son

extrême vieillesse. Elle aimait les grands airs (le grand air du *Barbier de Séville*), les valses et opérettes viennoises, le violon lorsqu'il devenait extrême virtuosité. Elle disait du violoniste, estomaquée : « Il en met un coup ! »

Alors pourquoi voulut-elle s'en défaire ? Et pourquoi y mit-elle une certaine solennité, m'emmenant avec elle, presque triomphante, nous partageant tous deux la charge du phono, du pavillon et des disques ? L'événement était suffisamment d'importance et si bien préparé, que près de quarante ans plus tard je nous revois très bien, entrant chez un brocanteur du centre de la ville, fourguant notre camelote et repartant tout joyeux, allégés certes de la charge dont nous nous étions délestés, mais il s'agissait de bien plus que cela ! Je crois que ce jour-là, et dans le contexte du vagabondage qui était alors le nôtre, ma mère décida de se débarrasser un peu de l'encombrante dépouille de mon père. La preuve, pour la première fois depuis son veuvage, et avec l'argent que venait de lui donner le brocanteur, elle se paya (elle me paya) le cinéma.

7

Donc, après un an de vagabondages dans les appartements vides de bourgeois prudents, ma mère se remit dans un trou de souris : cette petite maisonnette au bord de l'Erdre, dans un quartier de blanchisseurs et de maraîchers qui nous faisait retrouver une semi-campagne. Mais, en même temps, si les bourgeois revenus retrouvaient le confort qu'ils nous avaient prêté, nous retrouvions, nous, l'absence d'eau courante, de w.-c. privés et d'éclairage généreux. Les w.-c. à la turque, dans des cabanes de bois au bord de la rivière, étaient communs à tout ce monde de blanchisseurs, de ravaudeuses, de repasseuses, qui logeait dans des petites masures semblables à la nôtre, maintenant démolies et remplacées par un lotissement de « villas » prétentieuses, toutes alignées au milieu de leurs pelouses. Elles ont mangé le grand pré où les blanchisseurs étalaient les draps. De mon temps, comme disent les vieux, toutes les habitations se tenaient serrées en bordure de l'eau, laissant le plus de place possible pour le séchage du linge et les jardins potagers. Cette promiscuité donnait une certaine truculence à la vie de la communauté blanchisseuse. Le fait de puiser de l'eau à la même pompe commune et de déféquer dans le même « cabinet » devait aussi contribuer à nouer des relations de voisinage qui passaient de la plus grande cordialité aux plus violents orages.

Ma mère, qui ne s'est jamais liée facilement, emmenant partout avec elle sa méfiance paysanne, se plut d'emblée dans ce milieu qui ne différait guère de celui de Fontenay. Nous étions encore à Nantes, tout en n'y étant plus. Bien loin du sinistre château d'Anne de Bretagne et de la conciergerie qui le flanquait, bien loin des beaux appartements du cours Saint-André ou de l'Ile-Feydeau. Nous étions à la campagne tout en étant en ville, blanchisseurs et maraîchers s'étant réservé un îlot de verdure dans le quartier Saint-Donatien. Et comme souvent, ce quartier un peu excentrique constituait en soi un bourg, avec son église, ses commerçants, son tissu de parentés et de copinages. A partir du moment où ma mère trouva ce petit logement au loyer modique, elle ne sortit pratiquement plus de ce quartier, sinon dans sa vieillesse où elle reprit goût au vagabondage.

Et les drames qui allaient éclater entre nous deux commencent avec cette phase casanière chez ma mère, juste au moment où j'étais saisi à mon tour par la bougeotte. Mais comment aurions-nous pu conserver ces moments privilégiés du jardin des plantes et des lectures communes alors que ma mère approchait de ses cinquante ans et que j'allais en avoir dix-huit?

Non seulement ma mère trouva dans notre nouveau quartier un environnement qui lui convenait, mais nos voisins blanchisseurs l'embauchèrent aussitôt, comme ravaudeuse. Ce sera son plus long métier, qu'elle continuera pour son propre compte bien après qu'il n'y eut plus de blanchisserie dans le quartier Saint-Donatien.

J'avais dix-huit ans. La fille d'un de nos voisins blanchisseurs en avait quinze. Quoi de plus naturel que de sortir enfin des livres et de mettre à l'épreuve tant de recettes amoureuses. La fureur de ma mère me surprit. Pourtant la littérature est pleine de mères possessives. Mais on applique mal la psychologie des livres à ses propres aventures. Du moins dans la spontanéité de ses premiers élans. Je ne reconnaissais pas ma mère. Ou plutôt si, je retrouvais avec stupeur et effroi cette mégère que j'avais aperçue un jour, bousculant mon père ivre. Et dans sa rage, elle me parlait patois, retrouvant d'instinct la langue de la dérision et du mépris :

« Tu t'es laissé *embibocher*, *enjominer* par cette *petasse*... Ça me turlupine de te voir aussi *beudat*... Ce n'est pas pour faire des *rapiamusses*, mais tu me *mines*, tu me *mines*... »

Nos voisins s'appelaient Barbeau. Elle féminisait leur nom, en parlant de ma petite amie, comme il est d'usage dans le bocage :

« La Barbelle, c'est une grimaceuse... »

Bien évidemment, ce rejet de mon premier amour par ma mère ne fit que lui donner plus d'importance. La Barbelle était apprentie coiffeuse. J'allais midi et soir l'attendre à la sortie de son « salon ». Nous musardions et nous nous becquetions tout le long de la rivière, nous séparant seulement à proximité de nos maisons voisines. Ma mère guettait notre retour, du haut de l'escalier de ciment :

« Tu crois que je n'ai pas compris votre manège... Pas la peine de vous cacher... Tu ne peux plus te passer d'elle mon pauvre *gâ*... C'est bien fini, maintenant, ta mère qui a tout sacrifié pour toi, ne compte plus... »

L'expression des grands sentiments se faisait toujours en français académique. Ce reproche des sacrifices, faits en ma faveur, me blessait alors beaucoup. Si j'avais réfléchi, j'aurais eu du mal à déceler de quels sacrifices il s'agissait. Car enfin je

134

travaillais depuis l'âge de quatorze ans et donnais intégralement mon salaire à ma mère.

L'explication du drame était pourtant simple, mais lorsqu'on le vit tout s'embrouille. Depuis la mort de mon père, et surtout depuis que nous étions à Nantes, personne n'était venu s'immiscer entre ma mère et moi. Les après-midi des dimanches au jardin des plantes, les demi-nuits de lectures dans les appartements vides des beaux quartiers, tout cela avait marqué les plus hauts sommets de l'amour filial et maternel. Maintenant, on ne pouvait plus que redescendre. Et voilà que cette *drôlesse* (comme elle disait) me tirait par la main pour que je descende plus vite.

Un jour, elle me lança à brûle-pourpoint, sans hausser cette fois-ci le ton, avec une grande mélancolie dans la voix :

« Alors, toi aussi tu t'en vas?

– Mais non, maman, tu vois bien que je suis toujours là.

– Si, si, tu t'en vas... »

Et elle ajouta après un peu d'hésitation, et en baissant la voix :

« ...comme ton père... Je serai donc toujours seule. »

Elle se mit à pleurer, d'abord doucement, puis en hoquetant, comme un enfant, puis en gémissant, enfin en poussant des cris.

J'étais effrayé par cette crise de larmes qui tournait à l'hystérie. Je m'approchai et lui touchai l'épaule. Mais elle me repoussa :

« Non, va-t'en, puisque tu ne m'aimes plus... »

La jalousie de ma mère prit des proportions de plus en plus grandes, de plus en plus irraisonnées. La Barbelle produisait la première cassure. D'autres allaient suivre, jusqu'à notre séparation définitive. Les livres, qui nous avaient unis, devinrent soudain eux-mêmes des ennemis. Elle me reprochait maintenant de trop lire, de trop dépenser d'électricité, d'avoir de « mauvaises lectures ». Ces lectures, devenues des études sans fin, devenaient déplacées. Trop, c'est extravagant.

« A quoi ça te sert ? Tu t'abîmes les yeux... »

Pourtant j'étais sorti des livres, mais là encore nous nous séparions. La lecture n'avait jamais été pour ma mère, malgré la passion qu'elle y mit, autre chose qu'un divertissement. Je découvrais qu'il s'agissait d'un moyen de connaissance et que le savoir, pour quelqu'un de ma condition, pouvait devenir une accession au pouvoir.

Ce qui me mena à l'action et bientôt à la clandestinité. L'Histoire n'eut pas de prise sur nous, tant que nous restâmes en marge. Mais maintenant que je devenais acteur, l'Histoire, après la Femme, me prenait elle aussi par la main.

Un soir, juste avant le couvre-feu, alors que la campagne « s'anuitait », je pris la vieille bicyclette des équipées de mon père et pédalai vers la Loire, vers les ponts, vers la Vendée. Les Vendéens avaient repris déjà depuis longtemps le maquis dans le bocage. J'allais les rejoindre.

C'est ainsi que je renouai avec la chouannerie.

De la forêt de Mervent-Vouvant, chère à la fée Mélusine et aux Lusignan, aux bois de Tiffauges qui forment une corbeille verte au château de Gilles de Rais, les maquis vendéens étaient archipleins. Trop pleins. Dès que se formèrent les premiers maquis, presque tous les paysans d'alentour affluèrent en effet, avec leurs fusils de chasse et leurs cartouches. Il fallut les dissuader en douceur, leur dire qu'ils n'avaient aucune raison de se cacher, que les maquis devaient être laissés en priorité aux réfractaires et aux pourchassés. Comme en 93 ils se tenaient prêts à repartir pour une autre folie collective.

C'est au maquis que je me découvris pour la

136

première fois Vendéen. Il va sans dire qu'auparavant le Genève de Rousseau, le Grenoble de Stendhal, le Paris de Michelet et de Zola, étaient plus vivants pour moi que le bocage vendéen. Que dis-je, les plaines enneigées de Tolstoï, les bouleaux de Tchekhov, le Weimar de Goethe, les loups de Jack London, la baleine de Melville, tout cela comptait bien plus que des souvenirs et des images d'une enfance encore trop proche.

Cette proximité empêchait d'ailleurs que ce retour fût une vraie redécouverte. Non seulement le patois ne me surprenait pas, au maquis, mais je le parlais encore avec naturel. Je passais sans problème de la langue de Rousseau à celle de Rabelais. Ma seule surprise fut de pénétrer, par le biais de l'histoire contemporaine dont j'étais devenu acteur, dans une histoire vendéenne que je connaissais mal. Le commandant du maquis, lui, la connaissait si bien qu'il s'identifiait à Monsieur de Charette. Il nous avait fait réapprendre l'imitation du ululement de la chouette, comme cri de ralliement.

D'où venait-il? Qui était-il? Certainement pas noble puisqu'il avait surtout retenu de l'épopée de 93 l'aspect démocratique de l'insurrection, le moins connu. Les aristocrates étaient plus nombreux dans l'armée républicaine que dans l'armée vendéenne, nous disait-il à notre grand étonnement. Qui a défendu Nantes avec efficacité contre la ruée vendéenne, sinon le marquis de Canclaux? Qui commandait la garnison de Cholet lorsque la ville fut attaquée par les bandes du garde-chasse Stofflet, sinon un autre marquis : de Beauveau? Qui défend Fontenay, sinon le général républicain Beaufranchet d'Ayat, fils d'une favorite de Louis XV? Qui dirige l'armée républicaine de Luçon, sinon Louis de Beffroy, ancien page du roi? Qui est maire d'Angers, sinon Jean Planche de Ruillé dont les titres de noblesse remontent aux Croisades? Qui commande l'armée de La Rochelle, sinon Lauzun, duc de Biron, ex-favori de la reine?

L'érudition de notre commandant, pour tout ce qui touchait à la chouannerie, nous stupéfiait. Il nous disait aussi, bien sûr, que les Vendéens n'étaient pas, en fait, « les chouans », que la guerre de Vendée et la chouannerie désignaient deux choses, la chouannerie étant avant tout bretonne et normande. Mais le terme a prévalu à tel point que nous nous sentions chouans. Nous faisions d'ailleurs une guerre de chouans, c'est-à-dire de guet-apens, de coups de main, notre commandant reprenant le vieux cri de guerre à l'approche des convois allemands: « Égaillez-vous, les gars! »

Quel âge avait cet homme étrange, qui semblait émerger d'une très lointaine histoire, dont il se montrait encore si imprégné? Nous qui avions vingt ans, nous le voyions vieux. Sans doute quarante ou cinquante ans. Jamais il ne nous parla de sa vie avant la guerre, ni d'où il venait. Nous ne savions bien sûr pas son véritable nom.

Il nous disait encore: « La chouannerie paysanne... d'accord. Mais c'est vrai et faux. On pourrait tout autant parler de chouannerie ouvrière. Le Choletais, région la plus manufacturière de l'Ouest, s'insurgea aussi totalement que le bocage poitevin. Si plus de la moitié des « chouans » vendéens étaient paysans, les deux cinquièmes étaient des artisans, surtout des tisseurs de lin dont les ancêtres avaient été huguenots sous la Ligue. Mes petits gars, nous sommes de tous les extrêmes et de toutes les passions. Nous avons été passionnément huguenots avec Henri IV, passionnément catholiques avec Grignon de Montfort, passionnément républicains en 1789, passionnément antirépublicains en 1793. »

De temps en temps, nous nous déplacions, d'une cache à l'autre. C'est ainsi que nous aboutîmes un jour dans les ruines d'un château fort sinistre, dont il ne restait plus, haut levé, que le donjon.

« Allez, monte en haut de la tour, me dit le commandant et guette, guette comme sœur Anne en te souvenant que nous sommes ici dans le château de Barbe-Bleue. »

Et comme nous restions perplexes :

« Tiffauges... Ça ne vous dit rien, Tiffauges... En 1793, douze paroisses ont attaqué Tiffauges, tué le seigneur de l'Échasserie, bu son vin et jeté les républicains prisonniers dans les caves du château de Barbe-Bleue où nous sommes... Allons, ne restez pas bouche bée comme ça, vous allez avaler des mouches... Gilles de Retz (ou de Rais) vous connaissez, celui dont on a fait la Barbe-Bleue de la légende, le compagnon chéri de Jeanne d'Arc... Vous ne vous étonnerez pas si je vous dis qu'il se trouvait trois Vendéens parmi les compagnons de Jeanne d'Arc. Quand il y a des coups à prendre quelque part, nous sommes toujours là. Gilles de Retz, qui porta la sainte ampoule au couronnement de Charles VII, Arthur de Richemont, gouverneur de Fontenay et Dunois, seigneur de Mervent... Après le martyre de Jeanne d'Arc, Gilles de Retz s'enferma à vingt-six ans dans ce château de Tiffauges et y fera venir sorciers, astrologues, alchimistes qui mettront toute leur science à tenter de faire apparaître le diable. Le diable n'apparaîtra pas, mais se logera dans le corps de Gilles qui sera brûlé comme Jeanne... Sorcière et sorcier... Étrange histoire, ne trouvez-vous pas? »

Heureusement, nous restâmes peu dans les ruines du château de Tiffauges, un peu trop visibles d'ailleurs pour l'ennemi.

C'est aussi notre commandant qui nous raconta « la longue marche ». Et lorsque nous l'interrogions sur cette curieuse ruée vers la Manche, alors que les Vendéens disposaient d'une autre mer à portée de la main, il nous fit encore une réponse qui nous laissa pantois :

« Qui sait si les Vendéens de la fée Mélusine n'allaient pas vers la forêt de Brocéliande à la recherche de l'enchanteur Merlin, qui ne se montra pas. »

8

Dès mes vingt et un ans, je quittai Nantes et ma mère, après avoir vendu le vieux vélo de mon père pour me payer le train jusqu'à Paris. L'autre culture, celle des livres, m'emportait définitivement. Où? Je ne le savais pas et ne m'en souciais guère. Ne m'importait que ce grand air de liberté et de vacuité qui me fit passer pendant si longtemps d'un gagne-pain à l'autre sans problèmes ni remords. Les travaux manuels, même les plus durs, ne me rebutaient pas dans la mesure où ils ne gênaient en rien mon aventure intellectuelle.

De ce départ, de cette séparation définitive avec ma mère jusqu'à la mort de celle-ci, je compte avec stupéfaction trente années. Bien plus long que notre vie ensemble. Alors qu'en réalité, dans notre mémoire, dans notre chair, c'est notre vie « avant », à Fontenay et à Nantes, qui semble la plus longue.

Pendant ces trente années, les lettres hebdomadaires ont tissé un lien secret, plus sans doute que les séjours que ma mère vint faire à Paris chaque été, toujours contrariés par l'exiguïté de mes logements et la présence de brus découragées aussi bien par son excessive humilité que par ses exigences.

Trente années pendant lesquelles se répète une longue complainte de la solitude et de l'ennui.

Trente années de double veuvage. Trente années où elle s'accrocha de toutes ses forces à mon abscence, ne vivant pratiquement plus que dans l'attente de mes lettres et de nos brèves retrouvailles annuelles.

En même temps que je me séparais de ma mère, je m'éloignais de la Vendée. Mère et terre sont étroitement liées, on le sait. Couper le cordon ombilical de l'un c'est couper le cordon ombilical de l'autre. Les retrouvailles de la Vendée dans le maquis n'étaient pas un vrai retour, mais la continuation, sous une autre forme, d'une enfance perturbée par l'exil.

Au fur et à mesure que je pénétrais plus profondément dans la culture française et que, Rastignac paumé, je n'en ambitionnais pas moins de conquérir Paris, la Vendée disparaissait peu à peu dans ses brumes. Il n'y a pas de quoi se montrer fier d'appartenir au département le plus réactionnaire de France lorsque l'on se croit de gauche. Ni de s'en vanter. La Vendée, comme ma mère, ne m'arrivait plus dans mon tohu-bohu parisien que comme une image désuète, folklo, minable.

J'étais plus misérable à Paris que je ne l'avais jamais été avec ma mère, et allais le rester longtemps, mais cette misère ne me semblait pas comparable à celle que nous avions connue à nos débuts à Nantes. Entre ce rez-de-chaussée humide, obscur, coincé contre les douves du château des ducs de Bretagne et mes mansardes parisiennes, rien de commun. Sinon l'inconfort. A Nantes, nous butions du nez sur un passé étouffant. A Paris, tout l'espoir m'était permis. J'avais coupé toutes les amarres avec mon passé, sinon ce fil ténu qui me reliait à ma mère par cette correspondance qui, par là même, me devenait de plus en plus pesante. J'avais l'impression d'être libéré, enfin. J'étais progressiste, techniciste et si heureux de l'être.

A la fin du Moyen Age, lorsque naquirent les villes franches, tout serf qui réussissait à s'échapper de la glèbe et à vivre pendant un an dans la ville bourgeoise sans être repris par son seigneur et maître devenait un homme libre. J'étais ce serf, me faufilant dans la ville bourgeoise, m'appliquant à m'y rendre utile, à m'y faire des amis, tout en ayant l'angoisse d'être un jour « reconnu » et reconduit d'où je venais. Cette crainte ne m'a d'ailleurs jamais quitté. Autant je la sais aujourd'hui irraisonnée, autant régulièrement elle m'oppresse et je dois la vaincre au moyen de petits comprimés roses qui s'achètent, sur ordonnance, dans toutes les pharmacies.

Ma mère continua à Nantes son travail de ravaudeuse qu'elle agrémenta par la suite avec celui de gardienne d'enfants. Les blanchisseurs ayant fermé leurs ateliers pour se transporter plus loin, dans la campagne, ma mère se fit une petite clientèle de particuliers. Tous gens de la haute bourgeoisie ou de l'aristocratie qui l'adoptèrent bientôt comme on s'attachait autrefois les « gens de maison ». Si bien que ma mère se retrouvait un peu dans la situation de ses propres parents, domestiques d'un hobereau.

Mais les relations de ma mère avec ses employeurs ne cessèrent de devenir plus ambiguës au fil des ans. Elle n'acceptait plus de travailler « pour n'importe qui », choisissait ses maisons, avait ses têtes. Les « dames » qu'elle consentait à élire devaient passer par ses lubies et, le plus curieux, c'est qu'elles demeurèrent, pendant quinze ou vingt ans pour les plus privilégiées, d'une patience, d'une gentillesse et, on peut même le dire, d'une affection à toute épreuve. Ma mère s'intégra dans ces grandes familles le plus naturellement du monde. Elle allait y faire ses journées, mettant des pièces aux draps, retournant les cols de chemise, raccommodant les chaussettes, mais les dames l'invitaient à quatre heures pour prendre le thé avec elles. Et ça, elle y tenait. Pas de thé (et le thé pris au salon, bien sûr, pas à la cuisine) c'en était fini de cette famille mal élevée. Les années passant, on l'invita l'été à séjourner quelques semaines dans les châteaux. Elle continuait à y ravauder, à y repriser bien sûr, mais elle pouvait se promener dans les parcs dont elle appréciait tant les grands arbres aux essences exotiques qu'elle m'en parlait longuement dans ses lettres. Ils lui rappelaient notre cher Jardin des plantes. Dans ces châteaux, elle se mit de nouveau à lire, et uniquement des nouveautés, sans doute avec quelque malignité pour épater ses hôtes, nouveautés que je lui envoyais; en général des romans de mes amis. Ils l'intéressaient d'ailleurs en tant que tels. En les lisant, c'étaient un peu d'autres lettres de moi qu'elle recevait.

Et puis, certains de mes amis devinrent célèbres ou notoires. Elle pouvait donc recevoir de leurs nouvelles par les journaux. Elle me découpait de temps en temps de ces informations ou de ces anecdotes, sur l'un ou l'autre. De même qu'elle me donnait des nouvelles régulièrement de ses « dames », de leurs maris, de leurs enfants. Plutôt qu'une ravaudeuse, le rang qu'elle se donna dans ces grandes familles était celui d'une demoiselle de compagnie. Finalement, oui, dans sa vieillesse, ma mère devint la « demoiselle » espérée par ses parents. La demoiselle pauvre à laquelle les riches font une place à table. Mais je sais bien qu'en réalité elle considérait ces femmes riches, qui voulaient bien l'accueillir, comme ses propres dames de compagnie.

Au moment des cassures (la première femme, les études, le maquis), elle eut un sursaut de révolte et d'autorité. Mais à partir du moment où elle comprit que j'étais parti pour Paris sans idée de retour, elle se replongea dans la résignation. Pendant les trente ans qui lui restaient à vivre, je ne la vis plus jamais se mettre en colère, ni même s'indigner de quoi que ce soit. Tout ce qui m'arriva, pour aussi extravagant que ce fut parfois, elle le trouva naturel. De mes deux premiers mariages aves des étrangères, auxquels elle ne fut pas conviée, jamais elle ne fit de commentaires. Elle passa même d'une bru à l'autre avec une indifférence désarmante. Il me sembla même qu'elle affectait de ne pas s'apercevoir qu'il ne s'agissait plus de la même.

J'ai déjà dit qu'à Fontenay-le-Comte, dans mon enfance, nous suivions des itinéraires précis, si précis qu'ils ressemblaient au marquage du territoire par un animal. De la rue des Orfèvres et du pont des Sardines partaient ainsi des lignes de fuite qui aboutissaient en semaine dans la toute proche rue des Loges où ma mère travaillait dans une coopérative, et le soir au jardin du grand-père par-delà le Pont-Neuf et la passerelle du champ de foire. Le samedi était un peu jour de fête en raison du marché qui donnait une extrême animation de la rue des Drapiers à la place Viète. Enfin le dimanche, après l'aller et retour à l'église Notre-Dame pour la messe, ce qui occupait la matinée, nous consacrions l'après-midi à la visite du cimetière.

En dehors de ce tracé, rien. Du moins pour ma mère, car personnellement je vagabondais bien sûr par toute la ville avec mes camarades d'école. Du temps où vivait mon père, nous allions au cirque lorsqu'il s'en installait un sur la place du champ de foire, nous allions faire la grande promenade à la gare et parfois même jusqu'à Pissotte où se tenait un *préveil*. Mais, une fois veuve, ma mère se défendit tous ces divertissements. Ses itinéraires se rétrécirent, comme sa vie.

A Nantes, lorsqu'elle fut de nouveau seule (j'allais dire de nouveau veuve, mais il y a bien de ça), elle ne sortit plus guère de son quartier puisque les dames chez lesquelles elle allait travailler y habitaient toutes. Tant qu'il y eut des tramways, elle se hasarda le dimanche à aller jusqu'à la place Royale et à remonter la rue Crébillon jusqu'au théâtre Graslin. Mais lorsque aux tramways succédèrent les autobus elle se refusa à les emprunter, sous prétexte qu'elle devenait malade en voiture à cause de l'odeur de l'essence. Bizarrement, elle se remit à prendre le chemin de la gare, comme du temps de mon père. Mais ce n'était pas la même gare et celle-ci aboutissait à Paris. Tout comme mon père, dans son attirance de la gare, à Fontenay, devait voir au-delà des locomotives les vapeurs de Marseille qui appareillait pour Saigon, ma mère, dans la salle des pas perdus, dans cette effervescence de voyageurs aux guichets et aux portillons, rêvait à la gare Montparnasse où elle retrouvait son fils une fois l'an.

En revenant de la gare, elle s'asseyait sur un banc du jardin des plantes, notre cher jardin des plantes... Mais c'était là certainement lieu de mélancolie. Par contre, elle se paya un vrai plaisir dans sa vieillesse, dont elle ne se lassa jamais tant qu'elle fut valide; un plaisir qu'elle cultivait avec gourmandise; sa petite folie en quelque sorte : une fois par semaine elle allait aux grands magasins Decré, montait par l'ascenseur sur la terrasse et s'y faisait servir un café. Comme une dame.

A Paris, bien que ses séjours y fussent brefs, elle réussit à trouver un substitut de Decré : la Samaritaine. Où que j'habite, et je changeais souvent de domicile, il lui fallait trouver le chemin le plus court pour aller à ce magasin. C'était toujours son premier souci, presque dès son arrivée :

« Mais maintenant que tu as déménagé, comment est-ce que je vais faire pour retrouver la Samaritaine? »

Il nous fallait l'y conduire au plus tôt. Et l'y laisser, car c'était là son domaine secret, son itinéraire de rêve. Quel rêve? L'abondance d'objets, de linges, de vêtements, d'appareils électro-ménagers? La foule anonyme qui la changeait de tant de jours de solitude? Sans doute. Mais je crois bien que, plus encore, ma mère aimait des grands magasins leur modernité. Et sans doute aussi des gares.

Comme la plupart des paysans et des ruraux, elle n'aimait que le moderne. Seuls les citadins prennent goût au rustique, à condition toutefois qu'il soit confortable. Le rustique, n'ayant jamais été confortable pour les rustres, reste entaché pour eux des plus calamiteux souvenirs. Le goût de ma mère pour le moderne m'a aidé à comprendre pourquoi les paysans vendent leur fermette aux gens des villes et se font construire à la place un pavillon acheté sur catalogue. Cette accession à la modernité est pour eux le signe évident de la réussite sociale.

Avec quel dédain ma mère parlait des « vielleries ». La maisonnette qu'elle habitait au bord de l'Erdre était une vieillerie. Ses meubles étaient des vieilleries. Elle n'aimait rien de toutes ces « reliques », comme elle disait. Le jour où elle me demanda de tout « bazarder », elle n'eut visiblement aucun regret.

Trop pauvre pour accéder à la modernité, elle y arriva néanmoins dans sa vieillesse, par le biais des hôpitaux et des maisons de retraite. Elle me répétait :

« Regarde comme c'est beau! C'est tout propre. C'est neuf. On se croirait dans du corbusier. »

Non, ce n'est pas moi qui lui ai donné le goût de l'architecture de Le Corbusier. Pour la bonne raison que je n'ai jamais pu arriver à lui faire comprendre que Le Corbusier était un homme. Pour elle, il s'agissait d'un immeuble, situé de l'autre côté de la

Loire, et où habitait l'un de ses petits neveux, facteur à Rezé (fils de ce Camile Godreau dont nous avons vu la photo-carte postale en militaire, datée de 1918). Et elle croyait de plus que tous les immeubles de grande hauteur s'appelaient des corbusiers. Lorsque la nouvelle gare Montparnasse fut construite et qu'elle sortit sur le parvis, elle fut éblouie :

« Ah! c'est beau! C'est plein de corbusiers. »

Quand elle allait voir le fils Godreau dans l'Unité d'Habitation Le Corbusier de Rezé, elle m'écrivait :

« Dimanche, je suis allée me promener au corbusier de Rezé... Ils sont bien logés, eux. Ah! que j'aimerais quitter mes vieilleries pour du moderne! »

Elle qui eût pu faire de si exotiques voyages avec mon père semblait avoir fait le plein de ses dépaysements « au pays où fleurit l'oranger ». De ces orangers et de ces mimosas de la Côte d'Azur, elle allait en humer le parfum toute la vie. Je ne l'ai jamais entendue ensuite envier quelque voyage que ce soit, si ce n'est Lourdes où elle eût aimé participer à un pèlerinage. Elle n'aimait pas la campagne, elle n'aimait pas la mer, elle n'aimait pas le soleil. Les quelques fois où nous nous rendîmes, pendant mon enfance, au bord de l'Atlantique, cette immensité d'eau lui parut une fois de plus de l'extravagance. Et puis ce vent qui vous énerve n'a rien de bon. A tout prendre mieux valait les chemins creux et les ruisseaux du bocage.

Mais elle n'aimait que les villes, surtout les grandes villes. Toujours cette séduction de la modernité. Elle se plaisait bien à Nantes, elle se plaisait bien à Paris. Son seul regret venait de ce que j'y habitais toujours des logements sur cour et que l'on n'y voyait rien, que l'on n'y entendait rien. Elle descendait dont très vite dans la rue, à la recherche de l'animation, s'asseyait sur un banc des boulevards et regardait la foule passer.

Elle ne fit que deux longs voyages dans sa vie, mais je crois que les deux lui apportèrent beaucoup de plaisir. Le premier pour son propre mariage et le second pour mon troisième mariage où, là, elle fut invitée puisqu'il se faisait en famille et non pas dans l'intimité comme les deux premiers. Aller dans les Vosges, et de surcroît en plein hiver, lui demandait de traverser toute la France d'ouest en est. Mais bien qu'elle eût déjà soixante-quinze ans, et vécût de plus en plus confinée, elle se lança dans cette aventure avec le plus grand naturel.

Jamais elle n'avait vu autant de neige et, comme la mer, cette surabondance blanchâtre l'offusqua. Elle refusait de regarder dehors, tournant le dos à la fenêtre, pour, disait-elle, « ne pas voir ça ».

Fit-elle un rapprochement entre le corbusier où habitait son neveu et Le Corbusier qui avait construit la chapelle de Ronchamp où nous nous mariâmes, je ne crois pas. Tout cela devait plutôt lui confirmer, quoi que j'en dise, que toute construction très moderne est un corbusier.

Et de toute cette abondante famille de ma femme, rencontrée à la noce, elle vit tout de suite ce qu'elle pourrait en tirer : des correspondants. Recevoir des lettres devenait de plus en plus une obsession. Son goût de la lecture se détacha des livres, dans sa vieillesse, au profit des seules lettres. Elle aimait en écrire et elle aimait en recevoir. Mais tout son problème venait de la difficulté de se trouver des correspondants.

Lorsqu'elle séjournait chez moi, à Paris, on aurait pu penser que le courrier ne lui manquait plus. Mais il n'en était rien. Elle attendait alors avec inquiétude les lettres de ses « dames ».

« C'est quand même bizarre que Mme de X... ne m'ait pas encore écrit...

– Mais enfin, maman, elle n'a pas que ça à faire. Elle a un mari, des enfants, des domestiques, tout un train de maison à mener. »

Elle pinçait les lèvres.

« Quand même, elle pourrait bien m'écrire. »

La lettre de Mme de X... ne tardait d'ailleurs pas à arriver, débordante de nouvelles de la vie quotidienne de ses enfants et de sa maisonnée. Ma mère la lisait, la relisait, m'en faisait des commentaires. Puis quelques jours plus tard, elle commençait à se plaindre que Mme de Z..., elle, ne lui avait pas encore écrit, qu'elle était finalement beaucoup moins bien attentionnée que Mme de X...

« Si je ne lui manque pas, je n'irai plus chez elle. »

A aucun moment, elle ne paraissait s'apercevoir que ces dames avaient certainement peu besoin d'elle. Le ravaudage était déjà tombé en désuétude. Et les ravaudeuses ne manquaient pas. Leur attention envers ma mère partait certainement d'un sentiment charitable. Je crois aussi que, comme il est coutumier dans les familles aristocratiques, elles avaient fini par s'attacher à cette vieille femme qui, peu à peu, s'incorporait à leur famille.

On a dit du soulèvement vendéen de 93 que celui-ci, fomenté par les nobles et les prêtres, entraîna les paysans qui ne firent que suivre le mouvement. Rien de plus faux. Michelet lui-même, qui exécrait l'insurrection vendéenne, constate que la noblesse n'eut aucune part dans l'insurrection. « Les pieds au feu, dit-il, ils faisaient les morts. »

La révolte initiale a été foncièrement rurale. L'ennemi du paysan et de l'artisan villageois était le bourgeois des villes et le bourgeois s'affirmait républicain. Si le bourgeois avait été royaliste, la paysannerie vendéenne se serait insurgée au nom de la République. La ruée des paysans se fit immédiatement sur les villes, ces villes qui les pressuraient :

sur Fontenay, sur Luçon, sur Cholet, sur Saumur, sur Nantes. Et pas une seule ville de l'Ouest n'a pactisé avec les insurgés. Bien au contraire, toutes ont résisté avec acharnement aux assauts des « brigands », comme les appelaient les bourgeois et les Parisiens.

Là encore, l'Histoire est à refaire. Ce que l'on a appelé les guerres de Vendée se place dans la suite des grandes jacqueries paysannes. La légende de l'insurrection catholique et royaliste a été entretenue par la Restauration, ce qui constituait une entreprise de récupération bien normale. Elle fut ensuite entérinée par la IIIe République pour d'autres raisons : comment la République bourgeoise aurait-elle pu faire de son ennemi chouan un héros de la liberté ? Récupérée par les uns, rejetée par les autres, la chouannerie devait y perdre toute sa personnalité.

Les premières dépêches des villes républicaines de l'Ouest, envoyées à la Convention, ne font d'ailleurs aucunement état d'une rébellion royaliste, mais d'une attaque par vingt mille brigands (le nom leur restera) dont le mot d'ordre est : « Point de roi, point de loi. » Ce qui emplit de terreur les villes républicaines, et de stupeur la Convention, c'est justement que ces insurgés n'ont aucun chef connu. C'est une insurrection anonyme, plébéienne. Une insurrection générale de la Vendée, du Choletais, du Saumurois, des Deux-Sèvres, de la Mayenne, du pays de Retz, qui est en fait la résultante d'une infinité de révoltes locales, non conjuguées. Aucun des premiers chefs ne se connaît. Aucun de ces premiers chefs n'est aristocrate.

Jacques Cathelineau est colporteur de laine et sacristain d'un village des Mauges. Son père est maçon. Lorsque les paysans viennent le chercher, il pétrit le pain familial. Les mains pleines de pâte, il sort, fait sonner le toscin, et abat le drapeau tricolore sur le clocher. Ils sont vingt lorsqu'ils partent de leur village de Pin-en-Mauges, quatre-vingts lorsqu'ils réussissent à s'emparer d'un canon, quatre cents lorsqu'ils attaquent Chemillé.

Stofflet est le fils d'un meunier de Lunéville. Il a été quatorze ans caporal dans l'infanterie de Lorraine et se trouve en Anjou comme garde-chasse de son ancien colonel. Il rassemble aussi une troupe de paysans et rejoint Cathelineau. Ensemble ils attaquent et prennent Cholet. Puis, comme Pâques est là, les paysans retournent dans leurs fermes. Lorsque l'armée républicaine arrive, il n'y a mystérieusement plus de révoltés.

Joly, qui sera plus tard le rival puis le lieutenant de Charette, est un ancien sergent des armées royales, alors cordonnier et tailleur. Pajot est valet d'écurie. Guérin marchand de beurre, Gaston perruquier, Brignaud ouvrier sellier. Les trois frères Thoumazeau, laboureurs, sont faits capitaines. Le serrurier Paviot, le maçon Marsaut, le greffier Gazeau, le cultivateur Lefebvre, sont lieutenants. C'est un forgeron, Le Couvreur, qui commande l'artillerie de Charette et un ex-séminariste de dix-sept ans, fils d'un cordonnier, Forestier, qui est le premier général de la cavalerie.

C'est seulement après Pâques que la chouannerie vendéenne passe du coup de main à l'armée constituée. Et alors ces paysans, ces artisans, ressentent le besoin de se donner des chefs qui soient des militaires de carrière. Et comme les officiers, alors, ne se recrutaient que dans la noblesse, ils vont prier leurs nobles de se joindre à eux. En fait, ils font exactement la même chose que la République dont l'armée est presque entièrement encadrée par des aristocrates, officiers de carrière. Mais là se place le seul épisode comique de l'insurrection vendéenne : les nobles n'ont aucune envie de se battre et les paysans doivent les forcer, les menacer même, pour qu'ils acceptent de devenir leurs chefs. D'Elbée accueille les paysans qui viennent le chercher par des reproches : « Qu'avez-vous fait, mes enfants ? Pouvez-vous résister aux troupes de la République ! » Le marquis de Bonchamps leur dit que la lutte est perdue d'avance. Henri de la Rochejaquelein quitte son château en pleurant, poursuivi par les quolibets. Sapinaud de la Verrie tente d'empêcher les paysans de sonner le tocsin et résiste pendant trois jours aux menaces de mort des villageois. Le marquis de la Roche-Saint-André est enlevé de son château en robe de chambre. Cesbron d'Argonne postulait pour un grade dans la gendarmerie de la République. On lui en impose un dans l'armée vendéenne qu'il n'accepte qu'en geignant : « Que de potences tendues si nous ne réussissons pas ! »

L'aristocratie de l'Ouest suit les paysans révoltés à contrecœur, mais les premiers chefs vendéens les voient également arriver sans plaisir. Cathelineau et Stofflet aiment peu les nobles. Joly les déteste. Lorsque Cathelineau délivre les aristocrates des prisons de Bressuire, il leur dit : « Messieurs, en vous tirant de prison et en vous associant à nous, nous n'avont pas eu l'intention de nous donner des maîtres. Si notre manière de faire la guerre ne vous convient pas, séparons-nous. »

De même, lorsque le marquis de Bonchamps accepte de prendre part à l'insurrection, il saute sur son cheval. Mais les paysans l'en font descendre prestement et lui disent de marcher à pied, comme eux.

Le 18 août, deux mois après l'attaque catastrophique de Nantes, qu'ils avaient commandée, les nobles écrivent au comte d'Artois (le futur Charles X), pour l'informer qu'ils ont pris les armes pour défendre Louis XVII. En réalité ils affabulent et tentent de récupérer l'anarchie paysanne dont ils ont d'abord été prisonniers. Les émigrés et les princes, tout comme les Anglais, ne s'y trompent pas qui bouderont toujours la soi-disant « armée catholique et royale » et ne lui porteront aucun secours. Ils la laisseront même se laisser massacrer à Granville.

Pourtant, après la mort de Cathelineau, les nobles et les prêtres réussiront à enrégimenter les paysans jusqu'alors groupés par familles, et les élections d'officiers par paroisse seront supprimées. A Londres et à Coblence on continuera néanmoins à se demander si ces bandes populaires ont des chefs respectables et s'il ne s'agit pas tout simplement d'une jacquerie.

Ni la noblesse ni le clergé n'ont eu aucune responsabilité initiale dans la Chouannerie. La première phase de la prise de conscience sociale, en Vendée paysanne, s'est d'ailleurs manifestée comme « patriote » et « républicaine », pour autant que ces mots signifiaient quelque chose à des gens pour qui les problèmes locaux étaient évidemment plus importants que la politique nationale. Les Cahiers paroissiaux présentés aux états généraux de 1789 ne présentent des doléances que contre le clergé monastique, la noblesse dont on conteste la validité du droit de chasse, et les aumônes obligées aux vagabonds. Comme on le voit, le paysan ne conteste que ses trois parasites traditionnels.

Aux élections de 1790, la participation électorale de la paysannerie est intense. Parmi ses élus, ni noble ni prêtre, mais pour la moitié au moins de vrais paysans, les autres étant des artisans ou des marchands de foire. Ces premières élections montrent une unanimité paysanne et rurale contre les citadins qui va ne faire que s'amplifier.

L'année suivante, paysans et ruraux s'aperçoivent qu'ils ont été joués par un troisième larron qui tire les marrons du feu : le bourgeois. Aux nouvelles élections législatives, hommes de loi et marchands des villes enlèvent tous les sièges. Les paysans se sont plaints de ce que les couvents accaparaient trop de terres. Mais ce n'était pas pour les voir changer de mains. Les biens du clergé et de la noblesse, devenus biens nationaux, se transforment en biens bourgeois. Une identification entre national et bourgeois, entre « patriote » et bourgeois, entre « républicain » et bourgeois se fait donc tout naturellement dans la conscience paysanne. Et ils ont raison. Tous les bourgeois sont bien « républicains » et « patriotes ». Il n'y aura pas que des paysans dans la Chouannerie, mais on serait bien en peine d'y compter un seul bourgeois. Les trois quarts des acquéreurs des biens nationaux sont des bourgeois des villes et des bourgs, parfois gens de villes lointaines. La terre change de mains mais ce n'est pas celui qui la cultive qui en hérite. Lui ne fait que changer de maître. La Révolution bourgeoise est antipaysanne.

Puisqu'il en est ainsi, les paysans désertent les marchés. Ils font la grève de la production. La bourgeoisie des villes et des bourgs répond par des taxations et des réquisitions. Les appels à « piquer le bourgeois » commencent à retentir sur les places des villages. Dans les églises, les bancs des bourgeois sont cassés à coups de hache et, premier symptôme, les bancs des aristocrates sont épargnés. On veut bien accepter que l'aristocrate soit assis dans l'église, mais pourquoi le bourgeois ne serait-il pas debout dans la nef, avec les paysans. Un glissement commence à se faire en faveur des nobles qui ont tout de suite accordé le droit de chasse à leurs métayers. Un glissement va aussi se faire au profit des prêtres lorsque les réfractaires sont remplacés par des assermentés l'été 1791. Les prêtres réfractaires sont en effet des gars du pays, fils de paysans ou d'artisans, que l'on arrache des villages au profit « d'étrangers ».

La révolte couve pendant trois ans, puis se propage de ferme en ferme, de village en village et éclate soudain comme la grêle lorsque le 10 mars 1793 des milliers de paysans en sabots, armés de faux, de serpes, de haches, de fourches et de quelques fusils de chasse s'ébranlent à la sortie des messes et se jettent sur les villes.

Le tocsin sonne dans six cents villages à la fois. Cholet, Bressuire, Thouars, Parthenay, La Châtaigneraie, tous ces gros bourgs, toutes ces villes, tombent aux mains des paysans les uns après les autres. Fontenay est pris à son tour, puis Saumur, Angers. L'armée de Westermann, envoyée pour annihiler les « brigands » est complètement exterminée. Seulement cinq cents soldats républicains s'en réchappent, sur huit mille. Dans toutes ces villes, les Vendéens raflent cinquante canons, quinze mille fusils, des presses à assignats. Ils font des papillotes avec les assignats, brûlent tous les papiers des hôtels de ville, brûlent aussi bien les demeures des aristocrates que des bourgeois, ouvrent les prisons, emplissent toutes les charrettes disponibles d'armes et de victuailles. Puis s'en vont.

Jamais ils n'occupent aucune ville. Ils viennent seulement les « châtier ». Sauf lors de la « longue marche », ils ne formeront jamais une véritable armée. Ces paysans et ces artisans ne quittent en réalité leur ferme et leur établi que pour quelques jours, parfois même quelques heures, pour de brèves échauffourées. Ils ne veulent pas conquérir le pouvoir, mais le détruire.

Leurs généraux aristocrates, lorsqu'ils commenceront à former une armée, ne savent eux-mêmes où les conduire après leurs foudroyantes victoires. A Tours, dit La Rochejaquelein; à Nantes, dit Charette; à Paris, dit Stofflet. En réalité ils ne suivent aucun plan, sinon de bouter hors de leurs pays les « intrus » et les « bleus ». Aucune discipline non plus. Non seulement ils acceptent mal les ordres des chefs qu'ils se sont donnés, mais ils refusent de monter la garde ou de partir en éclaireurs, se livrent vite au découragement, abandonnent parfois en masse un cantonnement.

Lorsqu'ils se déplacent au loin, ils préfèrent bivouaquer plutôt que dresser des tentes. Paysans et gentilshommes mangent aux mêmes écuelles. Aucune complaisance pour la noblesse, mais une complicité. Ces paysans se disent et s'estiment aristocrates comme le noble. Leur mot de passe : « Aristocrati Victoria », ne signifie pas soumission à la noblesse, mais nous sommes tous aristrocrates. Aristocrates ou brigands, les deux termes sont aussi bien reçus par eux.

Au début de l'insurrection, aucun signe distinctif ne différenciait officiers et soldats. Lors de la « longue marche », les écharpes blanches arborées par les officiers furent encore reçues avec hostilité.

Les premiers mois de l'insurrection constituent une grande fête populaire, une fête démentielle, horrible, dont ils paieront cher les bavures.

Ils étaient partis de chez eux en enfilant leur culotte bouffante des dimanches, leur veste de toile, un vaste chapeau. C'est-à-dire tels qu'ils étaient à la sortie de la messe, accrochant à leur boutonnière leur chapelet. En tête marchaient les hommes avec des armes à feu : arquebuses datant des guerres de religion, fusils de chasse, lourdes canardières, fusils enlevés aux Bleus. Puis les armes blanches : faux emmanchées à l'envers, couteaux de pressoir, bâtons ajustés d'une pointe de fer, sabres et baïonnettes pris à l'ennemi. Puis venaient les cavaliers, la plupart des chevaux ayant été dérobés dans les gendarmeries. Pas de selles, et des cordes en guise d'étriers. Enfin l'artillerie, toute récupérée dans les villes républicaines.

Cette jacquerie paysanne, c'est Gargantua ressuscité, Gargantua qui, dans toutes les villes, fait des razzias d'assignats et de barriques de vin et qui brûle ce qu'il ne peut ni boire, ni manger, ni emporter. C'est Gargantua encore, dans sa cruauté énorme : les « intrus », les percepteurs, les maires, égorgés, coupés en morceaux, enterrés vivants; le curé constitutionnel traîné à la queue d'un cheval et dont la tête éclate contre un mur; un autre curé constitutionnel assommé à coups de fourche et émasculé par une femme. On organise même des chasses aux « patriotes » qui sont des parodies des chasses à courre de la noblesse. Le sonneur de cor sonne à la vue du « patriote » qui est coursé par les chiens, rattrapé et mis à mort.

Ces dévots sont, à ce moment-là, bien peu chrétiens. Ni lorsque, assiégant Nantes sur la rive gauche de la Loire avec Charette, ils oublient de prendre d'assaut la ville. Pendant que les troupes de d'Elbée se risquent jusque sur la place Viarme, que Cathelineau est tué dans les faubourgs du nord, ils passent leur nuit à danser, à boire, à chanter des chansons grivoises au rythme des violons et des musettes. Puis ils s'en retournent chez eux.

Barbe-Bleue, Gargantua, Geoffroy la Grand' Dent, Grandgousier, l'Ogre, le Géant aux bottes de sept lieues, par quelles malices revenus...

9

A Paris, dans le métro, ma mère lit un journal puis en a assez et le jette avec dédain au beau milieu du compartiment.

Je n'ai jamais eu cette liberté du geste et cette indifférence aux autres. Je ramasse précipitamment le journal, le replie et lance un regard effaré aux autres voyageurs qui affectent de ne rien voir.

« Mais maman, il ne faut pas jeter comme ça, n'importe où... »

Elle hausse les épaules :

« Pas intéressant, *ton* journal. »

Comme si c'était *mon* journal! J'avais cru lui faire plaisir en lui achetant *un* journal à la librairie de la gare.

Je suis souvent choqué de son dédain, de son mépris même, pour les autres. Dans une chambre d'hôpital, à trois lits, elle me disait à voix haute, en me montrant ses deux compagnes : « Celle-là est bien, l'autre n'est pas intéressante. » Comme ça, devant les intéressées, comme s'il s'agissait de meubles. Espérons qu'elles étaient dures d'oreille.

Sa solitude a toujours été extrême et entretenue. Je ne lui ai jamais connu d'amie. Du moins d'amie de sa condition. Seules ses employeuses aristocrates l'intéressaient. Et elle les considérait comme des amies. Qu'elles la traitassent comme une cousine pauvre ne l'affectait pas. Elle s'en trouvait même fort bien.

Mais les gens de son milieu, les voisins, elle passait entre, sans les voir. Elle ne les détestait pas. Mais pour elle ils semblaient d'une autre espèce. On aurait pu en conséquence croire qu'elle se sentait sortie de la cuisse de Jupiter. Mais non. Elle se montrait en même temps très humble. J'ai essayé vainement de lui faire fréquenter la mère d'un de mes amis, veuve d'un architecte et qui se trouvait elle aussi très seule à Nantes. Rien à faire. Elles se sont vues et la veuve de l'architecte était une femme très simple, vivant plus chichement que modestement, mais ma mère me disait : « Elle est gentille, mais je ne peux pas la fréquenter. Nous ne sommes pas du même monde. »

Sa conscience de classe ressemblait donc à celle des chouans. Aussi farouche et aussi irraisonnée. Et plutôt qu'une conscience de classe, parlons plutôt de la lucidité d'être d'une telle pauvreté, que celle-ci vous place en dehors de toutes les classes, dans la plus complète marginalité.

Oui, au fond, il lui plaisait de vivre aux crochets des gens de la haute, en cousine pauvre. L'état de personne assistée ne l'affectait pas du tout. Bien au contraire. Il semblait que tout lui soit dû, que le monde entier avait une dette à son égard et qu'elle pouvait ramasser les miettes des festins des autres sans remords ni sans honte. Elle n'eut d'ailleurs jamais le goût des festins, mais celui, très vif, de la récupération.

Sans doute vivait-elle encore, anachroniquement, dans la civilisation de la cueillette. Autant elle avait horreur de l'agriculture (pendant l'Occupation allemande, alors que nous pouvions cultiver un bout de terrain de nos voisins blanchisseurs, elle m'en laissa le soin, prétextant que ça la fatiguait), autant elle raffolait de sa cueillette. J'ai déjà parlé de nos maraudages dans mon enfance et de sa joie d'aller à la recherche d'escargots, de champignons, de châtaignes, de plantes à tisanes et de plantes aromatiques, de fleurs sauvages, voire de fruits et légumes chapardés. On pouvait alors encore se nourrir en glanant. Et en y ajoutant le gibier braconné et la pêche.

Ma mère a toujours eu un goût aristocratique du non-travail. Elle a toujours détesté travailler. Prendre un emploi lui semblait une sorte de déchéance. C'est sans doute pourquoi très tôt, après ses espoirs déçus de me faire obtenir un emploi à mains blanches, elle ne s'opposa jamais à mon vagabondage du travail, à mon état de manœuvre non professionnalisé et finit par le trouver naturel. A part un poste de vendeuse à la coopérative alimentaire de Fontenay, je ne lui ai connu que des emplois marginaux : concierge, gardienne d'enfants, femme de ménage, ravaudeuse. Elle aimait ce vagabondage comme elle aimait le vagabondage de la cueillette. Cette fille de paysans avait le goût nomade. Mais je ne l'ai jamais entendue se dire paysanne, ni Vendéenne et encore moins Nantaise. Elle aurait pu vivre n'importe où, avec la même indifférence.

Et où elle vivait, elle campait. Je veux dire qu'elle ne semblait jamais installée. Venait-elle chez moi à Paris qu'elle ne déballait de sa valise que le minimum, laissant le reste en vrac, prêt à être remporté le lendemain. Et chez elle, à Nantes, dans cette maisonnette dont j'ai déjà décrit le délabrement, le désordre était extrême puisqu'elle ne jetait jamais rien. Ou plutôt si, de la même manière qu'elle lançait le journal lu au beau milieu du compartiment du métro, elle balançait les boîtes de conserve ouvertes de la porte de sa cuisine et il se formait ainsi un tas d'ordures poussé sous l'escalier. A chaque fois que j'allais la voir à Nantes, je devais emprunter une brouette pour charrier les immondices accumulées pendant un an.

Je l'ai déjà dit, des deux pièces minuscules qui composaient la maisonnette, l'une d'elles ne servait que de débarras. Les journaux repliés, jaunis, s'y entassaient en piles depuis dix ou vingt ans. Les habits y étaient devenus chiffons et s'étageaient en monticules. Dans une boîte à chaussures je trouvai même des papiers de couleurs, découpés, et sur la boîte cette inscription qui me laisse encore perplexe : « Petits papiers ne pouvant servir à rien. »

Dans ce désordre insensé, donc, parfois d'étranges soucis de rangements.

Mais une impression générale de laisser-aller. Tout traînait, tout était désaccordé, déboîté, mal assorti. Elle n'aimait faire ni le ménage ni la cuisine. Et pourtant elle disposait de temps à ne savoir qu'en faire, se plaignant d'ailleurs toujours de s'ennuyer. Elle aurait pu se fignoler des petits plats. Mais non. Elle gaspillait le peu d'argent dont elle pouvait disposer à s'acheter des plats tout préparés : aile de poulet rôti et même salade de carotte assaisonnée.

Il semble d'ailleurs que cet ennui, elle le traînait de loin, de très loin, de la nuit des temps. Il m'a longtemps *grappigné* moi aussi, m'entraînant dans d'immenses plaines de mélancolie.

Sans aucun doute, ce qui me paraît le plus long, dans ma vie, c'est mon enfance, une interminable enfance triste, avec d'interminables journées de pluie, de solitude dans le grenier à la recherche des souvenirs de mon père qui, eux, gardaient encore une aura ensoleillée. Entre mes deux femmes en noir (ma grand-mère et ma mère, le grand-père ne figurant qu'en fond de décor) que de journées grises.

Le spleen n'atteint pas que les dandys. Ou peut-être ma mère avait-elle une sorte de dandysme populaire. Une incurable mélancolie, en tout cas.

Mais qui n'a pas connu la lenteur du temps provincial, le ciel si souvent gris, le regard furtif derrière les rideaux soulevés de la fenêtre, la rue où ne passe âme qui vive, le silence si oppressant que les cloches de l'église sont enfin la preuve que l'on est encore de ce monde; qui n'a pas connu cette civilisation rurale aujourd'hui disparue dans la pétarade des motos et des voitures, dans la toni-truance des transistors et où l'on n'est plus jamais seul puisque l'écran de télé vous relie au reste du monde; qui n'a pas connu la solitude du pauvre dans un monde où chacun se renferme, se referme, ne sait pas ce qu'est l'ennui.

Ma mère avait horreur de la campagne « où l'on ne voit personne » et où « on ne trouve personne à qui parler. » Son appréhension de l'hiver m'a long-temps semblé un peu ridicule. Mais depuis que je vis souvent à la campagne, voilà que j'en viens moi aussi à trouver l'hiver interminable. Pendant si longtemps citadin, j'avais fini par croire naturel ce qui est artificiel. La ville estompe les altérations climatiques. La ville protège du temps et empêche même de voir le temps qu'il fait. Elle vise à la climatisation avec ses hauts immeubles soudés les uns aux autres, masses compactes, entre lesquels on se glisse en de longs couloirs propices aux bourrasques. Mais ces rues ne sont que des passages et l'on peut s'engouffrer dans des lieux couverts, s'enterrer dans le métro, se réfugier dans la climatisation mobile des autobus, des taxis, des voitures particulières. Les intempéries sont vite annulées dans la ville et il faut lever très haut le nez pour apercevoir le temps qu'il fait.

A la campagne, au contraire, et même aujourd'hui avec un meilleur chauffage des maisons, avec un bon éclairage, avec tout le confort intérieur urbain.

l'hiver reste hostile. Visiblement hostile. La pluie fouette les vitres, le vent secoue les volets, la toiture semble parfois devoir céder aux coups de masse de la tempête, l'orage effraie, l'inondation menace, la neige bloque la circulation. La boue est collante, la pluie cinglante, le vent hurleur. Et les arbres restent si longtemps sans feuilles, la terre labourée demeure si longtemps sans herbe. La marche du temps semble arrêtée. Cette impression d'arrêt du temps devient angoissante. Et j'ai froid. De plus en plus froid. C'est mon propre hiver interminable qui s'approche. Il a quitté ma mère pour s'abattre sur mes épaules.

J'ai dit que ma mère se cherchait des correspondants, qu'elle les sollicitait. En réalité, là encore, son goût de la lecture était plus vif que celui de la vie. Les relations ne lui importaient que si elles devenaient génératrices de textes écrits. Et lorsque les lettres lui manquaient trop, elle s'en écrivait à elle-même, témoin celle-ci que j'ai retrouvée dans ses affaires, et intitulée, en haut à droite : *Lettre à moi-même*.

Dans ce titre, certainement une affiliation consciente au livre de Françoise Mallet-Joris que je lui avais donné. Et qu'elle avait lu avec avidité puisqu'elle savait que Françoise était de mes amis. Cette lettre est datée du premier janvier 1974. Premier Janvier! Jour de l'An! Toutes ces fêtes, elle les appréhendait. Seule, elle s'y sentait bien sûr encore plus solitaire que les autres jours. Et le facteur ne passe pas les jours fériés.

Voilà le texte de cette *Lettre à moi-même* :

« Jour semblable aux autres, seule dans ma chambre, sans famille pour égayer ma solitude; je suis descendue une heure et demie à la télévision qui m'a fatigué le cerveau. J'attends demain pour avoir des nouvelles de mon fils qui doit être rentré à Paris venant de R...

« Tristes journées que les jours de fête pour les personnes seules, un peu d'ambiance parmi les pensionnaires mais ce ne sont que des étrangers que l'on côtoie tous les jours.

« Voilà la vie du troisième âge avec ses complications de santé, surtout, qui ne font qu'augmenter.

« Triste vie, triste âge, et qu'il faut pourtant accepter. »

Ma mère avait alors quatre-vingt-un ans. Elle se trouvait en maison de retraite dans ce pays de Retz qui formait une marche entre Bretagne et Vendée jusqu'à ce que les ducs de Bretagne prennent prétexte des légendaires orgies de Gilles de Retz pour le capturer, le brûler place du Pilori et accaparer ses terres qui donnèrent ainsi à la Bretagne une assise de l'autre côté de la Loire.

La marquise de X... avait réussi à trouver à ma mère une « maison de vieux » assez exceptionnelle, qui ressemblait plus à un hôtel de vacances qu'à un « mouroir ». Elle s'y plaisait bien, dans la mesure où l'on peut évidemment se plaire dans une antichambre de la mort. En tout cas, j'étais rassuré par le fait qu'elle y trouvait tout le confort, n'y manquait de rien, pouvait y recevoir des soins en permanence. Avant que la marquise de X... fasse jouer ses relations pour obtenir ce lieu privilégié, ma mère avait dû passer par toutes sortes de maisons de retraite où elle ne restait jamais longtemps, reprenant très vite sa petite valise de carton bouilli et revenant dans sa masure des bords de l'Erdre.

Mais il devenait impossible de la laisser seule dans cet inconfort. Puisque le propriétaire attendait la mort de ma mère pour démolir cette maisonnette délabrée, aucune réparation ne s'y faisait. On ne pouvait plus ouvrir aucune fenêtre. L'odeur, à l'intérieur, suffoquait : un mélange de moisi et d'urine. La toiture d'ardoise, arrachée par une tempête et remplacée par de la tôle ondulée, ne constituait plus une protection, ni du chaud ni du froid. Le seul chauffage pour l'hiver venait de la cuisinière à charbon. Mais ma mère se chauffait presque uniquement avec sa chaufferette à charbon de bois, dont elle usait comme d'un brasero.

Même les pires des « maisons de vieux » valaient mieux que sa masure. Mais, en général, ces « maisons » tombaient dans deux excès : ou bien l'archaïsme d'une pension de bonnes sœurs à la bonne franquette où il était interdit d'être malade sous peine d'être envoyé immédiatement à l'hôpital, ou bien le modernisme aseptisé d'un établissement trop poli pour être aimable. Et toutes présentaient pour ma mère le grave défaut de se situer à la campagne.

C'est en effet une idée absurde que de construire les maisons de retraite à la campagne. Qu'il existe à la campagne des maisons de retraite pour la population rurale d'accord, mais que l'on y envoie les vieillards citadins n'est rien d'autre que de la déportation. Les maisons de retraite des citadins devraient se situer en plein cœur des villes. La vieillesse est justement l'âge où l'on a le temps de flâner, de visiter des musées, de lire dans des bibliothèques, de traînasser aux terrasses des bistrots. Ce sont les gens en pleine activité qui ont envie du calme de la campagne, pas ceux qui sont disponibles. Mais l'expulsion des vieux du cœur des villes est volontaire. Le spectacle de la vieillesse dérange. Il suggère trop la mort que l'on expulse elle-même dans des cimetières de plus en plus lointains. Nos asiles de vieillards sont comparables à ces nefs de fous que l'on faisait jadis descendre les fleuves, pour se débarrasser ainsi hypocritement des malades mentaux. Nous expulsons les vieillards des villes pour que le spectacle de leur décrépitude ne nous atteigne pas et qu'ils meurent en silence loin de nous, sans que l'on s'en aperçoive.

Si ma mère avait pu entrer dans une maison de retraite semblable à celle où elle a fini sa vie, mais qui se serait située à Nantes, son ennui aurait été moins grand et en tout cas elle y eût trouvé du plaisir. Le seul reproche qu'elle faisait à la maison de retraite trouvée par la marquise de X..., c'était sa situation dans les vignes et le maïs. « On n'y voit rien, se plaignait-elle, on n'y entend rien. On se croirait dans un désert. »

Sinon elle appréciait le modernisme de l'établissement, sa propreté, la variété et l'abondance de la nourriture, très certainement relative, lui paraissaient de la goinfrerie. Elle s'était tellement habituée à vivre chichement, que tous ces plats arrivaient à lui couper l'appétit. « Je ne sais pas comment elles font, les autres, pour avaler tout ça. Moi *ça me fait zire*. On dirait des ogresses. Et puis, elles mangent salement. »

Toujours cet esprit à dénigrer les autres, les « étrangers ». Mais qui n'était pas « étranger » pour elle, à part ses propres parents, son mari et moi !

Il est vrai que, malgré son désordre, son laisser-aller et la saleté de son propre logement, ma mère était quant à elle d'une grande propreté. Avec ses vieux vêtements bien reprisés, ses bas de laine ou de coton gris, son éternel chapeau de feutre noir, son *pèrimper*, ses cheveux qui n'ont jamais blanchi et sont devenus finalement d'un châtain grisâtre, elle réussissait à conjurer l'un de ses soucis : surtout ne pas présenter mal.

Le logement pouvait être une masure où s'entassaient les ordures, l'important c'est qu'elle en sorte bien débarbouillée et parfumée à l'eau de Cologne. Son insouciance complète de l'environnement lui fit abandonner sans regret et sa maisonnette et son contenu. Elle pouvait se transporter n'importe où, pourvu qu'elle puisse traîner avec elle sa petite valise avec ses papiers, les photos de mon père et quelques souvenirs essentiels.

La première fois que j'allai la voir dans son ultime maison de retraite, elle me fit les honneurs du lieu avec tant de plaisir, insistant sur la modernité de la construction, les portes-fenêtres à vitres pleines et leurs entourages de métal, les balcons, l'ascenseur, le chauffage central, l'éclairage électrique abondant. Cette accession à la modernité qu'elle ne put faire que dans sa vieillesse l'enchantait. Elle me montra aussi la salle de télévision et le réfectoire. Elle regardait peu la télévision, qui l'ennuyait, préférant lire, seule dans sa chambre.

J'allai rendre visite à la directrice pour la féliciter de la qualité de son établissement et lui dire tout le plaisir que ma mère y éprouvait.

« Votre mère est étrange, me dit-elle. Elle ne se lie avec personne. Et nous avons dû la réprimander car elle cueille des fleurs dans les massifs. Vous pensez, si tous les pensionnaires en faisaient autant ! »

Je promis d'insister pour que ma mère ne cueille rien, mais je savais bien que ce serait impossible. Toujours ce goût du maraudage qui la reprenait. Comment faire comprendre que ma mère en était encore à la civilisation de la cueillette et que l'on aurait beau l'enfermer elle trouverait le moyen de chaparder quelque chose ! Mais en même temps une angoisse m'étreignait, une crainte qu'elle ne soit renvoyée.

Avant de repartir, j'insistai auprès d'elle pour qu'elle se contente de regarder les fleurs. « Tu comprends, elles sont un ornement pour la maison tout entière. Elles sont à vous toutes. »

Elle m'écouta bien sagement, prit une clef, ouvrit un placard et en sortit en pouffant de rire, comme

168

une petite fille qui fait une farce, une carafe d'eau dans laquelle trempaient des dahlias. Puis elle referma prestement le placard sur les fleurs.

« Comme ça ils ne peuvent pas les voir. Mais moi je les regarde de temps en temps. »

10

Très étrangement, l'odeur spécifique de la masure nantaise je l'ai retrouvée à Fontenay-le-Comte. Nous étions face à la maison de mon enfance, ma femme et moi, et en observions la décrépitude. Elle semblait abandonnée. Pas de rideaux aux fenêtres. Par la porte d'entrée, vitrée, j'apercevais tout au fond, dans ce qui fut la cour où mes grands-parents élevaient des poules et des lapins, des vieilles machines rouillées qui semblaient elles aussi à l'abandon.

« Regarde, me dit Françoise, les rambardes des fenêtres en fonte. Y étaient-elles lorsque tu habitais là? »

Je ne les avais pas reconnues. Et pourtant, que de rêves à travers les fenêtres sur ces entrelacs qui finissent en épis de maïs. Et ces deux paons qui becquettent une jardinière de fleurs, je les avais oubliés. Pourtant ils m'étaient aussi familiers que celui de la pendule à balancier de ma grand-mère. Je suis précipité quarante ans en arrière. La rue des Orfèvres n'a pas changé. S'y trouve toujours le café, face à la maison de mes grands-parents et le magasin d'alimentation au coin du pont des Sardines. Mais un barrage en amont de la Vendée fait ressembler maintenant la rivière à un canal. Jadis coulait beaucoup moins d'eau. Nous descendions sous le pont des Sardines et allions jusqu'au Pont-Neuf en barbotant entre les pierrailles et les nénuphars.

Je cherche à lire notre passé sur la façade de cette maison qui semble morte. Et soudain je sens une odeur, une odeur qui me rappelle...

Je dis à Françoise : « Tu ne sens pas une étrange odeur?

– Si, c'est la même odeur qu'à Nantes, chez ta mère. »

C'est bien ça. C'est cette odeur de moisi et d'urine qui vous saisissait à la gorge dès que l'on entrait dans la masure. Comment se peut-il qu'ici aussi... Et il ne s'agit pas d'une impression puisque ma femme sent la même odeur. Aucune autre maison ne sent comme ça. Serait-ce l'odeur de notre tribu, ineffaçable dans le temps. Ou bien l'odeur de la vieillesse, de la décrépitude et de la mort?

Je suis venu à Fontenay voir si les travaux funéraires ont bien été effectués au cimetière et payer l'entreprise. Mais en même temps c'est un pèlerinage.

Dans la petite rue qui aboutit à la fontaine des Quatre-Tias, je vais voir ce qu'il en est du Café du Cerf tant fréquenté par les deux hommes de la famille. Il n'existe plus. Un garage privé occupe ce qui devait être la salle de café. L'inscription, Café du Cerf, subsiste, mais effritée.

La fontaine des Quatre-Tias, chère à Rabelais et à ma mère, n'a pas changé, sans doute protégée en tant que monument assez exceptionnel de la Renaissance. Ce qui n'a pas empêché de flanquer en plein centre des sculptures une plaque bleue avec l'inscription « Eau non potable », beaucoup plus visible que le « Fontanacum Felicium Ingeniorum Fons et Scaturigo » écrit par Rabelais comme on le sait et auquel s'ajoute une date : 1542. En fond de décor de la fontaine, les grands arbres de ce qui est agressivement spécifié : « Propriété privée. » D'autres panneaux indiquent : « Défense d'entrer », « Chantier interdit au public », « Défense de stationner ».

Derrière ces grands arbres, les ruines du château fort des comtes du Poitou. Du temps où Fontenay était la capitale du Bas-Poitou, ce qui lui valut la spécificité « le Comte ». On s'est servi des remparts pour construire une usine, avec une haute cheminée de brique. Mais elle semble à son tour abandonnée. Tout le long du château monte une voie serpentine, la rue du Marchoux, sans doute survivance du quartier populaire qui devait flanquer la demeure seigneuriale. Ma mère me disait :

« Ne va pas rue du Marchoux, c'est mal fréquenté. »

L'histoire de cette petite ville, qui fut importante dès l'époque mérovingienne, qui devint capitale du Bas-Poitou sous Louis IX, et enfin l'un des grands foyers de la culture humaniste sous la Renaissance, est inscrite dans son plan. On peut aussi la suivre par ses noms de rues. Le Moyen Age y est encore très présent. La rue des Loges, qui va du pont des Sardines à l'église Saint-Jean est l'ex-faubourg des Loges où, pendant cinq siècles, drapiers, chapeliers, tanneurs, cloutiers, potiers, couteliers tinrent échoppes. Tout comme le Marchoux, où les tisserands en fil de lin travaillaient dans leurs caves, le faubourg des Loges est à l'origine de la ville industrieuse, au pied de cette forteresse devenue un parc sauvage qui fut si longtemps le fief des Lusignan, ces ogres de la forêt de Vouvant, jusqu'à ce que Saint Louis vînt lui-même leur enlever pour le donner à son frère Alphonse de Poitiers.

La rue des Loges a-t-elle changé depuis la fin du Moyen Age ? Il ne semble pas. Des maisons à colombages sont en voie d'être restaurées. En fortifiant les fondations, on trouve même des pieux de bois qui sont des pilotis de maisons, remontant à l'âge du bronze.

Au XVe siècle, les corporations des drapiers et des tanneurs étaient si florissantes que Louis XI put ériger la ville en commune bourgeoise. Tout comme la rue des Orfèvres, la rue des Drapiers subsiste. Dans mon enfance, au rez-de-chaussée de la maison de ma grand-mère, un drapier s'installait tous les samedis et déroulait dans la cour ses pièces de toile. Le marché envahissait la ville. Et si les foires de Fontenay ont été fameuses dès le Moyen Age, elles le demeuraient encore avant la Seconde Guerre mondiale. Un jour par semaine Fontenay devenait vraiment une ville-marché, non seulement le marché aux légumes, aux fruits, aux volailles, aux vêtements, qui descendait de la place Viète jusqu'à la rue des Orfèvres, mais aussi le marché aux bestiaux sur le champ de foire, avec ses troupeaux de bœufs, ses chevaux frisons, ses chevreaux aux pattes entravées qui pleuraient comme des enfants. Souvenir encore de ces marchés que la rue du Marché-aux-Herbes, près de l'église Notre-Dame et la rue du Pont-aux-Chèvres.

Quant à la place Belliard, elle serait une des plus jolies places de France, avec ses maisons à arcades de la Renaissance, si la Caisse d'Épargne n'en avait pas détruit le quart pour se construire une prétentieuse et consternante pâtisserie. Forum de la cité au Moyen Age, puis marché, puis pilori, elle redevint forum pendant la Révolution sous le nom de place de la Réunion. De nouveau marché pendant mon enfance, il semble aujourd'hui qu'elle serve surtout de parking. Moins que le champ de foire, en partie asphalté et qui a perdu ses grands arbres, devenu gare autoroutière.

Souvenir encore du Moyen Age que le faubourg d'Enfer, au nord de la place Viète, avec sa serpentante rue de la Tuée.

173

Du temps où nous faisions nos dominicales promenades à la gare, avec mon père, il arrivait que nous contournions les rails pour aller à Jéricho. Jéricho! Jéricho! Ce nom prenait une connotation magique, orientaliste et biblique. Nous aboutissions devant une grande muraille nue et une tour rectangulaire. Sans doute était-ce tout ce qui restait de la ville écroulée sous les éclats des trompettes de Josué.

Je n'ai pas retrouvé ces ruines mais une zone industrielle qui s'appelle Jéricho-Nord.

Pourquoi ce nom de Jéricho? Le nom existait au Moyen Age et en ce lieu s'assemblaient à époques fixes des milliers de bohémiens qui venaient y élire leur roi. La réputation des bohémiens de Vendée était si bien faite que Tallemant des Réaux racontant les aventures d'une bohémienne, la belle Liance, dit : « Elle est de Fontenay-le-Comte, en bas-Poitou. C'est une grande personne qui n'est ni trop grasse ni trop maigre, qui a le visage beau et l'esprit vif; elle danse admirablement. »

On raconte aussi que l'argot aurait pris naissance aux foires de Fontenay-le-Comte et de Niort où affluaient les marchands de tout le royaume, des étrangers, des jongleurs, des soigneurs d'herbes et une ruée de bohémiens dits argotiers, cajoux, francs-mitoux, sabouleux, gloutons, mercandiers, piètres, hubins, rufez, callots.

Sur toutes les routes, ces argotiers qui épouvantaient les campagnes, et les fascinaient, trouvaient des refuges désignés, sortes de ghettos-relais où ils recevaient logement et nourriture. Aux portes de Fontenay, c'était Jéricho.

Ces êtres étranges qui pullulaient dans la plaine devaient fatalement s'attirer la haine, aussi bien des paysans (qui se retrouvera dans les doléances aux états généraux) que de la bourgeoisie de Fontenay. Lorsque celle-ci devint protestante (tous les artisans

174

de la rue des Loges l'étaient), l'une de leurs premières suppliques à Sully fut de les débarrasser des
vagabonds et bohémiens qui recevaient droit de
cité à Jéricho. Sully les traquera comme des bêtes,
faisant pendre les uns, brûler les autres. Mais un
grand nombre se réfugiera en forêt de Mervent où
des battues seront organisées de temps à autre par
les paysans pour les débusquer. En 1639, leur
dernier chef, dit Chevalier à la Plume Rouge, sera
capturé avec ses deux lieutenants et tous les trois
rompus vifs sur la place du Marché-aux-Porches.

Mais tant de bohémiens, pendant tant de siècles,
doivent bien avoir égaré leur semence dans des
utérus paysans. Et ce goût de l'errance, des « colonies », cette maladie de la bougeotte, cette attirance
pour l'exil, ces longs périples de nomades qui
affectèrent l'armée chouanne, n'auraient-ils pas leur
origine dans une symbiose entre paysans et bohémiens? Cela expliquerait mieux, aussi, l'étrange
comportement de ma mère, à la fois lapin de choux
et renarde.

Au XVIe siècle, les fils et petits -fils des artisans et
commerçants de la rue des Loges sont devenus
hommes de loi, magistrats, hommes de science et
hommes de lettres. En un mot la classe bourgeoise,
de plébéienne, devint intellectuelle. Face à l'incul-
ture de la noblesse, elle se grise de lectures latines
et ce savoir nouvellement acquis la venge de sa
situation sociale inférieure. D'autant plus qu'au
savoir elle ajoute la richesse. Bientôt elle saura se
servir de ce savoir et de cette richesse pour, à son
tour, asservir.

Centre littéraire, artistique et scientifique, Fontenay qui dispose jusqu'au XVe siècle d'un art local,
spécifiquement poitevin, va accueillir à partir du
XVIe siècle des artistes flamands et italiens, artistes
ambulants qui propagent l'art de la cour. Cet art
aristocratique et bourgeois va peu à peu se substi-

tuer à l'art populaire local qui n'existera plus dès le XVIIIᵉ siècle.

Mais au XVIᵉ, la chose n'est pas si simple. Rabelais, dans son couvent des cordeliers du Puy-Saint-Martin, traduit Hérodote, mais il lit aussi les almanachs de colportage. Il peut converser en grec avec ce bourgeois érudit qu'est Tiraqueau, mais il parle aussi patois avec les paysans des foires.

Fontenay a su mettre à l'honneur sa bourgeoisie érudite de la Renaissance. La rue Tiraqueau est une grande artère qui part de la place Viète et va vers Cholet-Bressuire. Près de la zone industrielle Jéricho-Nord, on trouve aussi un C.E.S. Tiraqueau. Le mathématicien François Viète a donné son nom à la place dont nous parlons souvent et au collège Viète. Le jurisconsulte Barnabé Brisson, conseiller de Henri III, nommé président du Parlement de Paris par la Ligue, a aussi sa rue non loin de la place Viète et qui prend dans la rue Rabelais. Nicolas Rapin, poète ami de Ronsard, nommé prévôt général de l'armée en Poitou par Henri III, rallié à Henri IV et comme tel devenu connétable de France, maire de Fontenay lorsque la ville fut protestante, n'a reçu par contre qu'une rue montante, tortueuse, étroite, qui prend dans la rue du Puy-Saint-Martin, mais qui se justifie par le fait qu'elle aboutit au très beau manoir de Terre Neuve, que Nicolas Rapin fit construire en pur style Renaissance et qui a été fort bien conservé.

Viète, Rapin, Tiraqueau, sont des noms familiers à mon enfance, mais j'ignorais ce qui se tenait derrière la façade de ces noms. Viète représentait pour moi une place, belvédère ombreux tout en haut de la rue Georges-Clemenceau, faisant le pendant à la gare aux volets et portes verts, tout au bout de la rue de la République. Gare verte/Place viète. Gare viète/Place verte, devenait une comptine.

Tout petit, ma mère m'emmenait jouer aux billes

place Viète. N'était-ce pas un peu l'esquisse de notre futur Jardin des plantes ? Parfois, le dimanche, nous allions écouter avec mon père le concert qui se donnait sous le kiosque à musique. Toutes les dames portaient des ombrelles claires, les messieurs des canotiers. On y jouait *Cavaleria Rusticana* et *Le Beau Danube bleu*. Il me semble que le bonheur ressemble à ces dimanches où le soleil perlait sous les grands marronniers.

Nous avons pique-niqué, ma femme et moi, sur un banc de la place Viète. Il y reste encore des bancs et des arbres. Mais le kiosque à musique rouille lamentablement et l'on est allé jusqu'à goudronner le centre de cette place ombreuse pour en faire un parking rationnel, avec places de voitures peintes en blanc comme il se doit. Face au kiosque à musique se trouve encore un bassin (sans eau) avec un fronton où l'on retrouve l'inscription de Rabelais : « Fontanacum Felicium Ingeniorum Fons et Scaturigo. » Puis trois noms gravés dans la pierre en très grandes lettres : André Tiraqueau, François Viète, Nicolas Rapin. Dessous, en plus petit : Rabelais, Pierre Lamy (celui sans doute que Rabelais appelait Pierre Amy), Barnabé Brisson (puni d'avoir été ligueur et condamné à mort comme tel), Julien Collardeau et six autres noms qui ne m'évoquent rien.

Rabelais a reçu pour rue une très grande artère, égale à celle de Tiraqueau. C'est la N. 148 qui part de la place Viète (encore) et qui va vers La Roche-sur-Yon/Luçon . On y trouve à la fois le théâtre et la prison. Le couvent des Cordeliers, détruit, ne se situait pas là mais dans ce qui s'appelle toujours la rue du Puy-Saint-Martin, rue que j'empruntais souvent puisqu'elle conduisait au patronage. Ce dernier a été transformé en « Stade Dieu Patrie ». Tout près de la rue du Puy-Saint-Martin se trouve bien sûr la rue des Cordeliers, ainsi que la rue Pierre-Lamy (vérifications faites c'est bien de Pierre Amy qu'il s'agit) et la rue Collardeau. Les Collardeau? Cette dynastie bourgeoise fontenaisienne qui compta, au XVIᵉ et au XVIIᵉ siècle, un théologien, un juriste et un poète.

Ce qui me paraissait le grand hôtel de Fontenay, pendant mon enfance, s'appelait hôtel de Fontarabie et sa grille d'entrée s'ouvrait rue de la République (disons en passant que cette rue de la République fut une route royale construite en parallèle au faubourg des Loges au XVIIIᵉ et au XVIIᵉ siècle, un théologien, un juriste et un poète.

Ce qui me paraissait le grand hôtel de Fontenay, pendant mon enfance, s'appelait hôtel de Fontarabie et sa grille d'entrée s'ouvrait rue de la République (disons en passant que cette rue de la République fut une route royale construite en parallèle au faubourg des Loges au XVIIIᵉ siècle pour dégager le centre commerçant de la ville. Elle devint rue Nationale sous la Révolution). L'hôtel de Fontarabie devait son nom espagnol au fait qu'il fut jadis le rendez-vous des marchands de mules basques. Il a toujours aussi agréable allure avec sa cour intérieure et sa grille d'entrée couverte de glycines. Quatre chambres avec balcons donnent sur la rue. La tentation était grande de s'offrir une revanche sur une enfance pauvre en demandant une de ces chambres avec balcon, ce que j'obtins sans difficulté. Je revoyais les beaux équipages qui dételaient dans la cour, les chevaux attachés aux anneaux de la façade et qui hennissaient lorsque passaient dans la rue des fardiers de grumes arrivant de Vouvent. Cet hôtel de Fontarabie représentait pour moi l'image même de la réussite sociale. Autant le Café du Cerf, où allaient s'enivrer mon grand-père et mon père, respirait le péché, autant l'hôtel de Fontarabie exprimait la grâce. Il m'arrivait de rester planté là, face à la grille, fasciné par les allées et venues des « voyageurs » et des domestiques.

On nous a conduits dans la belle chambre sur la rue. J'ouvre les persiennes et vois passer dans la rue de la République, tout en bas, tout près, une femme en noir qui tient un petit garçon par la main. Je les reconnais. C'est ma mère et moi.

Et aussitôt l'hôtel de Fontarabie de mon enfance disparaît. La « belle chambre » se révèle en réalité une pièce minable, sans aucun confort et le prix affiché est d'ailleurs des plus bas. Nous descendons au restaurant. C'est une grande salle aux trois quarts vide, sorte de réfectoire pour voyageurs de commerce de dernière catégorie. Il n'y a pas de carte, seulement un menu de pension avec la sempiternelle soupe aux légumes vermicelles et le poulet frites si cher à ma mère. En réalité, oui, elle eût aimé ce menu et cet hôtel. C'est moi qui ai changé de culture, qui ai changé de goût, qui ai changé... L'hôtel de Fontarabie est sans doute toujours le même que du temps des muletiers espagnols. Mais les bourgeois de Fontenay n'y vont plus. J'apprends qu'il existe un nouvel hôtel, très chic, très snob, qui s'appelle bien sûr « Le Rabelais ». Je me procure un dépliant qui, en allemand, en français et en anglais, donne ce programme bien contemporain : « Dans la tranquillité d'un parc, à trente minutes de la mer, là où vécut François Rabelais, près de la forêt aux légendes. A quelques pas de la Venise Verte et sur la route des Abbayes un magnifique ensemble hôtelier et restaurant gastronomique climatisé. Bar, club, T.V. Salons particuliers pour séminaires, lunchs, repas d'affaires. Terrasse panoramique. Piscine chauffée. Ascenseur. Parking et garage privés. »

Tout y est. Du moins sur le dépliant. Nous allons y dîner un soir mais je suis ainsi fait, le cul entre les deux chaises de mes deux cultures, que je ne me trouve bien ni parmi les pauvres ni parmi les riches.

Dans la salle de restaurant (où la nourriture est aussi prétentieuse que minable) deux grands panneaux rappellent qu'il s'agit de Rabelais. L'un retranscrit le poème de la Dive Bouteille, l'autre montre des moines paillards zyeutant les dessous d'une dame. Pauvre Rabelais qui parcourait les rues de Fontenay nu-pieds, dans sa robe de bure, sanglé de sa ceinture de corde et mendiait des aumônes pour son couvent. Mais tout finit dans la parodie et le dérisoire. Il était aussi fatal que Fontenay offre un « restaurant gastronomique climatisé Rabelais » que Rouen une « rôtisserie Jeanne d'Arc » et la rue Saint-Louis-en-l'Isle, à Paris, une « poissonnerie au Rouget de l'Isle ».

11

JE reprends sa collection de petits carnets qui forment une sorte de Journal Intime, où rien n'est vraiment intime. C'est plutôt une sorte de mémorandum, de notes en vrac inscrites pour se souvenir ensuite lorsqu'elle se trouvait seule. Je feuillette l'un d'eux qui ne contient qu'une seule date (1964), et qui visiblement a été rédigé lors d'un de ses séjours chez moi, à Paris.

Ce carnet est, bien sûr, du papier de récupération. C'est un agenda de l'Orphelinat des Chemins de Fer Français et des Territoires d'outre-mer. D'où, diable, pouvait-elle sortir cet opuscule? Ces notes sont relatives aux spectacles que nous voyions ensemble (en général des films, mais nous n'aimions pas les mêmes films et je me forçais à l'emmener voir des spectacles susceptibles de l'intéresser, mais où je ne me barberais quand même pas trop. Ce qui avait pour résultat de tomber toujours sur des films « moyens » qui ne plaisaient finalement ni à l'un ni à l'autre). On y trouve aussi des relevés de dépenses, des comptes, des listes de médicaments à prendre et, mélangés à tout ça, des aphorismes et pensées diverses relevés au fil de ses lectures.

Prenons par exemple ce petit carnet d'une époque parisienne. Il s'ouvre par : « Lino Ventura avec *La Peau des autres* côté gauche » et se ferme par : « Rex. *Le Crépuscule des aigles* 6 et 700 francs. 20 h 50 Grand film. »

Que signifie ce « côté gauche »? L'emplacement où nous étions assis dans la salle? Mais pourquoi aurait-elle attaché de l'importance à cette situation? Il y a plein de petits mystères, ainsi, dans ces carnets, car ces choses avaient certainement de l'importance pour elle...

Je trouve aussi, dans les premières pages, la liste des cartes postales à envoyer. Toutes les adresses de *ses* dames. Puis . « Self-service Bonne-Nouvelle. » Plus loin : « Valise. Imper. » Une liste de dépenses : « Gâteau 105. Fleurs 130. Timbres 75. Journal 30. Total 340. »

« Voiture 2 chevaux, marque allemande. Wolgashen. » (Il s'agit de notre 7 chevaux Volkswagen.)

« Visite dispensaire samedi à neuf heures. 1 080 francs consultation, remboursée par les Assurances sociales, ce qui me reste à 200 francs la consultation après remboursement. »

« Vu film Beckett par Richard Burton avenue Bosquet. Film à grand spectacle. De neuf heures à minuit la durée. »

« Sucre n° 4. Pain. Café décaféiné. »

« Ce ne sont pas les richesses qui font le bonheur. C'est l'usage qu'on en fait... Regretter le passé, c'est courir après le vent... Les amis véritables se reconnaissent à l'épreuve du malheur... Bonbon 80. Journal 30. Timbre 50. Total 160... Reçu mandat Assurances sociales (elle ne disait jamais Sécurité sociale, tout comme elle comptait toujours en anciens francs; mais ma grand-mère comptait bien en sous et en louis alors qu'il n'y avait plus ni sou ni louis depuis belle lurette)... Acheté chaussures chez Raoul. 4500 francs, je crois en chevreau doublé.

Écrit à Mme de X. ... Ne demande pas que les choses se fassent comme tu veux. Borne-toi à vouloir les événements comme ils arrivent. C'est le secret du bonheur... *Elle* 100. Brioche 120... Timbre 1,55 franc. Que ce soit la joie ou la peine, l'une comme l'autre te viendront toujours du côté que tu les attendras le moins... 19 juillet. Dimanche. *Pèlerin* 50... Michel part en Grèce à Athènes, par avion, une dizaine de jours. Voyage gratuit. Chez un sculpteur grec très riche dont il va voir l'exposition... » (Là, on voit qu'elle s'excite à l'idée de ce voyage gratuit chez un Grec très riche. Le romanesque réapparaît. En réalité le Grec en question, sans être pauvre, n'était pas Onassis.)

« Docteur dans deux mois au début de juin. Tension artérielle 13 1/2. Cœur et poumons bien. Ce sont quand les calculs se déplacent qu'ils donnent des crises... Ordonnance 29 mars. Deux flacons Sorbitrythline. 2 cuillerées à café délayées dans un demi-verre d'eau... Un mètre cinquante tringle pour rideaux en plastique... Le café est l'alcoolisme des femmes; il active la digestion en luttant contre la torpeur qui suit les repas; accélère le rythme cardiaque et a une action diurétique. Pris en excès il peut provoquer une sorte d'ivresse avec vertiges, battements de cœur, suivie de fatigue, irritabilité extrême. Sucrez très fort le café, ceci neutralise un peu l'action de la caféine. Ou bien buvez du décaféiné. »

Ma mère faisait en effet un emploi irraisonné de café très sucré; ce qui ne l'a pas empêchée de vivre octogénaire. Toujours patraque, certes, mais jamais gravement malade, sauf dans les dernières années de sa vie où le cancer et les opérations qui s'ensuivirent firent passer le côté comédie de ses maladies à la tragédie la plus affreuse.

Auparavant, ses maladies de femme seule

tenaient de la manie et aussi du désir de se faire plaindre. Toujours sur son carnet :

« L'eau de mélisse des Carmes Boyer, sur du sucre, est un réconfortant et un digestif. En avoir toujours un flacon sur soi pour le voyage. Ou bien de l'alcool de menthe Ricqlès... »

Les recettes morales s'entremêlent aux recettes de guérison.

« Que ce soit la joie ou la peine, l'une comme l'autre te viendront toujours du côté que tu les attendras le moins... Prendre au cours des repas une ou deux dragées de Pantozyme. A la fin des repas deux tablettes de Laproxye. Un flacon à renouveler... Regretter le passé c'est courir après le vent (une nouvelle fois, comme pour bien se mettre cette pensée en tête)... Dramamine une à deux dragées par jour pour mal des transports. Trente minutes avant départ. » (L'inquiétude du train à reprendre pour Nantes. A la fin du carnet, elle y est de retour. Et elle écrit :

« Poulet à acheter. Céleri. Gâteau. »)

Un second carnet, vert, cette fois-ci pris à l'état neuf, doit dater de 1970. J'y vois inscrites en effet les adresses de plusieurs maisons de retraite. Après un séjour dans l'une d'elles, de retour dans sa masure de Nantes elle écrit : « Ne pas faire de demande pour retourner. Ce sera inutile. » Puis quelques pages plus loin, après un amoncellement de soustractions et d'additions : « Peut revenir si à demeure. »

Entre ces deux notes, tout son avenir se joue. Son nomadisme la poussait en effet à s'amener dans une maison de retraite au début de l'hiver et à en repartir au début de l'été. J'étais toujours angoissé à l'idée que l'on ne veuille pas la reprendre plus tard ailleurs. Heureusement *ses* dames intervenaient. Elle jouait en fait à cache-cache avec la vieillesse irrécusable. L'hiver l'effrayait, dans l'inconfort de son logement et dans sa solitude et elle se précipitait alors vers une maison d'accueil, suppliait pour qu'on l'y accepte. Mais comme les hirondelles, elle repartait aux beaux jours, sa petite valise de carton bouilli à la main, contente de rentrer « chez elle », de retrouver *ses dames*. L'été, elle ne pensait plus à sa vieillesse. Sa santé devenait meilleure. Elle retrouvait le Jardin des plantes et les petits cafés très sucrés des magasins Decré. Au mois de juillet ou août elle irait à Paris me rejoindre. La vie reprenait. Seulement novembre revenait avec ses brumes, sa pluie interminable. Et elle note, résignée : « Peut revenir si à demeure. » Mais aller à demeure dans une maison de retraite c'est entrer délibérément dans l'antichambre de la mort. Elle le savait bien. Elle cherchait à en reculer au plus loin l'échéance.

Ce carnet est d'ailleurs jalonné d'adresses de maisons de retraite ou d'offices pour personnes âgées :

« Personnes âgées valides, hiver au chaud, ambiance sympathique. 18 et 15 francs. Foyer N.-D de Sauvagnac... Maison organisée pour personnes âgées. Confort. Parc agréable. Avenue de l'Eperonnière... La Garnache 2500 francs par jour... Union des femmes seules et chefs de famille. Ecrire 56, rue de... Office des personnes âgées, 15, rue Voltaire à Nantes... Sœurs gardes-malades à Saint-Clément... »

Ce qu'elle recherche là, ce sont des lieux d'accueil pour l'hiver, le plus longtemps possible.

Dans ce petit carnet vert apparaissent régulièrement son poids (45 kilos, parfois 43), sa tension (15-91/2). Toujours les relevés de comptes : « Payé 2900 francs ramonage... Blanchissage 950 francs... Pantoufles 440.. » Les dates des lettres qui me sont envoyées. Cette curieuse réflexion : « Ne pas prendre n'importe quoi pour aller à Paris. » Toujours d'interminables listes de médicaments et leurs modes d'emploi. Puis, à Paris, en visite, les relevés des menus de repas de fête et heureusement elle avait été très fêtée cette année-là, y compris par certains de mes amis puisqu'elle a soigneusement noté ce qu'elle avait mangé chez eux : « Dîné chez Guitet. Crevettes. Dinde, endives et purée. Fromage, dessert... Dîné chez X..., gigot de mouton, liqueurs, fromages, tarte aux pommes... Dîné chez Y..., foie gras avec gelée. Coquelet, champignons. Fromages. Gâteaux secs. Cocktail chez Casterman avec les auteurs. Champagne. Je n'en avais pas bu depuis la naissance de Michel... Dimanche on fête la Saint-Michel. Quatre langoustes. Gigot de mouton (toujours le mythique gigot de mouton du grand-père, enfin visualisé), haricots verts, flageolets. Fromage, gâteaux. Kirsch. Café. Vins assortis. Suis allée à la messe à Sainte-Cécile. Très belle église. » (C'est évidemment, puisqu'elle la trouve belle, une église « moderne » construite avec des piliers de fonte, par Boileau, sous le second Empire.)

Cet été heureux se continue visiblement l'hiver dans la maison de retraite où elle note aussi les menus de fête :

« 5 janvier. Réunion à Champfleuri. Gâteau. Vin blanc. Café. Deux heures. La vieillesse c'est la richesse du passé... 27 mars. Réunion des anciens du bourg. Cent cinquante personnes. Messe et causerie à onze heures et demie. Projection de vues... »

Au premier janvier elle avait noté (mais toutes ces « pensées » sont-elles recopiées ? Celle-ci semble plutôt de son style) :

« Un an nouveau est toujours plein d'espérance. Malgré les déceptions qui jalonnent son existence, il ne renonce jamais à sa foi en l'avenir. Au fil des jours nous connaîtrons ce que nous réserve l'avenir, l'année dont nous allons franchir le seuil. Qu'elle soit heureuse et pacifique, souhaitons-le. »

Hélas! ce bel été, ce bon hiver, devaient déboucher sur le drame. Il se résumait en quelques phrases brèves sur le petit carnet vert :

« Radio, mercredi 29 à quatre heures... »

Plus loin :

« Prendre contact avec famille avant opération. Polype dans l'intestin. Garder l'anus. »

Prévenu, je téléphone au chirurgien qui ne me laisse aucun doute. C'est un cancer de l'intestin. Mais ma mère n'en sait rien. Elle n'en saura jamais rien, malgré toutes les opérations qui s'ensuivront. Ou du moins nous jouerons tous les deux à ceux qui ne savent pas. Lorsque je la vis à l'hôpital, après l'opération, elle me dit presque aussitôt :

« Quelle chance que ce n'était pas un cancer. Il y a tellement de gens maintenant qui ont des cancers.

– Toi c'est un polype. C'est une sorte de champignon. Maintenant qu'il est enlevé tu n'as plus rien à craindre. »

En bonne autodidacte, elle note dans son carnet des mots nouveaux, entendus sans doute à la dérobée, pour en chercher le sens dans un dictionnaire : Proctologie. Electrocardiogramme. Anesthésie.

Sous la mention : Consultation 1600 francs : « Quelques petits ennuis pour aller à la selle. Electrocardiogramme. Six jours goutte-à-goutte après une heure d'opération. 15 tension. Je vous trouve bien. Le cœur est bon. »

Après chaque visite de médecin, elle note ainsi leurs réflexions : « C'est un rétrécissement des intestins. Il faudra vous faire suivre pour les intestins. Cœur bon. Tension 16. Entérocolite. »

Ailleurs :

« Quand on a eu une opération comme ça, vous

187

devez penser que les organes ne se remettent pas d'un seul coup. »

Viennent ensuite des réflexions qui ont précédé l'opération, mais qu'elle a dû noter ensuite, qui ont dû lui revenir. A moins qu'elle n'ait pas rempli les pages à la suite :

« Vous avez un rétrécissement à l'intestin. Il faut couper ça et rajouter. Il faut que l'intestin soit très propre. Autrement je serais obligé de vous faire un anus artificiel... La convalescence sera très longue. Régime avec légumes et fruits. Voir aumônier pour demander à dire une messe du 11 à 6 h 30 le matin, à l'intention d'une opérée ce jour. »

Ont été recopiées deux prières, la première est spécifiée pour le matin, la seconde pour le soir :

« Sainte Vierge, mère de Dieu, ma mère et ma patronne; je me mets sous votre protection et me jette avec confiance dans le sein de votre miséricorde. Soyez, ô mère de bonté, mon refuge dans mes besoins, ma consolation dans mes peines, mon avocate auprès de votre fils. Aujourd'hui, tous les jours de ma vie, particulièrement à l'heure de ma mort. Grand saint dont j'ai l'honneur de porter le nom, protégez-moi, priez pour moi, afin que je puisse servir Dieu comme vous sur la terre; et le glorifier dans le ciel. Recommandons-nous à Dieu, à la Sainte Vierge et aux saints. »

« Soir... Bénissez ô mon Dieu le repos que je vais prendre pour réparer mes forces, afin de vous mieux servir. Vierge sainte, mère de mon Dieu, et après lui mon unique espérance, mon bon ange, mon saint patron, intercédez pour moi. Protégez-moi pendant cette nuit, tout le temps de ma vie et à l'heure de ma mort. »

Ces prières ou pensées religieuses sont rares sur ses carnets. Il s'agissait toujours de citations littéraires et de ce que l'on appelle la morale laïque.

Comme la plupart des Vendéens, et contrairement à ce que l'on croit, ma mère était peu portée à la religiosité. Elle allait à la messe, mais toujours en coup de vent. Comme elle disait : « Je vais en attraper un morceau. » Sauf dans les chapelles des maisons de retraite, où cela se serait trop vu, je ne crois pas qu'elle ait souvent entendu une messe de l'*Introït* à l'*Ite missa est*. Mais comme les Vendéens encore, elle entretenait d'excellentes relations avec les prêtres, comme avec les aristocrates. Dans les maisons de retraite, comme dans les hôpitaux, elle réussissait toujours à accaparer l'aumônier. Ce qui lui faisait d'agréables visites et conversations, voire par la suite des correspondances. Surtout les vieux prêtres, ceux qui avaient aussi lu Pierre l'Ermite. Et je lui connus, dans ses maisons de retraite, deux relations devenues presque des amies, qui étaient d'anciennes bonnes de curé.

« Avec elles on peut parler. Elles ont beaucoup lu. »

La lecture resta toujours pour elle un critère de qualité.

J'ai rencontré une fois une de ces bonnes de curé, voisine de chambre d'une maison de retraite et à laquelle elle voulait absolument me présenter. Une toute petite vieille, d'une maigreur si extrême que l'on eût dit un squelette d'oiseau. Elle ne sortait pratiquement plus de sa chambre, une cataracte inopérable l'ayant rendue presque aveugle.

« Ah! monsieur, me dit-elle, le Bon Dieu a été bien sévère avec moi! Mon seul plaisir était de lire et il me l'a enlevé. Je ne peux qu'écouter la radio. Tous les jours j'attends avec impatience cinq heures. C'est la visite de M. Chancel. Oui, c'est comme une vraie visite tous les jours. Il m'en fait défiler des beaux esprits, dans ma chambre. »

Ces aumôniers, ces bonnes de curé et plus encore

la marquise de X... contribueront à amener ma mère vers la religion, comme on dit, au fur et à mesure qu'elle se rapprochera de la mort.

Sur le petit carnet vert, toujours : « Poids 42. Gilet gris, jupe p. de Galles, chaussures... Bismolugeais, une cuillerée à dessert avant et après les repas... Hépagrume, matin à jeun une ampoule... Contalax, un à prendre le soir au coucher en cas de constipation... 9 h 50 France-Culture avec Cabanne et Claude Samuel... Brosse à dents 225... Facteur pour calendrier 600 francs... Livre à paraître *L'Art pour quoi faire?*... Piles 600 francs le 24 février... Cataracte. Se faire opérer dans un an, peut-être avant... Oculiste 2 700 francs... Une goutte matin et soir dans les deux yeux... Lunettes pour voir de loin O D G X4... 8 000 francs chenets (le patrimoine de la tribu, peu à peu liquidé chez les brocanteurs). Pastilles 455... France-Inter, midi trente, Pierre de Lagarde Ondes Longues... Pulvérisation trois fois par jour dans le nez... »

Finalement toutes les petites misères de l'âge occupent de plus en plus de place et leur accumulation finit par donner l'impression d'une grande misère, d'un corps qui se délabre peu à peu de partout, d'une ruine des organes et des sens. Elle enregistre ces lézardes, imperturbablement :

« Pour les yeux, petits vaisseaux qui rompent... Dentiste jeudi pour appareil... Pommade trois fois par jour sur les mains... Troubles circulation. Artériosclérose... Deux hémorroïdes. Une interne, qui saigne, une externe. Injections ou piqûres sclérosantes... Piqûre, 2 janvier... Cœur nerveux... »

La peur des accidents : « Si vous vous êtes brûlé, même légèrement, buvez beaucoup; les brûlures provoquent une déshydratation à combattre. Pommade pour brûlures. Huile d'olive. Talc. Oxyde de dizine dix grammes. Vaseline cinquante grammes. »

Et aussi le réconfort des grands malades qui s'en sortent. Ce qui, dans un autre petit carnet, provenant encore de l'Orphelinat des Chemins de Fer français et des Territoires d'outre-mer, qui doit dater de 1972, la conduit à écrire :

« Pensées du Père Boulogne (il s'agit d'un greffé du cœur qui survécut à l'opération). Il faut avoir beaucoup voyagé en soi-même, avoir frôlé l'abîme et sentir sur soi l'haleine glacée du désespoir pour mesurer le véritable sens de l'Espérance. »

Sur le dernier carnet, le seul qui comporte une suite de pages blanches, le cancer réapparaît et la nouvelle opération qui s'ensuit :

« 13 août. Très mauvaise santé. Mauvais moral... Consultation le 16 août. Porter à analyser pour savoir si le polype est infecté... Opération jeudi 31 août.. (Mon adresse et celle de la marquise de X..., avec nos téléphones)... En arrivant à la clinique demander la prise en charge par les assurances sociales... Je ferai tout mon possible pour vous garder votre anus, mais je n'en suis pas sûr. Il s'est formé d'autres polypes... Une chemise de nuit d'été à manches... Demander si la maison de retraite pourra me prendre pour ma convalescence... Messe 31 septembre, mille francs... Michel est venu le 25 octobre... »

Elle me demanda tout de suite : « Est-ce qu'ils ont pu garder l'anus ? »

Le chirurgien m'avait dit que le cancer rongeait peu à peu l'intestin, qu'il fallait couper le plus possible, en espérant que cela retarderait l'apparition d'autres tumeurs. « Votre mère a près de quatre-vingts ans... Même deux ans de gagné, c'est toujours ça. » Mais ils ne lui avaient rien dit pour l'anus artificiel, me laissant la pénible charge de le lui apprendre. Alors, dans ces cas-là, on ne sait qu'être brusque.

« Non, ils n'ont pas pu... Mais tu sais, un anus artificiel on s'y fait très bien. Il y a des gens jeunes qui vivent avec, qui font du sport. C'est une habitude à prendre...

En même temps, on ressent comme un vertige à prononcer de telles paroles. Et le malade, loin d'être aidé par autant de fausse certitude, se sent repoussé, incompris, rejeté dans sa solitude de malade, dans sa saleté de maladie, dans sa vacherie de vieillesse; repoussé par les bien-portants, les jeunes, les actifs. Et sans doute n'a-t-il pas tort. Il est vrai que le bien-portant a peur d'être entraîné par le malade, le vieux, le mourant; qu'il refuse d'être agrippé par ses doigts tremblants; qu'il voit déjà la mort sur lui et qu'il recule, se détache, fuit pour ne pas être entraîné, englouti.

Alors ma mère, tristement, écrit seulement sur son carnet : « Demander au docteur une ordonnance pour petits sacs. »

Rien de plus difficile que de faire admettre un vieillard qui a subi une opération grave et qui est suspecté d'avoir une maladie mortelle, dans une maison de retraite aussi agréable que celle où ma mère termina sa vie. Dès le moindre symptôme de grippe la plupart des maisons de retraite envoient le malade à l'hôpital. Tout cela pour ne pas alourdir les statistiques des décès dans l'établissement. Encore une fois, la marquise de X... fut la bonne fée qui veilla sur ma mère. Comme dans les histoires des gros livres à reliure rouge de l'armoire de grand-père, l'Ogre cancer était déjoué par la Fée marquise. Après un séjour dans une maison de convalescence, ma mère put regagner sa belle maison moderne du pays de Retz, pays de l'Ogre Barbe-Bleue, mais l'était-il autant que l'affirma le duc de Bretagne au sinistre château, ce gentil Gilles de Retz (ou si l'on préfère : de Rais) que

Jeanne de Lorraine aimait bien, à ce que l'on dit?

Combien je comprends le goût du « moderne » de ma mère. Je me répète, mais sans doute est-il utile, à ce propos si mal compris, de me répéter. Ce goût, n'est-ce pas celui de la plupart des gens de la campagne, et de la plupart des pauvres en général? Il sous-entend une aspiration à sortir de la merde, à s'évader de cette odeur de moisi qui a été celle de mon enfance.

Hélas! la vieillesse a plongé ma mère, si désordre dans son environnement, mais si soignée de sa personne, dans la merde complète. Le cancer de l'intestin, l'anus artificiel, toutes ces opérations qui se sont succédé. Je la retrouvais à l'hôpital, bardée de tuyaux, de sondes, être presque artificiel à force d'être mis en survivance. Mais que faire? Alerté par la maison de retraite du nouveau départ de ma mère pour l'hôpital, je téléphonais au chirurgien en lui disant : « Est-ce vraiment nécessaire de la faire encore souffrir? Faut-il vraiment opérer? » Il me répondait : « Si je n'opère pas, votre mère sera morte dans huit jours. » Alors quoi dire, sinon : « Opérez. »

L'horreur qu'elle éprouvait pour son anus artificiel n'est pas explicite dans ses carnets, la pudeur devant l'horrible l'arrête. Mais on devine son dégoût à certaines notes brèves, rapides :

« Un désinfectant pour nettoyer anus. Ether ou alcool... Pour changer la poche : un journal, un papier hygiénique, éther pour nettoyage autour d'anus, passer le doigt dans le trou et enlever une enveloppe près du trou. Attention de bien décoller cette deuxième enveloppe. Coton hydrophile à mettre en boules... Epingle sûreté pour retourner linge, flanelle et combinaison... Un tube de pommade pour anus... Ne pas enfoncer le tampon. L'anus pourrait saigner. Juste au bord, deux par jour si possible... Changer la poche tous les jours. Ne rien prendre en cas de constipation... »

Le mot anus revient aussi souvent dans ce carnet, que le mot polype dans le carnet précédent. Mirage des mots. Si le médecin avait dit tumeur au lieu de polype, une connotation cancéreuse serait aussitôt apparue.

Puis le carnet ne comporte plus que des adresses, inlassablement répétées : la mienne, celle de la marquise de X..., celles de quelques autres *dames*, nos téléphones et ce leitmotiv : « Je désire avoir ma sépulture à la chapelle de l'établissement avant l'inhumation à Fontenay-le-Comte. »

12

FONTENAY, entre la forêt de Mélusine aux grands chênes et le « marais mouillé » où les ruines de l'abbaye de Maillezais se dressent à l'orée de la Charente.

Terre étrange que cette Vendée, pendant long-temps pays excentrique et perdu, mangée par l'eau du ciel et l'eau de la mer, par le sel; à la végétation couchée par l'âcre souffle marin. Curieux mélange de terre et d'eau, avec ses interminables pluies tièdes, ses marais salants qui prolongent l'infini de l'Océan, qui piègent la mer et la retiennent loin des plages, derrière les dunes et les pins parasols. Vues d'avion, la terre et l'eau se confondent, s'effilochent en de multiples méandres. Aux canaux des marais où se glissent les *yoles* noires entre les joncs et les osiers, répondent les chemins creux du bocage enfouis entre deux haies de ronces, d'ajoncs, de houx, coupant le vent et retenant les bêtes au pacage.

Pays de l'eau et pays du vent, des rafales de la galerne qui font craquer les ormes des bords de route comme des mâts de navire.

Pays de l'Océan que de partout on sent si proche, que de partout l'appel du large aspire la population vendéenne vers la mer; l'Océan où le soleil disparaît chaque soir pour éclairer ce que l'on appela pendant longtemps « la terre des délices du cœur ».

Villages couchés, aux petites maisons ornées d'une croix blanche peinte à la chaux, courtes et trapues comme leurs habitants, couvertes de ces tuiles romaines rouges qui rappellent que la Vendée, à l'extrême limite des langues d'Oïl et d'Oc, fut incluse dans la grande Aquitaine et que, pour un tiers, les mots de son patois se retrouvent en Occitanie.

Ces maisons tournent le dos à la rue, c'est-à-dire aux étrangers. Elles s'ouvrent par-derrière, sur la cour ou le jardin. Un insolite palmier y résiste comme il peut aux hivers, en perd ses feuilles et ressemble à un plumeau déplumé. Mais toute maison, toute métairie qui se respecte, présente un palmier près de sa porte d'entrée, voire quelques agaves.

Le goût des « ailleurs », toujours, dans cette végétation « coloniale ». L'insolite, sur le seuil de la demeure.

13

Sur l'un des carnets de ma mère, cette mention : « Fin juin 72, départ Canada, Université McGill, deux mois. »

J'allais comme professeur à Montréal et pensais y découvrir le Canada. Or, j'y rencontrai l'accent de ma mère. Disons que le Québec et l'Acadie m'ont aidé à retrouver mes racines. Francisé, parisianisé, internationalisé, modernisé, j'avais sinon oublié mes origines vendéennes, en tout cas, elles m'importaient peu. Et puis soudain, exporté au Canada pour y enseigner justement la modernité de l'art et de l'architecture, *voilà-t'y pas* que ma langue maternelle réapparaît de la nuit des temps dans toute sa verdeur et sa franchise.

Alors qu'en Vendée, nous l'avons vu dans mes exemples paternels et maternels, conformes à la généralité des us et coutumes, le paysan a honte de son patois, ne s'en sert que dans la plus stricte intimité, ou dans les invectives et la dérision, au Québec mon vendéen devient langue nationale. On dit en France que les Québécois ont un drôle d'accent. Ils répondent : « Quoi! Mais c'est vous, du vieux pays, qui avez un accent! »

Bien sûr, moi aussi j'ai trouvé d'abord qu'ils avaient un drôle d'accent. J'avais même du mal à comprendre les gens de la rue. Mais il faut dire que le Québécois de Montréal a parfois l'accent de Rabelais, mais souvent aussi l'accent sicilien, pied noir, yiddish ou tout simplement yankee.

L'accent de ma mère, je l'ai plutôt retrouvé en Gaspésie. Vingt mille Acadiens vivent en Gaspésie.

Lorsque le matin, dans un petit hôtel de la Baie des Chaleurs, au petit déjeuner, la serveuse m'a demandé : « Vous voulez des rôties ? », j'ai d'abord compris rôti de viande, puis soudain la connexion s'est faite. J'ai entendu ma grand-mère me dire : « Mange tes rôties, mon drôle. » C'est-à-dire tes tartines de pain grillé.

Des rôties... Depuis au moins trente ans que je n'avais pas entendu ça ! Est-ce que ma mère disait « rôtie » ? Elle ne disait en tout cas pas toast. Tout simplement, je crois qu'elle ne faisait jamais de pain grillé.

Puis, tout au cours de mon séjour, les mots anciens, les mots d'autrefois, les mots oubliés, me sont revenus en pleine figure, parlés sans complexe, parlés naturellement comme du temps de Rabelais, comme du temps de Louis XIV. *Prends ton syo et va kri d' lo*... C'est comme une voix d'outre-tombe qui parle. On se retourne pour voir si la paysanne porte sa coiffe et son tablier à bavette. Mais non. C'est une accorte personne en mini-jupe et aux cheveux blonds bouclés à l'afro. Elle ajoute à l'intention d'un môme morveux qui piaille, assis par terre : « *Viens-t'en, brailloux, et ferme ton guerlo.* »

Jacques Cartier, parti pour explorer les Indes, découvrait par hasard le Canada. Et moi, parti pour le Canada, je butais sur ma petite enfance. Comme un parcours à rebours dans le temps, avec la fameuse machine de Wells.

Dans les fermes de Gaspésie, on ne trait pas les vaches, on les *tire*; on ne conduit pas les bœufs, on les *touche*; on ne fait pas boire les chevaux, on les *abreuve* (et l'abreuvoir s'appelle un *taimbre*); on ne s'embourbe pas, on s'*avase*; on n'habite pas quelque part, on y *demeure*; on n'étend pas le linge, on l'*épare*; on n'astique pas, on *fourbit*; on ne cause pas, on *jaze*. Une taie s'appelle *un d'sus d'oreiller*, un couvercle un *couvert*, une cruche en terre un *jar*, un verre à boire un *goblé*, un fagot *une brassée d'bois*.

Tout cela est l'évidence même. Comment ai-je pu oublier qu'en Vendée nous parlions la même langue.

Ma mère disait, l'hiver, en se frottant les mains : *J'ai la grappe*. Puis elle riait, comme si elle venait de prononcer une inconvenance et murmurait : « La grappe? Pourquoi la grappe? » Eh bien, en Gaspésie, comme en Acadie, lorsque l'on a froid aux mains on a aussi la grappe et l'on trouve ce mot naturel.

Et n'est-il pas plus éloquent de *mettre de la douceur* dans son café, plutôt que du sucre, de faire *grâler* des *patates* dans un *diable*, de *brasser* la salade plutôt que de la tourner.

L'Acadienne Antonine Maillet a publié un roman, *Les Cordes de bois*, qui obtint un grand succès en France puisqu'il ne manqua le Goncourt que d'une voix, en raison peut-être de l'étrangeté de son vocabulaire. Mais moi, maintenant que j'ai retrouvé l'accent de ma mère, je l'ai lu d'une traite ce roman vendéen de l'exil. Quoi, ces galvaudeux humant l'air du large au bord de l'Océan et guettant l'arrivée des navires, comme je les connais bien. Ces *coureux de Galipote* comme dit Antonine Maillet (et la Galipote est une bête nocturne du bocage que les Acadiens ont emportée aux Amériques) lisent eux aussi le *Grand* et le *Petit Albert*, comme nous les lisions clandestinement sous les ombrages de l'ancien parc du château des comtes du Poitou. Le vocabulaire des *Cordes de bois* est du vendéen tout craché. Personne n'en a parlé à la sortie du livre, sauf l'Antonine qui a déclaré que peut-être bien, du côté de la Vendée, on disait aussi *ça me fait zire*. Bien sûr qu'on le dit. Ma mère le disait encore. Comme on dit, comme vos personnages, *icitte, asteur, tretous, tricoler*.

Il y a un autre livre d'Antonine Maillet que j'ai lu au Québec. C'est sa thèse publiée par les Presses de l'Université de Laval en 1971 : *Rabelais et les traditions populaires en Acadie*. Antonine Maillet a recherché dans l'œuvre de Rabelais les mots et les locutions qui pouvaient être identiques chez Rabelais et dans le parler acadien actuel. Elle en a trouvé assez pour en faire un gros livre. Rien d'étonnant puisque la langue de Rabelais et le patois vendéen sont une seule et même chose pour au moins un tiers du vocabulaire et que l'acadien et le vendéen sont cousins germains.

Tels quels, à la fois dans Rabelais, en Acadie, et en Vendée : *chartier* (charretier), *darrière* (derrière), *devanteau* (tablier), *merlu* (morue), *pâtir* (souffrir), *pivar* (pivert), *présent* (cadeau), *quérir* (chercher), *tretous*, ou *tertous* (tous), *somme* (sommeil).

L'Antonine qui parle, elle, avec l'accent de sa mère, mais qui est devenue quand même universitaire, a voulu savoir ce qui se trouvait derrière cet accent. Et elle a rencontré, elle aussi, la langue de Rabelais.

Rappelons, pour mémoire, que Rabelais est l'exact contemporain de Jacques Cartier; tous les deux sujets de François Ier; et que *Pantagruel, Roy des Dipsodes, restitué à son naturel, avec ses faictz et prouesses espoventables* ne précède que de trois ans la rencontre de Jacques Cartier et du roi des Micmacs.

14

AI-JE rêvé? Il me semble avoir lu dans un livre de Glucksmann une allusion élogieuse à la jacquerie vendéenne. De surprise, le livre m'en est tombé des mains. Mais quel livre? J'ai beau relire *La Cuisinière et le Mangeur d'hommes et Les Maîtres Penseurs* je n'y trouve pas autre chose qu'une identification de Mao et de Gargantua (ce qui n'est déjà pas mal) et une préoccupation de la plèbe paysanne qui n'apparut jamais chez les marxistes justement avant Mao. Mais voyons, là je ne rêve pas. Je lis bien sous la plume d'un autre maoïste ou ex-maoïste, Michel Le Bris (un maoïste breton, il est vrai!) cette comparaison audacieuse : « La Vendée, notre Cambodge! » Placer le génocide vendéen dans une perspective historique est tout nouveau. Mais que cette idée vienne de l'extrême gauche est encore plus nouveau. L'holocauste vendéen anticipe bien, en effet, sur les futurs génocides des Peaux-Rouges, des Arméniens, des Kurdes, des Juifs, des Biafrais, des Bengalis, des Khmers. Mais ce génocide vendéen avait été gommé par l'Histoire. La Restauration se montrait si embarrassée par cette jacquerie que les descendants de la petite noblesse vendéenne insurgée restaient tenus en suspicion. Les guerres de Vendée firent cinq à six cent mille victimes, Blancs et Bleus confondus. D'autres disent neuf cent mille.

Des familles entières avaient été exterminées. Renée Bordereau, femme soldat dans la cavalerie de Stofflet, vit ainsi périr quarante-deux de ses parents, dont son père, massacré sous ses yeux. La mort de Cathelineau fut suivie de celle de ses trois frères, de ses quatre beaux-frères, et de seize de ses cousins germains.

L'extermination des Vendéens avait été délibérée. Après le massacre des survivants de la « longue marche », une malédiction totale, absolue, fut prononcée contre tout un peuple. Robespierre n'aimait pas plus les paysans que Lénine les moujiks. Mais c'est son ami Barère qui est chargé des anathèmes. Celui qui se flattait de son surnom : « l'Anacréon de la guillotine », ne cessait d'aboyer contre la Vendée : « Louvois fut accusé par l'Histoire d'avoir incendié le Palatinat, et Louvois devait être accusé; il travaillait pour les tyrans. Le Palatinat de la République, c'est la Vendée : détruisez-la et vous sauverez la patrie... Exterminez cette race rebelle de Vendéens, faites disparaître leurs repaires, incendiez leurs forêts, coupez leurs récoltes... »

Bertrand Barère de Vieuzac était noble.

A la mi-janvier 1794, il lâche sur la Vendée déjà en ruine et dont les armées ont été défaites au Mans et à Savenay, les douze colonnes infernales de Turreau. Les dragonnades qui terrorisèrent la Vendée, quatre ans avant la Révocation de l'Édit de Nantes, au siècle précédent, n'avaient été qu'un prélude empirique à ce qui va être une destruction systématique. Six colonnes d'incendiaires s'avancent en effet l'une vers l'autre à travers la Vendée et pillent, tuent, brûlent tout ce qu'elles rencontrent. Six cents villes et bourgs, des milliers de fermes isolées, sont ainsi rasés. On met le feu aux métairies en tirant dans la paille. Puis on revient pour incendier les décombres. On brûle les moulins à vent. On détruit les fours à pain. Les réserves de blé, de laine, les barques des pêcheurs, tout est brûlé. On emmène les bestiaux par immenses troupeaux. Hommes, femmes, enfants, sont enfermés dans les églises et fusillés. L'église est ensuite brûlée pour s'assurer qu'aucun blessé ne s'échappera. Les soldats républicains font aussi des razzias de femmes qui, après avoir été violées, sont empalées. On s'amuse à couper les doigts des religieuses, à arracher les langues, à crever les yeux, à couper les oreilles. On écorche des « brigands » pour tanner leur peau et s'en faire des culottes collantes. On envoie par barils, pour les hôpitaux de Nantes, de la graisse de femmes. Turreau appelle l'incendie de la Vendée « la grande illumination ». Les villes et les villages « patriotes » seront brûlés aussi bien que les autres. « Il n'y a rien de bon en Vendée », a décrété la Convention. Les « patriotes » survivants sont déportés à Angers, à Tours, à Poitiers. Paris leur est interdit, tout comme les départements côtiers. Quarante mille républicains vendéens seront ainsi exilés. Fontenay-le-Comte, si délibérément républicain sous le nom de Fontenay-le-Peuple, sera néanmoins puni et déclassé de son rang de préfecture au profit de la ville nouvelle de La Roche-sur-Yon (Napoléon Vendée sous l'Empire) chargée de surveiller le bocage. Ville de garnison, sentinelle de l'administration parisienne, La Roche-sur-Yon gardera sa mission, même sous les Bourbons, qui refuseront de redonner à Fontenay son rôle historique. Quant à l'abominable Turreau, il sera fait baron d'Empire, puis chevalier de Saint-Louis par Louis XVIII.

Parmi tant de noms cités dans les mémoires et dossiers que j'ai dépouillés pour essayer d'y voir clair dans une aventure dont le premier historien a été Turreau, ce qui est tout un programme, ni Ragon ni Sourisseau. Mes tribus paternelle et maternelle ont participé, subi, souffert, sans laisser de traces. On ne se souvenait dans la famille que d'un mythique Ragon Duchêne, rescapé des colonnes infernales parce que caché pendant des mois dans le creux d'un gros chêne. Ma mère ne manquait jamais de me dire, lorsque nous rencontrions un arbre à glands : « Tu vois, c'est du bois dont on fait les Ragon Duchêne. »

15

Dans les carnets de ma mère, aucune allusion à ses brus. Après le choc dû à l'avènement de la première femme dans ma vie, lors de mon adolescence nantaise, après l'affrontement qui s'ensuivit et la première cassure dans notre affection, elle garda certainement une amertume ineffaçable de ce qu'elle devait considérer comme une première trahison de ma part. Le reste ne fit plus partie que de la fatalité.

Déjà, dans mon enfance, lorsque je jouais sur la place Viète avec des petites filles, ma mère s'agaçait parfois, me disant avec brusquerie : « Tu ferais mieux de t'amuser tout seul, plutôt que de traînasser avec ces mijaurées. »

Mais jamais elle ne s'affronta avec ses brus, se montrant plutôt prévenante à leur égard, toujours humble, trop humble, s'appliquant à composer un peu trop ostensiblement avec ces ennemies.

Son grand auteur, Pierre l'Ermite, ne lui avait-il pas recommandé la résignation lorsqu'il écrivait dans *Comment j'ai tué mon enfant* : « Votre fils, madame, vous sera toujours pris... par une femme ou par Dieu. »

Du côté des brus, beaucoup de prudence aussi. De toute manière, elles voyaient peu ma mère, dont la moitié de la France les séparait, et ma mère offrait quand même l'avantage de représenter la totalité de ma famille. L'invasion conjugale de la famille de l'autre, si oppressante pour tant de couples, leur était ainsi évitée. Il est vrai qu'elles s'apercevaient ensuite à l'usage que si ma mère était seule il lui arrivait de peser autant qu'une tribu dans sa totalité.

Si bien que lorsque je quittai ma première femme pour la seconde, le suprême argument de l'évincée fut de lancer à sa rivale :

« Tu verras, tu seras obligée de recevoir sa mère tous les ans! »

Et aussi de lui écrire toutes les semaines, elle oubliait ça, mais sans doute était-ce moins pénible. Non pas que j'imposais cette corvée hebdomadaire, mais lorsque les brus me voyaient submergé par tant de lettres et tant de reproches de ne pas répondre par retour du courrier, elles finissaient elles-mêmes par reprendre la situation en main. Elles écrivaient une première lettre et, dès lors, se trouvaient prises au piège. Car ma mère leur écrivait ensuite personnellement, les prenant à témoin de mon ingratitude, les priant, les suppliant d'avoir la générosité de lui écrire. Elle avait la présence d'esprit de leur demander non pas de mes nouvelles mais de leurs nouvelles, des nouvelles de leurs familles. Si bien qu'elles se voyaient entraînées à une correspondance qui ne me dispensait pas, moi, de devoir donner de mes propres nouvelles.

L'exiguïté de mes logements, jusqu'à une date très récente, rendait impossible une cohabitation totale. Je réservais donc pour ma mère une chambre dans un hôtel proche, mais il n'empêchait qu'elle se tenait ensuite dans notre logement toute la journée. Cette présence continue, dans des logements trop petits, n'était pas le moindre problème des séjours de ma mère à Paris.

Chacun a ses habitudes qui, toujours, gênent les

habitudes des autres. Celles de ma mère ont surpris, pour ne pas dire stupéfait, l'une et l'autre de ses brus. Il faut dire que souvent il y avait de quoi. Par exemple, lors d'une première visite de ma mère à Paris, elle revint dans notre petite mansarde de la rue des Saints-Pères, son cabas à la main, tout agitée et joyeuse, s'exclamant : « Regardez ce que j'apporte! » Et elle sortit du sac un pigeon vivant.

La bru d'alors se mit à crier : « Mais il va s'envoler. Il va mettre des plumes partout. Que voulez-vous qu'on fasse de ça? »

Et moi qui la connaissais bien :

« Voyons, maman, j'espère que tu ne l'as pas attrapé dans la rue. »

Elle dodelina de la tête, de l'air de celle qui vraiment n'est pas comprise :

« Mes enfants, un pigeon c'est comme une alouette, ça ne tombe pas tout rôti dans le gosier. »

Et à mon adresse :

« Tu vas le plumer et on le fera cuire aux petits pois.

— Moi, le plumer, pourquoi moi?

— Tu sais bien que je n'ai jamais su plumer les volailles. Mais tu as bien dû observer ta grand-mère qui... »

Comme la bru d'alors était anglaise, à sa stupéfaction se mêlait l'horreur d'imaginer que l'on allait plumer vivant un oiseau sous ses yeux.

Elle bégayait d'indignation, comme font toujours les Anglais en pareille circonstance :

« Si... si... cette chose... moi je m'en vais... »

Je pris le pigeon des mains de ma mère, ouvris la fenêtre et le lançai dans les airs.

Elle bouda pendant plusieurs jours, jouant à l'incomprise. Toujours cette civilisation de la cueillette qui la poursuivait, l'habitude de ramasser, de ne rien laisser perdre. Il était difficile de ramasser des escargots ou des champignons dans les rues de

Paris. Elle avait cru bien faire en attrapant un pigeon. Elle se disait, dans sa bouderie, que l'on n'est jamais récompensé de ses peines.

A la suite de cette algarade, elle ne ramassa plus que les pièces de monnaie qu'elle avait l'art de trouver. Finalement, elle ne revenait jamais d'une promenade dans Paris sans avoir quand même glané quelque chose : la plupart du temps une pièce de un franc, mais aussi un bracelet, une montre, une bille en verre, et des tas d'articles inutiles du genre bout de caoutchouc, vieux journal, ficelle. Comme elle savait que les brus n'aimaient guère cette manière d'être, elle s'empressait de cacher ses trouvailles dans son éternelle valise de carton bouilli. Mais, parfois, elle me prenait à part, avec un air de complicité, pour me dire à mi-voix : « Tu veux que je te montre ce que j'ai trouvé aujourd'hui ? » Et elle ajoutait en riant sous cape : « Faut pas l'dire. »

Ce qui déprimait le plus ses brus, c'était son absence ou plutôt son refus d'enthousiasme. En réalité, nous l'avons vu, ma mère se laissait périodiquement aller à des enthousiasmes, à des lubies, mais elle n'en laissait rien voir. Elle se méfiait, comme disent les Vendéens, de « ne pas faire rire le monde ». Ce qui l'amenait à une réserve, à une perpétuelle autocensure de ses enthousiasmes et de ses plaisirs.

Si bien que l'on avait l'impression qu'elle ne trouvait jamais rien beau, jamais rien bon.

« As-tu aimé ce film ?

— C'est pas mal.

— Comment trouves-tu ce vin ?

— Il est pas mauvais. »

Je lui disais parfois, agacé : « Il ne manquerait plus que ça, qu'il soit mauvais. Je ne te demande pas s'il est mauvais, je te demande si tu le trouves bon. »

208

Alors, poussée à bout, mais refusant toujours de se laisser aller, elle avait ce suprême compliment :
« Ça vaut mieux que de recevoir des coups de bâton ! »

Des réflexions qui remontaient ainsi de la nuit des temps (une nuit pas si lointaine). Pour les paysans la bastonnade laissait encore des souvenirs dans les os.

Au bout de quelques jours, nos logements prenaient l'allure de la masure nantaise. Un logement exigu, pour rester agréable, demande une surenchère de rangement et de propreté. Très vite, ma mère laissait traîner ses affaires n'importe où et réussissait à mettre les nôtres sens dessus dessous. Impossible de retrouver quelque chose. Impossible également de tenir propre. Ma mère aurait transformé en taudis n'importe quel palace. Outre l'instinct de la cueillette qui la reprenait, nous l'avons vu, dans ses maisons de retraite, son goût de l'accumulation lui valait aussi d'être tenue à l'œil par les infirmières. Régulièrement, on enlevait de sa chambre tous les déchets qu'elle réussissait à y introduire. Ce dont elle se plaignait bien sûr dans ses lettres.

L'habitude de ne jamais rien réparer, de tout laisser bringuebalant; de préférer rester dans le noir plutôt que de changer une ampoule grillée; de manger dans des assiettes ébréchées alors que des piles d'assiettes n'avaient jamais servi depuis la mort de mon père; de mettre dans son lit des draps si raccommodés, si rapiécés, qu'ils finissaient pas ressembler à de la tapisserie, alors que des piles de draps de lin, dans l'armoire, jaunissaient de vieillesse; de ne pas balayer « pour ne pas faire de poussière »; tout cela demeurait parfaitement incompréhensible pour les brus, qu'elles soient anglaise ou française.

Lorsque le désordre arrivait à son comble, qu'il

apparaissait évident que la lutte contre le désordre et la saleté devenait impossible, je lisais dans les yeux des brus le commencement du désarroi bientôt suivi par la brillance du désir de la fuite. Il me fallait alors lutter sur deux fronts, temporiser, gagner du temps. Ma mère trouvait toujours des arguments irréfutables. Lui disais-je qu'elle obligeait ses brus à un surcroît de travail, qu'elles devaient la suivre à la trace pour nettoyer et ranger derrière elle, qu'elle répondait :

« Mais pourquoi tout nettoyer comme ça? On peut bien vivre dans la saleté.

– Tu n'aimes pas être sale, maman. Alors pourquoi tout transformer autour de toi en *capharnaüm*? » (Un mot qu'elle employait souvent.)

Elle prenait un air offusqué :

« L'important c'est d'être propre sur soi. »

De temps à autre (mais heureusement très rarement), elle se disait qu'il lui fallait quand même aider un peu ses brus. La catastrophe pointait alors à l'horizon. Sa manière de mettre le couvert ne correspondait pas à celle des belles-filles. Ce qu'elle jugeait de belles assiettes et sortait précautionneusement un jour où nous avions des invités, se révélait être pour nous des ustensiles que nous ne comprenions pas ne pas avoir mis au rebut depuis longtemps. Alors que nous avions peu de meubles et peu de vaisselle, elle réussissait à trouver des objets que nous avions complètement oubliés et à les mettre en évidence, pour notre plus grande confusion. Mais nos invités aimaient bien ma mère, qu'ils trouvaient pittoresque. Quant à elle, ces soirées qui paraissaient aux brus complètement ratées, lui laissaient d'agréables souvenirs.

Comme ma mère ne se plaisait pas dans nos logements qui ne donnaient jamais sur rue et « où on voyait rien », elle sortait beaucoup, ce qui donnait quelque répit aux brus. La Samaritaine remplaçait le magasin Decré de Nantes. Elle allait aussi y prendre un café. Puis elle découvrit que les bureaux de poste de quartier, du moins ceux qui ne sont pas trop exigus, se sont transformés en salles de réunion pour les vieillards du coin. Ils accaparent les sièges et les tables, et se font de petits salons, complètement indifférents au va-et-vient des usagers. Ma mère fréquentait beaucoup ces salons improvisés. Elle disait y rencontrer des gens de son âge et de sa condition. Elle partait chaque jour au bureau de poste comme d'autres vont à leur club.

Elle n'aimait pas se lier avec des gens, mais elle aimait bien voir du monde, converser avec des inconnus. L'avantage de ces rencontres impromptues et sans lendemain, c'est que l'on peut y parler de tout et de rien. Ma mère, justement, répugnait à parler de quelque chose. Pour tout ce qui était profond, grave, elle se référait au domaine secret des livres. Par contre, elle se plaisait à bavarder de ce qui, pour les brus et moi-même, paraissait de la futilité, parler pour ne rien dire. Lorsqu'elle lisait un journal elle sautait les pages de politique et d'informations générales, pour en venir tout de suite aux accidents et aux crimes. Elle connaissait à peine le nom du premier ministre, mais pouvait vous citer une longue liste de repris de justice.

Ces gens qu'elle rencontrait lui parlaient de leurs maladies. Il se faisait ainsi entre vieillards des échanges de récits de maladies. Elle nous en rapportait chaque soir de nouvelles, avec gourmandise :

« La fille de la dame que j'avais déjà rencontrée hier, elle a eu « la totale » (ce que d'autres appellent « la grande opération »)... »

Ou bien :

« X... est tombé du haut mal. »

Les opérations tenaient toujours une grande place dans ses propos (malheureusement, elles en tinrent ensuite une grande dans sa vie). Celles des autres, puis les siennes. Elle comptait ses opérations comme d'autres leurs guerres, mettant sur le même plan l'appendicite et les polypes.

Elle refilait à ses interlocutrices les recettes de médecine par les plantes (de ma grand-mère) et revenait avec de nouvelles formules qu'elle voulait immédiatement expérimenter. Comme s'il était facile de trouver à Paris de l'écorce de bourdaine comme laxatif, des queues de cerise comme diurétique, et du houx en poudre pour « susciter les facultés intellectuelles »!

Malgré tous ces problèmes dus à la cohabitation, il nous arrivait de temps en temps de retrouver une vieille complicité, avec des références ou des plaisanteries seulement perceptibles pour nous, et donc incompréhensibles et irritantes pour les brus.

Elle avait alors des fous rires de petite fille et se laissait aller à des calembours et à des expressions drolatiques où l'on retrouvait encore Rabelais. Si l'un de nous deux disait : « Le temps se couvre », il était entendu que l'autre répondait invariablement : « Il a froid. » Si je disais : « C'est merveilleux. » Elle enchaînait toujours : « Amiral Merveilleux du Vignaux. »

Je croyais qu'elle avait inventé cet amiral pour le plaisir des mots. Mais non. Recherches faites, il s'agit bien d'un amiral, évidemment « colonial », qui conquit ses galons au Tonkin et à Madagascar et se fixa en Vendée le moment de la retraite venu.

C'est seulement avec la seconde bru que les relations avec ma mère eussent pu tourner au drame. D'abord ma mère, à peine le temps de faire connaissance avec sa nouvelle belle-fille, nous annonçait que l'ancienne l'invitait à séjourner chez elle. Curieuse invitation venant de quelqu'un qui n'avait su trouver comme suprême catastrophe à l'adresse de sa remplaçante que l'obligation du

212

séjour annuel de la belle-mère. Bien sûr, la nouvelle bru, loin de se sentir soulagée, se crut obligée de se montrer vexée. Et l'ancienne ne tarda pas à regretter son initiative car ma mère passa le plus clair de son temps chez elle à faire l'éloge de « l'autre » : « Mais si, mais si, vous savez, elle ne se débrouille pas si mal... Je ne dis pas qu'elle ne soit pas coquette, mais elle sait s'habiller... C'est toujours ce qui vous a manqué, à vous, ma pauvre petite. Vous ne preniez pas assez soin de vous. Je me disais toujours : elle devrait faire attention, on va finir par la prendre pour sa bonne. »

Réexpédiée chez nous, ma mère ne trouva rien de mieux, une nouvelle fois, que de parler sans cesse de « l'autre », avec des comparaisons tout à fait inopportunes du genre : « Pour ce que je vous en dis, moi, vous faites comme vous voulez. Mais S... ne s'y serait pas prise comme ça. Tenez, la semaine dernière encore, chez elle, et malgré toute la difficulté que l'on a à vivre seule, je peux vous en dire quelque chose, eh bien, S... »

La nouvelle bru encaissait sans répliquer, mais c'est moi qui, le soir, devais surmonter l'orage.

« Qu'elle retourne chez S..., si elle s'y trouve si bien. Moi, j'en ai assez de ces commérages! »

Je prenais ma mère à part :

« Voyons, maman, tu ne devrais pas parler de S. à ta nouvelle belle-fille. Tu dois bien penser que ça ne lui fait pas plaisir.

– Pourquoi? Si on ne peut plus causer, maintenant.

– Si, mais d'autre chose. »

Elle faisait la moue, boudeuse :

« Peuf! Si je cause d'autre chose, on ne s'intéresse pas à ce que je dis. »

En réalité, c'est la seconde bru qui commença à me mettre sur la voie de cette autre culture qui me liait à ma mère plus que je ne le croyais. Fille de riches, ce qui nous sépara de plus en plus, au cours des ans, c'est ce qu'elle appelait ma mentalité de pauvre. Et elle se mit à détester ma mère qui était comme un révélateur de ce qui, pour elle, constituait mes plus graves défauts. Sous le vernis intellectuel ma nature plébéienne affleurait. Elle détestait ma mère en moi. Et lorsqu'elle la voyait, ce qu'elle considérait comme mes faiblesses ou mes ridicules, lui était souligné. Ma mère apportait avec elle tout un monde sordide, tout un passé assez effrayant pour une très jeune citadine fascinée par le luxe et la modernité. Ma mère lui paraissait vieille, vieille... vieille comme l'*Angelus* de Millet, comme les images d'Épinal, comme les fables de La Fontaine, comme le *Roman de Renart*, comme *Pantagruel*... Et moi-même me mettais à vieillir, rapproché de ma mère, me mettais à blanchir comme l'hiver, me mettais à me courber vers la terre comme un arbre rabougri, m'empêtrais dans tant de boue et de bouse accumulées depuis des siècles.

Je voyais la seconde bru s'éloigner, courir en sautillant sur ses hauts talons, s'enfuir dans un froufroutement de beau linge. Et je me retrouvais, petit garçon à col marin et bonnet à pompon, tenu en laisse par la mère ogresse, descendant la rue de la République à Fontenay-le-Comte, sous les balcons de l'hôtel de Fontarabie.

16

Mais que sont devenues les puces d'antan? Plus de puce dans la conservation de ma mère, plus de linge blanc entrebâillé dans lequel s'introduisent des mains fouineuses à la recherche de l'insecte familier. Plus de dompteurs de puces dans les foires, ces puces savantes que l'on voyait traîner des carrosses miniatures et qui, ensuite, recevaient leur récompense en venant paître le sang du dompteur sur son bras congestionné. Plus de tableaux de la Belle à la puce, dans les expositions. Plus de tournoi poétique comme celui qui, aux Grands Jours de Poitiers, permit à Nicolas Rapin de se faire remarquer par le président Achille de Harlay avec son poème sur *La Puce de mademoiselle Des Roches*. Grâce à la puce de cette pucelle, notre ami Nicolas Rapin fut nommé par Harlay lieutenant criminel à Paris. Ce qui lui permit de rencontrer Henri III qui le renvoya en Poitou comme prévôt général de l'armée. Voilà où pouvait mener une puce, en ce temps-là. Mais que sont les puces devenues?

Où sont passées les mille deux cents espèces recensées par les naturalistes?

La linguistique nous apprend que le mot puce vient du latin *pulex*, qui vient lui-même du sanscrit *pulaka*, voire du persan *pûlah*; que la racine *pul* (ou *pûl*) signifie multiplier, croître en grand nombre. La puce et la pullulation seraient donc cousines germaines. Tellement la puce et toutes autres sortes de vermine ont longtemps paru sécrétées par la peau elle-même, cette peau qui était à la fois leur habitacle et leur prairie nourricière.

Mais la puce est-elle un insecte? Les naturalistes en ont longtemps douté. Le Danois Johann Christian Fabricius la rapprochait des hémiptères, Antoine-Louis Dugès, auteur en 1838 des trois volumes du *Traité de Physiologie comparée de l'homme et des animaux*, la rapprochait des hyménoptères; Pierre-André Latreille, auteur en 1810 de *Considération sur l'ordre naturel des animaux composant les classes des crustacés, des arachnides et des insectes*, lui voue un ordre spécial : les syphonaptères; l'Anglais William Kirby lui invente aussi un ordre spécial : les aphaniptères. Finalement les naturalistes semblent s'être résignés à lui trouver des affinités avec les diptères qui, comme on le sait, constituent dans la classe des insectes le groupe d'animaux arthropodes constituant un embranchement intermédiaire entre les vers et les mollusques.

Tous ceux qui se sont si vigoureusement grattés, depuis que la puce de l'homme (*pulex irritans*) existe, tous ceux qui ont vu les chats s'arracher les poils du ventre en cherchant à mordre leur *pulex felis*, ne s'étonneront pas d'apprendre que ce petit être qui mesure deux à quatre millimètres de long et dont les mœurs sexuelles sont ambiguës (c'est la femelle qui monte sur le dos du mâle) ait exercé une si grande fascination sur les humains dont ont témoigné les poètes depuis Ésope et Ovide.

Les poètes chante-puce abondent en France à partir de la Renaissance où l'abandon de la pratique des bains favorise la cohabitation de l'homme et de la puce, ou plutôt de la femme et de la puce puisque tous les naturalistes s'accordent (pour une fois) à dire que la puce préfère de beaucoup introduire son appareil bucal piqueur dans la peau de la femme que dans celle de l'homme, la première étant moins dure.

François Rabelais (toujours lui) qui avait eu maille à partir avec les puces de son couvent (les couvents étaient si aimés des puces que l'un d'eux, à Paris, s'est appelé tout bonnement Picquepuce; et les robes des moines se teignaient couleur puce afin que les insectes puissent y passer inaperçus), Rabelais, dis-je, fait prononcer à Panurge qui enchâsse une puce dans l'anneau de son oreille droite : « J'ai la puce à l'aureille. Je me veux marier. » Quarante ans après, une *Chasse aux Puces* éditée en 1573 à Strasbourg remporte un énorme succès. Puis, en 1583, c'est, à Poitiers, l'*Anthologie de la Puce*, sorte de Guirlande de Julie, que composent les humanistes qui fréquentent la maison de deux femmes savantes, auteurs elles-mêmes de vers, Madeleine Des Roches et sa fille Catherine.

Catherine Des Roches, dite « la Belle Langagière de Poitiers », dite aussi « perle de nostre pays poitevin », suscita la verve poétique non seulement de Nicolas Rapin mais aussi de Barnabé Brisson et d'Agrippa d'Aubigné.

Nicolas Rapin, dans la guirlande de poèmes tressée pour Mlle Des Roches, versifie en fait une « Contre-Puce ». Car, dit-il :

> *J'aimerois mieux chanter le poux;*
> *Qui s'engendre et se paist de nous,*
> *Plus amy de nostre nature.*

C'est un paradoxe. On aurait bien du mal à faire une anthologie des poèmes du pou, alors qu'avec les poètes chante-puce, rien de plus facile. Ce qui a toujours fasciné les poètes chante-puce, c'est en fait ce qui m'intriguait moi-même dans mon enfance pucière, face aux linges entrouverts et aux chairs blanches aperçues.

On conte que, de guet à pens,
Peu à peu glissant et rampant
Du bas où tu fais ta retraite,
Tu t'estois penchée en un lieu,
Duquel Prince ni demi-dieu
N'approche la main indiscrette...

Quantefois j'ay veu, au matin,
De ma maîtresse le tetin
Picoté de tes noires traces!
Et si là j'en voyois l'effet,
Dieu sçait si tu n'avois point fait
Encore pis en d'autres places.

Chères dames Des Roches, si aimées des puces qu'elles moururent le même jour de la peste...

La Renaissance chante la puce, mais c'est néanmoins le « siècle de Louis XIV » qui pourrait aussi bien et sans doute mieux être appelé « le siècle de la puce ». Louis XIV, enfant, jouait dans la Galerie du Louvre avec un canon miniature attaché par un cheveu à une puce. La vermine abonde à un tel point que l'on se rase les cheveux dévorés de poux et que l'on porte perruques. Puisque l'on ne peut se débarrasser des puces, on les apprivoise, on les dompte, on en fait des colifichets. Les puces enchaînées sont à la mode et se paient dix sols. Tallement des Réaux, dans ses *Historiettes*, montre un dompteur de puces qui avait enchaîné une puce à un chariot. La Bruyère parle de « quatre puces célèbres que présentait un charlatan, subtil ouvrier, dans une fiole où il avait trouvé le secret de les faire vivre ». Ces puces étaient habillées d'une cuirasse, de brassards, de genouillères et coiffées d'un casque. « En cet équipage elles allaient par sauts et par bonds dans leur bouteille. » La marquise de Sévigné évoque aussi un petit chariot traîné par des puces :

Monsieur le Dauphin dit à Monsieur le Prince de Conti :

— Mon cousin, qui est-ce qui a fait les harnois ?

— Quelque araignée du voisinage, dit le prince.

Le galant, qui réussissait à saisir une puce sur une personne aimée, l'introduisait dans un médaillon de cristal et la portait au cou. On attachait aussi des puces aux meubles, par des fils d'or.

La Fontaine, Boileau, Molière, tout le monde, bien sûr, parle des puces.

La Fontaine, dans sa fable *L'Homme à la puce*, nous montre « un sot » qui, par une puce, « eut l'épaule mordue ». Et qui implore les dieux de « lui prêter leur foudre et leur massue » :

Puissant dieu du tonnerre, extermine les puces !

Orgon dit du dévot Tartufe :

Il s'impute à péché la moindre bagatelle;
Un rien presque suffit pour le scandaliser;
Jusque-là qu'il se vint l'autre jour accuser
D'avoir pris une puce en faisant sa prière,
Et de l'avoir tuée avec trop de colère.

Si les puces de Mlle Des Roches étaient notoires au XVIe siècle dans notre Poitou, celles de Marion de l'Orme furent célèbres au XVIIe dans la France entière.

Pierre de Marcassus assure qu'il n'y en eut jamais de si prospères :

Sitôt que Pyraenion aperçoit la cruelle
Sauter impunément sur le sein de la belle,
D'une subite main il la suit, et la prend,
L'enferme dans un gland de cristal transparent;
Lui même qui l'a prise, à peine ose-t-il croire
Qu'on en ait jamais vu de si grosse et si noire.

Au XVIIIᵉ siècle, un ouvrage tout entier est consacré à la puce par l'abbé Jean-Jacques Barthélemy, de l'Académie française : *La Chanteloupée* ou *La Guerre des Puces*, péripéties se déroulant au château de Chanteloup où s'est retiré le duc de Choiseul sous Louis XV. Par ailleurs, Bernardin de Saint-Pierre, qui ne manque aucune occasion de louer la Providence, assure que si la puce est noire, c'est pour être en contraste avec la blancheur des draps et de la peau et ainsi pouvoir être plus facilement attrapée. J'aurais aimé lui poser la question : les nègres ont-ils des puces blanches ?

Enfin l'illustre Réaumur ne dédaigne pas de construire une voiture roulante traînée par six puces, dont il sera fait présent à la reine d'Espagne.

Au XIXᵉ siècle, les puces se démocratisent. Beaucoup de puces savantes, dans les foires où elles se battent en duel, sont revêtues de costumes militaires, dansent, puisent de l'eau avec des seaux. Des foires aux puces apparaissent, puis des marchés aux puces où les puces sont vendues par surcroît. La couleur puce, qui de la robe des moines glissa sur les colifichets des dames de la cour sous Louis XVI, retrouve une vogue vers 1830. Les teinturiers s'ingénient à inventer des couleurs pucières : dos de puce, cuisse de puce, tête de puce, ventre de puce. En 1861, un inventeur crée la jarretière tue-puces. Les femmes disposent aussi d'un piège anti-puces qu'elles se mettent sur la poitrine. Il s'agit d'une flanelle que l'on appelle le pistolet et qui attire les puces. Lorsque le pistolet est en garni, on le met à la lessive et on le remplace.

Je ne sais pas comment vous vous sentez, après ces quelques pages de lecture pucière, mais moi il faut que je m'arrête d'écrire un instant, pour me gratter.

17

Nicolas Rapin me ramène à Maillezais.

De très loin, dans la platitude du marais mouillé, on remarque les ruines de la cathédrale de l'abbaye qui se profilent en dentelle de pierre. Jadis, ces terres basses étaient submergées chaque hiver par le reflux de l'Océan, plus le débordement des eaux de la Sèvre et de ses affluents la Vendée et l'Autize. La confusion des eaux et de la terre, si typique de la Vendée maraîchine et côtière, s'y produisait encore plus qu'ailleurs. Dans ce désordre de la nature, les moines bénédictins voulurent apporter l'ordre de leurs levées, de leurs chaussées, de leurs canaux, de leurs écheneaux, de leurs biefs. Près de mille ans se sont écoulés depuis lors, et près de cinq cents ans depuis que l'abbé, Mgr d'Estissac, recueillait le demi-hérétique Rabelais et en faisait son secrétaire et le précepteur de ses neveux.

La protection de Geoffroy d'Estissac suivra Rabelais à Montpellier, lorsqu'il ira y étudier la médecine, et à Rome où il sera médecin d'un cardinal. Pour remercier son bienfaiteur, Rabelais, comme ma mère, chaparde. Il va faire clandestinement la cueillette dans le jardin secret du pape et envoie à Maillezais des graines de salade, une salade jusqu'alors inconnue en France et qui depuis s'appellera la romaine.

Du cloître de cette immense abbaye il ne reste que des fouilles : des pierres tombales éparses, des puits, une cave, les tombes ouvertes des abbés. Des cuveaux en pierre servent maintenant de bacs à fleurs. Sous un petit préau, couvert de tuiles romaines, l'entrée de la cave à sel. On descend trente marches et l'on aboutit à un grand bâtiment souterrain, de sept pas de large sur trente-deux de long, avec de belles voûtes en tiers-point éclairées par quatre soupiraux.

Près de la cave à sel le réfectoire des moines et la cuisine octogonale transformée en un petit musée lapidaire où sont entreposés des chapiteaux du XIᵉ siècle, des modillons à copeaux et à palmes, un cadran solaire, des fragments d'impostes et de rinceaux et le blason de Geoffroy d'Estissac avec la mitre et la crosse.

Au-dessus du réfectoire, le dortoir auquel on accède par vingt-sept marches formées de grosses pierres. De l'unique fenêtre conservée on domine le marais que les guides touristiques appellent la Venise Verte.

En contrebas de l'abbaye subsiste une belle échauguette en brise-lame. A ses pieds, une petite guinguette sert du vin gris avec des crêpes. Des *yoles* noires sont amarrées en bordure du marais. Elles emmènent les touristes le long des anciennes douves, puis à travers les conches bordées de roseaux et de fraigneaux, dans lesquelles nichent les sarcelles.

Voilà tout ce qui reste de l'abbaye chère à Rabelais. Mais ces restes sont splendides. De 1791 à 1840, un bourgeois qui acquit l'abbaye comme bien national s'employa à la dépecer. Il n'arriva pas à venir à bout de tant de pierres. On dit même qu'il s'y ruina. En tout cas il ruina aussi l'abbaye.

Rabelais était arrivé à Maillezais en 1524. En 1589, trente-six ans après la mort de l'auteur de *Gargan-*

tua, c'est un autre écrivain qui s'y installe, Agrippa d'Aubigné. Mais d'Aubigné en chasse les moines et les remplace par ses soldats huguenots. Pendant trente ans, il restera gouverneur de Maillezais transformé en plate-forme protestante. Il y écrira *Les Tragiques* et son *Histoire universelle*.

Nicolas Rapin qui, après avoir été maire de Fontenay la protestante, vit dans son manoir de Terre Neuve construit, tout comme les maisons à arcades de la place aux Porches, par l'architecte Jean Morisson, est un ami d'Agrippa d'Aubigné. Ils se rendent visite, s'écrivent, se communiquent leurs vers, naviguent en *yole* dans le marais. Nicolas Rapin, coauteur de la *Satire Ménippée*, dont il a écrit les harangues de d'Espinac, de Roze, d'Engoulvent, a aussi publié des traductions d'Horace et d'Ovide. Il compose d'ailleurs plus volontiers des vers latins et en a dédié certains à Sully qui vient aussi le visiter à Terre Neuve.

Nicolas Rapin et d'Aubigné à Maillezais... Étrange rencontre que celle de ce roturier lettré et de cet aristocrate baroudeur dans l'abbaye de Rabelais! Mais tous les deux sont humanistes, tous les deux sont poètes et disciples de Ronsard, tous les deux sont huguenots et « républicains ».

Les guerres de religion sont l'occasion de la première grande jacquerie vendéenne. C'est même, pourrait-on dire, la première manche des guerres de Vendée et qui durera trois quarts de siècle. La première insurrection vendéenne contre la Convention, le 23 août 1792, qui mettra en armes huit mille hommes de quarante paroisses, n'éclate-t-elle pas curieusement le jour anniversaire de la Saint-Barthélemy? Et la répression dans les deux cas n'est-elle pas aussi atrocement semblable? De même, la révolte protestante est d'abord, en Vendée, foncièrement plébéienne. Les premiers protestants seront des tisserands, des tondeurs de draps,

des petits manufacturiers. La paysannerie suivra
très vite, les messes cessant dans toutes les églises
transformées en granges. Le bocage forme des
bandes armées de bâtons, de haches. Les prêtres
catholiques et les dévots sont massacrés, les églises
pillées, les monastères incendiés. Paysans et artisans « enragés » mutilent les statues des porches,
renversent les autels, brûlent les reliques, violent
les tombeaux, emportent les reliquaires, les croix, les
calices, les ornements d'or et d'argent que les
forgerons fondent pour en faire des pièces de
monnaie. Les premiers chefs que se donnent ces
hordes sont des prêtres apostats et des paysans. Ils
s'en prennent aux nobles auxquels ils dénient tout
droit « naturel », arguant que ces privilèges ne sont
pas spécifiés dans la Bible. Ils réfutent aussi l'autorité royale. Lorsqu'on leur parle de Charles IX ils
répondent : « Quel roi? Nous sommes les rois. Celui
que vous dites est un petit royat de rien; nous lui
donnerons des verges et lui baillerons un métier
pour lui apprendre à gagner sa vie comme les
autres. » Même lorsque, de plébéienne, la révolte
huguenote deviendra bourgeoise et aristocratique,
la noblesse poitevine se jetant avec allégresse dans
la Ligue comme elle se ralliera à la Chouannerie,
elle n'en demeurera pas moins « républicaine ».
Dans les vers d'Agrippa d'Aubigné royauté est syno-
nyme de tyrannie. Les protestants lutteront pendant quatorze ans contre la monarchie, jusqu'à ce
que, en devenant roi, Henri de Navarre récupère le
mouvement au profit de la couronne. Mais à La
Rochelle survivra, jusqu'au fameux Siège, la première des républiques françaises. Le couronnement
de Henri IV détruisait le rêve d'une république du
Bas-Poitou Saintonge. Théodore-Agrippa d'Aubigné,
l'ancien écuyer de Henri de Navarre, ne s'y trom-
pait pas lorsqu'il s'agrippait à sa forteresse-abbaye
de Maillezais en signant « le bouc du dézert ».

Déjà, sous Charles VII, des moines libres-prêcheurs annonçaient Luther et enthousiasmaient les villageois. L'un d'eux nommé Philippe Bertin, cordelier au couvent de Fontenay-le-Comte, fut brûlé vif le 7 mai 1448. On a dit de l'église protestante de Fontenay qu'elle était l'une des plus anciennes de France et qu'elle naquit en fait dans la cellule de Pierre Amy, dans ce même couvent des Cordeliers. Pierre Amy, si cher à Rabelais et dont Érasme dira : « Je n'ai jamais vu mœurs plus pures que les siennes. »

La Vendée sera recatholicisée non pas par l'évêque de Luçon devenu cardinal-dictateur mais, au début du XVIIIe siècle, par un humble prêtre breton, Louis Marie Grignon de Montfort, prêcheur aux portes des églises, sous les halles, aux carrefours des chemins. Le père de Montfort, comme on l'appelle encore avec affection, composera des cantiques sur des airs de chansons à la mode, érigera ces hauts calvaires qui s'imposent aux croisées des routes, et finira sa vie en ermite dans la forêt de Mélusine. J'ai gravi bien souvent l'étroit sentier rocailleux qui monte à sa grotte et qui est un lieu de pèlerinage. C'est le père de Montfort qui refera la Vendée pieuse, qui la reconvertira, qui la préparera à la Chouannerie.

Si bien que mon père chantait encore la défaite de Soubise :

> *Chantons tertous à pleine tête*
> *La défaite dos parpaillaux...*
> *Vive le ré, notre bau sire*
> *O n'en fut jamais in itau!*
>
> *Iquidon bea monsiour de Soubise*
> *Qui s' dit le ré dos parpaillaux,*
> *Tot embriffé do vent de bise*
> *A monti su sez grous chivaux...*

Les paysans de mon enfance avaient oublié avec quel acharnement leurs ancêtres s'étaient battus contre le *ré* avec M. de Soubise. Lors du premier siège de Fontenay, les paysans qui s'étaient introduits dans la ville, sous prétexte de denrées à apporter au Marché aux Porches, sonnent le tocsin et se précipitent dans les églises à la recherche des ciboires en or. Avec les linges d'autel, ils feront des robes de noce pour leurs promises. Six ans plus tard, lorsque la ville sera protestante, l'inventaire des biens de l'église sera maigre : *cinq touailles de linge sale... une fort vieille chesible de damas figurée de blanc toute deschirée... un grand ciel neuf...*

Un grand ciel neuf... Quel programme en un temps de guerres de religion !

Déjà les paysans s'acharnent sur la ville, même s'ils se disent parpaillots comme les bourgeois de Fontenay. Quatre cents bourgeois pour une ville de cinq mille habitants. Quatre cents bourgeois qui font et défont l'Histoire, qui se faufilent si bien parmi les troubles et les pillages qu'à la fin des guerres de religion certains se trouveront anoblis et les autres fort enrichis avec les dépouilles des « engagés ». Dans cette première manche des guerres de Vendée, la bourgeoisie tire donc, déjà, les marrons du feu. Les paysans, eux, n'auront guère pour souvenirs que plaies et bosses et un morceau de drap d'autel à dentelles, pour faire un jupon.

18

JE ne possède qu'une dizaine de photos de ma mère. Là encore je n'ai disposé d'un appareil que récemment. La plupart de ces images, de très petit format, sont de mauvaises photos d'amateur, plus ou moins floues. Mais quelle énigme, toujours, que ces portraits qui vous regardent, muets, interrogateurs. Tout photographié qui pose ressemble à Œdipe devant le sphinx.

Une photo d'identité, encore agrafée sur un morceau de carte jaunie, date sans doute des débuts de notre arrivée à Nantes. Ma mère doit alors avoir quarante-cinq ans. Elle porte un corsage noir, très peu décolleté, est coiffée assez court, les cheveux ramenés en bandeaux sur le front. Elle fait très jeune. Je m'étonne de cet air de jeunesse. C'est donc cette femme avec qui j'arrivais à Nantes, en 1938, à la recherche d'une situation sociale. C'est donc cette femme avec qui je m'enivrais de lectures! Rien d'étonnant. Quelle passion dans ce regard noyé de tristesse! Quelle crispation dans cette bouche si fébrile que l'on a l'impression que cette image va bouger, s'animer! J'interroge cette photo qui m'interroge. Dialogue impossible. Trop tard.

1942. La mère et le fils. Photographiés tous les deux comme un couple d'amoureux. Nous sommes de la même taille et j'ai la main posée sur l'épaule de ma mère. Un manteau vague qui lui donne un air sport. Une écharpe négligemment nouée autour du cou est rejetée par le vent en arrière. Elle a toujours son air jeune. Elle paraît heureuse.

Une photo dont l'envers porte : mai 1945. J'ai essayé, avec un fort mauvais appareil, de photographier ma mère à l'intérieur de la masure de Nantes, éclairée par la fenêtre. Assise, engoncée dans un tablier, elle ravaude. Soudain, elle n'est plus jeune. Son visage n'est pas triste, mais résigné.

Une photo avec moi à Paris puisqu'en fond de décor je reconnais le Louvre. C'est peut-être son premier voyage à Paris. Un grand sourire est revenu. Elle a une robe noire, un sac noir à la main et un étonnant col blanc « claudine ».

Août 1958. La meilleure photo. Je disposais enfin d'un Foca-Sport. J'ai photographié ma mère accoudée sur un parapet de la Seine, tout à côté de mes boîtes de bouquiniste. En fond de décor, un grand saule et, au premier plan, une pile de livres avec cette pancarte : « Tout à cinquante francs. » Ma mère, qui a soixante-cinq ans, paraît ravie de mon petit commerce. Elle sourit, le visage plissé par une infinité de rides.

Dix ans plus tard. C'est la sortie de mon mariage à Ronchamp, dans la neige. Elle a un visage tout apeuré, dont on ne voit guère que les yeux tellement elle est enfouie dans un cache-nez. Cette neige et ce froid l'effraient. Elle a soixante-quinze ans. Ce sera son dernier grand voyage. Elle ressemble à une toute petite chose malhabile, dépaysée, au milieu de ma belle-famille hilare.

La dernière photo. Une photo de groupe dans une maison de retraite. Avec trois autres vieilles femmes. Elle se trouve au premier plan, assise sur des marches de pierre. Derrière, d'autres pensionnaires, debout. Tout ce monde est frileux, engoncé dans des manteaux et des lainages. Photo d'une infinie tristesse que tous ces vieux entre eux, édentés, l'air hagard, le regard morne. Ma mère a le visage tout crispé. Elle est d'une maigreur qui ne fera que s'accentuer. Je l'ai souvent soulevée pour la porter de son fauteuil à son lit, dans les dernières années où elle devint grabataire et je m'étonnais toujours de son extrême légèreté. Elle ressemblait de plus en plus à la vieille bonne de curé qui, tous les jours, attendait à cinq heures la visite de Jacques Chancel. Comme elle, elle devenait oiseau décharné, oiseau mourant de froid et de faim dans un dernier hiver.

Mais ces vieilles femmes s'aidaient à vivre, ou plutôt à mourir. Il m'est arrivé de déjeuner au réfectoire avec ma mère et ses compagnes. Une vraie petite fête. Ma mère ne se montrait pas peu fière de m'avoir près d'elle. Il s'ensuivait un vrai jacassage de perruches, mais de perruches qui, provisoirement, s'évadaient de leur cage.

Je retrouve une carte postale qui lui avait été envoyée à l'hôpital lors d'une de ses opérations. Elle est signée par cinq pensionnaires et son libellé est émouvant : « Du foyer nous vous envoyons toute notre sympathie. Votre départ nous a surprises et peinées. Mais nous avons maintenant l'assurance que vous serez bientôt parmi nous; que nous allons pouvoir chasser cette vision de chaise vide à notre table. Toutes unies nous vous embrassons affectueusement. »

Elles étaient toutes là, le jour de la messe mortuaire dans la chapelle de la maison de retraite. Elles étaient toutes là, certaines se traînant sur des béquilles ou poussées dans des fauteuils roulants. Elles étaient toutes venues chanter les cantiques des morts, en un dernier adieu dont la foi chrétienne vous donne la chair de poule. Toutes unies autour de leur vieux prêtre, lui-même vieillard venu échouer ici pour un dernier service à rendre. Ce vieux prêtre et ces vieillards chantant à l'unisson devant le cercueil de ma mère, on eût dit une résurrection de la Vendée clandestine de 93, groupée autour de ses curés en attendant la fin du monde. Ce vieux prêtre qui m'a dit après l'office :

« Avant de mourir, votre maman m'a fait appeler et m'a demandé : Quoi ? Je lui ai répondu en levant la main très haut : Le ciel ! »

RIEN de changé à Fontenay. En apparence, mais en fait une grande zone industrielle s'étend derrière la gare qui n'affecte en rien le Fontenay historique dont les maisons du XVIᵉ siècle sont en de nombreux points en cours de restauration. Et en allant à la recherche du jardin de mon grand-père une surprise de taille : à sa place une autoroute débouche sur un nouveau pont qui mène à l'ancien champ de foire devenu parking.

J'ai remonté aussi la rue Tiraqueau pour voir ce qu'était devenue l'école des Frères des écoles chrétiennes où j'ai appris à lire et à compter. A l'entrée se dresse toujours un immense calvaire où Madeleine et Marie sont prostrées au pied de la croix. Mais l'appellation de l'école est changée. C'est maintenant : École mixte du Sacré-cœur.

École mixte ? Quelle révolution sous l'emblème du Sacré-Cœur !

Le Québec et l'Acadie m'ont aidé à retrouver le dialecte vendéen. J'essaie de me souvenir. Je pars à la pêche des mots. J'en tire de l'eau des oublis.

Ma grand-mère avait un *fis* sur la joue gauche. Mais, en fait, moi aussi. C'est en français une verrue. Pourquoi appelait-on les étincelles d'un feu de bois dans la cheminée : des *bretons* ? Et faire des étincelles en tisonnant : *bretonner* ? Une *dornée*, c'est une mesure dans le tablier replié qui s'appelle une *dorne* (on trouve ce mot chez Agrippa d'Aubigné). Un plat *rimé* est un plat qui a commencé à brûler ; des pommes de terre *grâlées* ont été cuites dans la cendre ou bien dans un *diable* ; un *papot* est un gros pansement au doigt (enfant, j'avais toujours des *papots* que je finissais par assimiler à une sorte de poupée pour petit garçon) ; les échelles n'ont pas des barreaux, mais des *rollons*, les chaises aussi ; faire *do boué*, c'est couper des branches pour faire des fagots ; *l'éclaircie* c'est la fois l'aube, la clairière dans le bois et le rayon de soleil entre deux averses ; la *basse heure* c'est le crépuscule...

Il y a, dans tout patois, des mots spécifiques, du français déformé et des locutions particulières.

Mots spécifiques : *aive* (eau), *calais* (noix), *baillage* (orge), *friquet* (écumoire), *buffer* (souffler), *achalé* (fatigué par la chaleur), *bader* (perdre son temps), enjominer (envoûter), *ébobé* (abasourdi), *grucher* (grimper), *garocher* (lancer), *grâler* (griller), *petasser* (cancaner), *petouner* (bougonner), *guener* (gémir), *virouner* (tourner en rond), *subler* (siffler), *riper* (glisser)...

Mots déformés : *berouette, nik, arère, boué, fumelle,* qu'il n'est pas besoin de traduire puisqu'il s'agit d'un simple accent. Ou *avouène* (avoine), *canesson* (caleçon), *assette* (assiette), *peuné* (panier), *crère* (croire)...

Quant aux manières de parler, ma mère qui n'utilisait, on l'a vu, qu'exceptionnellement le patois, n'appelait jamais un pantalon autrement qu'une culotte (les Vendéens n'ont jamais été et ne seront jamais des sans-culottes), une chèvre autrement qu'une bique, un porc autrement qu'un goret, une pomme de terre autrement qu'une patate, un enfant autrement qu'un drôle (drôlesse pour une fille), et un cache-nez autrement qu'un cache-cou. Elle disait de quelqu'un qui se donnait des grands airs qu'il « faisait des grimaces » ou qu'il était un « grimacier »; d'un débrouillard qu'il était « éveillé »; d'un reste de quelque chose : « un petit requiem »; de se remettre en bel ou bon état : « se requinquer »; d'être gêné aux entournures : être *empené*. Elle ajoutait : « empené comme une poule qu'a un poulet... » Elle appelait un avare *rapyat,* une bavarde *bavasse,* un dégoûtant *zyrou,* un imbécile *beudat*... Elle mettait dans l'emploi de tous ces mots dialectaux une certaine allégresse, mêlée de malignité. Dans son esprit « ça faisait vulgaire », ou comique. On se retrouvait dans l'esprit des fabliaux, dans l'esprit de Rabelais. Mais elle ne le savait pas. Il ne lui serait jamais venu à l'idée que l'on eût pu faire de la littérature avec ce patois. Pour elle, le beau langage, c'était Pierre l'Ermite ou Pierre Loti.

21

COMMENT se fait-il que ma mère ne se soit jamais aperçue que ce Belliard, qui donna son nom à l'ancienne place aux Porches, n'était pas le docteur Octave Belliard, mais un général de la République et de l'Empire? Deux grandes plaques attestent pourtant ses exploits! Un Vendéen « bleu »! Rien d'étonnant qu'un « bleu » se trouve en buste au milieu de l'ancien forum de Fontenay, juste au-dessus d'une immémoriale fontaine, ainsi obstruée par ce bouchon de carafe. Fontenay a été républicaine pendant la Révolution, comme elle fut protestante sous la Ligue. Comme on le sait les révolutions se satisfont souvent des mots et changer un nom de rue donne l'illusion d'avoir changé de maître. La transformation des noms de rues de Fontenay, de 1793 à 1800, est parfois logique, souvent comique. Logique lorsque le faubourg des Loges, dont les artisans sont des républicains convaincus, devient rue de la République, lorsque le pont Royal (actuel Pont-Neuf) devient pont de la Fraternité, lorsque la place Royale (actuelle place Viète) devient place de la Révolution et la place aux Porches place de la Réunion. Mais le pont des Sardines transformé en pont de l'Égalité et la rue des Orfèvres en rue de la Loi, c'est déjà pousser un peu loin la démagogie verbale. Quant à la rue de la Tuée qui devient la rue Civique en un temps de si grandes tueries, qu'en penser? Et la rue des Filles-du-Calvaire qui s'appelle alors la rue des Préjugés-Vaincus...

22

MALGRÉ les colonnes infernales, malgré le massacre systématique de la paysannerie vendéenne et la déportation de sa bourgeoisie pourtant républicaine, la Vendée osa encore relever la tête et mordre plusieurs fois. Il y eut ce que l'on appela une « troisième guerre de Vendée » lorsque Bonaparte fut premier Consul, une quatrième en 1815, une cinquième en 1832. Puis plus rien. Une sorte de paralysie générale, d'entropie. Une position de refus systématique consistant à voter « contre » à toutes les élections. Un refus qui se manifestait aussi par la « petite église ». On appela ainsi les prêtres réfractaires qui n'acceptèrent pas le Concordat et les fidèles qui les suivirent. Mais le dernier évêque schismatique vendéen mourut en 1828, le dernier prêtre en 1847. Sans prêtres, sans autres sacrements que le baptême et le mariage, trois mille fidèles aux anciens prêtres existaient encore dans le bocage vendéen en 1958. Ils chômaient toujours les fêtes de l'Ancien Régime et travaillaient bien sûr très ostensiblement dans leurs champs le 14 juillet. Vingt ans après, il doit bien en rester encore, survivants fantômes de la guerre des Chouans.

Et puis soudain, voilà peu de temps, la Vendée se réveille. On la retrouve à la une des journaux. Des paysans se ruent de nouveau sur les villes, brûlent les perceptions, jettent du fumier dans les cours de la préfecture. Des commerçants lâchent des vipères dans les supermarchés. La Ve République, comme la Ire, a envoyé ses troupes. Mais on s'est seulement bombardés avec des tomates et des artichauts.

23

Parmi les photos compulsées, classées, des inconnus qui, de toute évidence, ne font pas partie de notre tribu. Parce que trop grands, trop minces, trop élégants. La plupart sont des photos de mariage, en couleurs, ce qui implique une date récente. Sur l'une d'elles je reconnais la marquise de X..., coiffée d'un immense chapeau rouge. Au verso, une main qui n'est pas celle de ma mère a écrit : « François et Anne, le jour de leur mariage, 30 juillet 1973. »

Ces enfants de la marquise de X..., je les ai rencontrés un jour et un malaise m'en est resté.

J'étais venu à Nantes pour l'une des opérations de ma mère, retrouvée une fois de plus immobilisée dans un lit d'hôpital et bardée d'un invraisemblable attirail de tuyauteries. Dans le nez, dans le bras, dans la vessie, tout son pauvre corps de plus en plus amaigri ne semblait plus survivre que grâce à ces mystérieux tuyaux reliés à des bouteilles de sérum, de sang, d'urine. Elle finissait par ressembler à un être artificiel imaginé par un auteur de science-fiction, dont l'existence eût été commandée par une machine centrale distributrice d'énergies vitales liquides. Bien qu'elle pût à peine parler, en raison à la fois des tuyaux qui s'enfonçaient dans ses narines et de son absence de dentier qui donnait à son visage le fameux rictus de Voltaire, elle parvint à me dire :

« Téléphone à madame de X..., pour lui dire où je suis. »

La marquise de ·X... reçut mon message avec beaucoup de délicatesse et d'émotion. Et puisque je restai quelques jours auprès de ma mère, elle me proposa : « Monsieur, vous nous feriez plaisir si vous acceptiez de venir dimanche au château partager notre repas. »

Bouleversé par cette nouvelle vision de ma mère, une fois de plus hospitalisée, j'acceptai aussitôt, me raccrochant précipitamment à ces vivants.

Le château n'avait rien de ces bâtisses prétentieuses construites au XIXᵉ siècle par des bourgeois fraîchement enrichis qui voulaient jouer aux seigneurs. Constructions qui, on le sait, ponctuent les bords de Loire de leurs étrons. Comparé à ces monuments vaniteux, le château du marquis et de la marquise de X... aurait plutôt dû s'appeler manoir. Il se situait non loin de Nantes, un peu en retrait de la Loire, au milieu d'un bois de chênes.

C'est là que ma mère venait autrefois l'été. Elle m'avait parlé de ces arbres qui lui rappelaient Ragon Duchêne et la forêt de Mélusine, de cette pièce d'eau et de ces tours d'angle.

La marquise de X... me présenta à son mari. Il n'en était jamais question dans les lettres de ma mère, si bien que je fus tout surpris d'apprendre qu'il existât un marquis de X... Réaction absurde puisque la noblesse des enfants de la marquise de X... ne les dispensait pas d'avoir un père.

Ces enfants se trouvaient aussi au château. Deux garçons et trois filles, dont les âges devaient aller de dix-sept à vingt-cinq ans. Tous ces gens me reçurent avec simplicité et naturel. Je remerciai les parents pour tout ce qu'ils faisaient pour ma mère, visitai quelques pièces du château avec discrétion. Le marquis apprécia que je reconnusse au passage des meubles de Boulle.

Je m'aperçus seulement au cours du repas que j'étais tombé dans un piège. Oh! un piège enrubanné, certes, un piège qui ne voulait surtout pas me faire mal, mais un piège quand même dans lequel on espère capturer pour quelques instants seulement une bête curieuse pour la montrer aux enfants.

La marquise de X... me demandait en effet de parler de ma vie, de mes études. Je racontais, je racontais, jusqu'au moment où je m'aperçus que l'on me donnait en spectacle. Et que l'on me donnait en spectacle pour les enfants. Les interruptions de la marquise de X... sans être aussi précises (elle était trop bien éduquée pour cela) sous-entendaient : « Vous voyez, mes enfants, vous qui n'avez jamais manqué de rien, ce qu'un jeune homme pauvre peut faire avec du courage et de la volonté... »

Peu à peu, un malaise s'établit entre les enfants et moi. Ils étaient aussi gênés que je l'étais. Je me retrouvais dans la peau de mon cher Jean-Jacques. Allait-on me demander de danser, au dessert, le menuet du *Devin de Village*?

« Mais enfin, monsieur, me demanda la marquise de X..., qui vous a aidé?

— Personne... ou beaucoup de gens... ou beaucoup de hasards... de chance aussi, sans doute.

— Vous savez que nous aimons beaucoup votre mère. C'est une femme attachante, un peu étrange parfois. Elle est sensible et intelligente. Votre hérédité est facile à déceler là. Mais comment avez-vous fait pour devenir aussi instruit?

— Oh! cela n'a rien d'extraordinaire! Et il y a bien plus instruit que moi.

— Vous êtes docteur ès lettres.

— Oui.

240

– Qu'a dit votre mère lorsque vous lui avez annoncé cette extraordinaire promotion?

J'hésitai :

« Elle m'a dit... : Ça t'avance à quoi! »

Il y eut un moment de stupeur autour de la table. J'enchaînais :

« Et elle avait raison. Ce titre est venu bien tard. Il m'eût tellement aidé à vivre vingt ans plus tôt. Et elle aussi, sans doute. »

A partir du moment où je m'aperçus que je devais jouer un rôle, l'éternel rôle pour le fils intelligent des pauvres du précepteur des enfants des riches, je pris malgré moi un plaisir masochiste à rabaisser les faits de mon existence qui auraient pu être au contraire enjolivés en images d'Épinal. Je m'efforçais de faire de ma vie la chose la plus banale qui soit.

La marquise revenait à la charge :

« Racontez-nous comment se sont déroulées vos premières années à Paris.

– Oh! comme pour tout le monde, vous savez! On cherche du travail et on a bien du mal à en trouver.

– Vous avez publié votre premier livre à vingt-trois ans. (Se tournant vers ses fils.) Vous entendez, messieurs, vous qui trouvez l'école trop longue, et les diplômes trop difficiles...

– Messieurs, rassurez-vous, ce livre est bien mauvais. Je ne savais pas encore écrire. Publier ce livre était à la fois de la présomption de ma part et de l'inconscience. Je ne sais d'ailleurs toujours pas bien écrire. Je peine comme un bœuf.

– Vous n'aviez pas d'argent vous-même pour publier vos œuvres. Donc ce sont des éditeurs qui les ont lancées. S'ils l'ont fait c'est qu'ils croyaient dans votre talent.

– On publie tellement de choses, madame, qu'il faut être vraiment dépourvu de tout talent pour n'être pas publié. Ou bien être un génie. Comme j'ai sans doute un peu de talent et comme, de toute évidence, je ne suis pas un génie, on m'a accordé une petite place, bien moyenne. »

Et la conversation s'empêtra de plus en plus dans un dialogue absurde entre la marquise de X... et moi. Plus elle s'acharnait à vouloir démontrer à ses enfants que je représentais l'exemple vivant du jeune homme pauvre qui réussit dans la vie grâce à son travail et sans doute à sa vertu, plus je répliquais qu'il n'y avait rien d'extraordinaire dans mon aventure. Je ravalais ma vie à une telle banalité que je finissais par m'en écœurer moi-même. Ces jeunes hommes et jeunes filles s'ennuyaient tout en s'efforçant de n'en rien laisser paraître. On leur avait promis un phénomène et ils se trouvaient devant un vieux professeur plutôt minable. De me rabaisser ainsi, de refuser à ma vie tout pittoresque et toute aventure, alors qu'elle en a à revendre, finissait par ramener ce pittoresque et ces aventures à un niveau de médiocrité auquel ils n'échappent sans doute pas. Les invectives de la seconde bru me revenaient à la mémoire : « Tu es aussi mesquin que ta mère... Jamais tu ne sortiras de ta merde... Tu as beau briller pour les autres, moi je te vois bien comme tu es... Tu as peur de tout... Avoue-le, les aventures te font peur... Et moi aussi je te fais peur... »

Ma mère, à la fois lapin de choux et renarde...

De tant décevoir la marquise de X... privée du spectacle de son prodige me décevait à mon tour. Oui, la seconde bru avait raison. J'étais vraiment minable.

Curieusement, le marquis de X... ne prononça pas une seule parole pendant tout le repas. Il m'observait à la dérobée. Je crois bien qu'il décelait mon manège. Lorsque nous passâmes au salon pour boire le café, il me demanda :

« Êtes-vous chasseur?

– Non, monsieur, je suis plutôt gibier. »

Il rit d'un grand rire sonore et me flanqua une tape amicale sur l'épaule.

24

Sɪ souvent, lorsque j'allais du pont des Sardines aux frondaisons du parc de l'ancien château des comtes du Poitou, par l'ancienne rue de la Poissonnerie qui longe un instant la Vendée et qui butait jadis sur la Porte aux Canes, mon attention était toujours attirée par une tour ronde, insolite au milieu des pauvres maisons basses.

Personne ne m'a jamais dit qu'il s'agissait des restes de l'hôtel particulier où François VI de La Rochefoucauld, l'auteur des *Maximes*, vécut la plus grande partie de son enfance. Julien Collardeau III, le poète, y fut son précepteur. Ma mère connaissait Rabelais, La Fontaine et Mme de Sévigné, mais ignorait l'existence de La Rochefoucauld, un si proche voisin pourtant.

Cet hôtel de la Sénéchaussée, construit au XVIᵉ siècle, pour le représentant du roi, est en effet presque accolé à ce qui fut la maison de ma grand-mère. Peut-être avons-nous vécu, sans le savoir, dans les communs des La Rochefoucauld?

François V de La Rochefoucauld avait été nommé par Louis XIII gouverneur du Bas-Poitou pour surveiller la frondeuse noblesse poitevine. Frondeuse comme les paysans vendéens qui se reconnaissaient en elle. D'ailleurs, le François des *Maximes* qui, comme tous les Foucauld de la Roche, descend des Lusignan (ces Lusignan dont l'un fut le mari de la fée Mélusine et un autre roi de Jérusalem), fut à son tour frondeur lors de la Fronde des Princes et même lieutenant général de l'armée rebelle au roi.

En cette même année 1648 où la noblesse défie Mazarin et l'enfant Louis XIV, Molière qui n'a que vingt-six ans arrive à Fontenay-le-Comte. La ville possédait deux jeux de paume, l'un dans le faubourg des Loges, l'autre près des fossés du château des Comtes, donc tout près de l'hôtel des La Rochefoucauld. Tous les deux ont été détruits, sinon Molière aurait peut-être eu droit à une plaque commémorative.

Molière, qui avait créé avec la famille Béjart l'Illustre Théâtre en 1643, est lui aussi, par ricochet, une victime de Mazarin. Les acteurs italiens appelés par Mazarin retiennent en effet toute l'attention du public et Molière doit renoncer à l'Illustre Théâtre pour s'engager dans la troupe ambulante de Charles Dufresne. Pendant douze ans, il ne cessera de sillonner la province. C'est ainsi qu'il donne des représentations au Jeu de Paume de Nantes du 23 avril au 16 mai 1648. Comme dans la troupe se trouve le frère d'un imprimeur fontenaisien de la rue des Loges, Pierre Régnault Petit-Jean, dit La Roque, celui-ci poussa sans doute ses associés à s'arrêter à Fontenay lors de la Foire de la Saint-Jean qui durait du 19 au 29 juin. Toujours est-il que l'on a trouvé trace de la requête d'un procureur pour retenir le « Jeu de Paulme » de Fontenay-le-Comte pour Charles Dufresne du 15 juin au 6 juillet 1648. On aurait aimé savoir comment cette troupe de comédiens, si voisine alors d'aspect d'une tribu de bohémiens, put traverser la Vendée, si dangereuse au XVIIᵉ siècle avec ses hordes de soldats déserteurs, de mendiants, d'argotiers, que l'on ne se risquait pas entre Nantes et La Rochelle sans former des caravanes. Mais de son passage en Poitou, Molière semble ne s'être souvenu que de George Dandin de la Dandinière.

ENCORE une petite liasse de cartes postales retrouvées. Et ces quelques vieilles images me ramènent dans le passé lumineux de ma mère. La première, vierge de toute inscription au verso, montre un couple pudiquement enlacé, dans un décor de rocailles, avec une fontaine et deux cygnes au premier plan. Il est mentionné qu'il s'agit d'une « sculptochromie ». *Copyright by A. Noyer 1914.* Titre : « Abandon. » 1914! L'époque de Monsieur Emmanuel, le fiancé tué à la guerre.

La seconde est plus « moderne ». Elle nous montre, en couleurs, encore un couple qui semble sorti d'un film muet de la belle époque d'Hollywood. Les deux têtes se rapprochent et les lèvres s'avancent. Légende : « Sur le cœur de l'être qu'on aime / On goûte le bonheur suprême. » Au verso l'écriture hardie de mon père : « Ce matin tu n'auras pas ma visite, mais ma pensée va vers toi... » Date : 14 novembre 1922.

Un nouveau fiancé est venu, de la lointaine mer de Chine, comme dans les romans de Pierre Loti.

Toutes les autres cartes postales comportent une correspondance signée de mon père. L'une est la reproduction d'une peinture très chromo montrant de grands arbres autour d'un lac et a été adressée, toujours en 1922, de Saint-Martin-des-Fontaines où l'on remarque bien quelques mares, mais aucun lac. Une autre est une photographie de la cheminée Renaissance du château de Terre Neuve, la demeure somptueuse où Nicolas Rapin recevait son ami Agrippa d'Aubigné. Cette cheminée ne date pas de l'origine du château. Elle provient en effet du castel ruiné de Coulonges que Guillaume d'Estissac se fit construire du temps où il était abbé de Maillezais. Rabelais doit s'y être chauffé les pieds. Je ne sais si mon père et ma mère connaissaient l'histoire de cette cheminée, mais toujours est-il qu'ils devaient y attacher quelque importance puisque mon père a choisi cette carte parmi d'autres pour sa correspondance de fiançailles et que ma mère l'a conservée.

Bien sûr, une carte de la forêt de Vouvant-Mervent, chère à Mélusine et aux Lusignan. Elle nous montre une cabane en planches, au milieu de grands chênes. Légende : « Au repos des pèlerins. Restaurant de la grotte du père de Montfort. » Au verso, mon père a écrit : « En souvenir d'un des meilleurs jours de ma vie. »

Dernière carte, datée du 7 décembre 1922. La promenade de la Corniche à Marseille. C'est une photo en noir et blanc coloriée aux crayons. Elle est adressée à Mlle Sourisseau, rue des Orfèvres à Fontenay-le-Comte, qui ne va plus rester longtemps demoiselle. Mon père précise : « Promenade située à deux cents mètres de la rue de Suez, qui est celle où j'ai loué un appartement. L'air n'y fait pas défaut. »

Ces paysans sans terre ont toujours peur de manquer d'air.

Et voilà que je retrouve une fois de plus ma mère dans sa maison de retraite. Bien que l'établissement soit d'une impeccable hygiène, l'air paraît raréfié dans sa chambre où flotte une odeur d'éther et d'urine. La directrice m'a dit : « Elle ne se relèvera plus jamais. Elle n'a plus de force. Elle est si maigre. De plus, le cancer a repris. Il faudrait l'opérer de nouveau. Mais il n'y a plus d'espoir. »

Ma mère me regarde avec une grande attention. J'ai beaucoup de gêne à soutenir ce regard qui me scrute, m'interroge. Pressent-elle que c'est la dernière fois qu'elle me verra ? Sans doute. Elle me prend les mains, les regarde longuement :

« Toi aussi, tu as fini par avoir de belles mains blanches. Comme ton père. »

Je lui ai apporté des fleurs. Maintenant qu'elle ne peut plus en chaparder, je pose ce bouquet dans un vase, près de son lit. Elle me demande de les lui faire sentir, mais les repousse avec découragement :

« Je ne sens plus rien. Tous ces médicaments, ces opérations, m'ont enlevé l'odorat. Je m'extermine. »

J'essaie de parler d'autre chose, lui montre la grande baie vitrée de sa chambre et la vue sur les vignes et le maïs.

Elle regarde à peine :

« Ça fait très campagne. »

Une de ses réflexions péjoratives, ce « ça fait très campagne ». Ce qu'elle aimait, c'était l'intérieur de la maison de retraite, en tournant le dos à la nature, et regardant vers les salles de jeu, la télévision, les cuisines nickelées, l'ascenseur, la moquette. Tout ce moderne qui faisait riche.

Malheureusement, sa maladie la clouait au lit, près de cette baie vitrée où l'on ne voyait que la campagne, non loin de la boue, de la bouse, de la pluie qui frappe aux carreaux, du vent qui fait ployer les arbres. Comme la neige dans les Vosges, le jour de mon troisième mariage, qu'elle se refusait à regarder, tournant le dos à la fenêtre... Elle me dit : « Veux-tu mettre mon oreiller un peu de côté pour que je ne voie pas ça ». C'est-à-dire lui tourner la tête vers l'intérieur de la chambre.

Je sentais aussi dans mon corps ce qu'elle devait ressentir. La boue, la bouse, la pluie donnent à qui vit trop longtemps l'impression d'être happé par les pieds, aspiré par la terre. Ce qui demande une lutte perpétuelle, un effort physique continu pour ne pas s'enliser dans cette boue bouse, pour ne pas se noyer dans toute cette eau qui à la fois tombe du ciel et remonte du sol.

Ces derniers moments avec ma mère ont été d'une grande tristesse, mais aussi d'une infinie douceur. Nous étions enfin revenus l'un près de l'autre, sans ces intrus que furent les brus et l'autre culture.

Cette autre culture, cet autre accent, qu'elle avait détestés d'abord, puis qu'elle voulut récupérer, lisant avidement les livres de mes amis, me demandant dans ses lettres de leurs nouvelles, comme s'il s'agissait de cousins, en trouvant elle-même dans les journaux et m'envoyant les coupures. Finalement, elle finit par ne vivre elle-même que dans, et par, cette autre culture, mais en restant sur le seuil, comme une pauvresse sur un escalier d'église.

Lorsqu'elle venait à Paris, ses incursions dans mon domaine demeuraient de vifs souvenirs, presque égaux à ceux du « pays où fleurit l'oranger ». Quelle disparité entre une vie comme la sienne et la vie de tant de gens qui m'entourent. Disparité qui se révélait par de petits riens, comme ce jour où elle but du champagne dans un cocktail, ce champagne si commun dans mon nouveau milieu qu'il en devient vulgaire, et qu'elle écrivit dans son petit carnet, enthousiaste : « Bu une coupe de champagne dans un cocktail pour la sortie d'un livre de Michel. Je n'en avais pas bu depuis sa naissance. »

Oui, elle fit dans sa vieillesse un suprême effort pour pénétrer dans une culture où elle espérait me rejoindre. Mais elle resta sur le seuil. Elle connaissait, du fait de mes fréquentations, la plupart des peintres et sculpteurs aujourd'hui illustres, me demandait de leurs nouvelles, m'en donnant à la suite de ses lectures, mais elle me disait :

« Tu te souviens du *Rêve passe* d'Édouard Detaille, chez le coiffeur de Fontenay. On ne fait plus de peinture comme ça. C'est dommage. Et l'*Angelus*, et les *Glaneuses*! M. Hartung ou M. Soulages c'est bien, mais ça ne parle pas autant. »

De toute la statuaire, seuls les monuments aux morts lui plaisaient. Elle ne pouvait s'empêcher d'être émue devant. Mais elle avait un regret :

« C'est dommage que ton père soit mort de maladie, autrement il aurait eu son nom dessus. Quand même, il a bien fait assez de guerres aux colonies, on devrait bien lui mettre son nom. »

Jamais je n'avais ressenti si fortement combien nous étions des paysans sans terre. Dans cette maison de retraite, ma mère se trouvait loin de son village. Mais il n'était plus depuis longtemps, mais il n'avait jamais été *son* village. Loin de sa petite ville, alors? Mais Fontenay lui importait-il sinon à cause de son cimetière? *Sa* terre était bien à Fontenay, mais seulement dans ces deux mètres carrés de concession qui devenaient une obsession dans ses carnets. Paysans sans terre, donc nomades. Paysans sans terre et nomades sans troupeau. Ma mère, en perpétuelle vacation, sans propriété, sans terre, sans maison, rêvait néanmoins comme tout le monde d'être propriétaire et s'acharnait à réclamer, à me réclamer dans ses carnets, une ultime propriété *post mortem*, celle de sa tombe « en concession à perpétuité ».

Elle en est aujourd'hui propriétaire *in aeternam*, de ses deux mètres carrés de terre vendéenne.

Je suis passé de l'autre côté du lit de fer, de manière que son regard ne soit pas tourné vers la fenêtre. Nous ne parlons presque pas. Nous n'avons plus rien à nous dire. Nous savons que maintenant tout est joué, qu'il n'y a plus qu'à attendre le dénouement de la pièce.

Je n'arrive pas à me détacher de la vision du pourrissement biologique de l'intérieur des entrailles, de ce cancer qui ronge l'intestin. Et cette odeur d'urine, de moisi, de caca... Ma mère n'aura pas pu se détacher de cette odeur sordide. Elle mourra avec. Comme les cent mille Vendéens de la « longue marche » avec leur dysenterie pantagruélique.

Je lui ai apporté des livres et des revues, mais elle les a repoussés doucement :

« Non, je ne lis plus. Ça me fatigue les yeux. Et puis ma tête aussi. Tout s'embrouille. Je préfère penser. Je passe mes nuits à penser. C'est comme du cinéma : Fontenay, Marseille, ton père. Toi quand tu étais petit. »

En même temps me reviennent à l'esprit des bizarreries dans sa culture. Elle qui avait tant lu, croyait que l'on apprenait l'histoire de France dans tous les pays du monde et fut fort étonnée lorsque je cherchai à l'en détromper. Nationalisme et racisme innés qui lui firent aussi me dire lorsque je m'embarquai sur un cargo japonais pour aller au fin fond de l'Asie : « Les officiers sont bien français, quand même ? » Et comme je lui assurais qu'il n'y aurait pas d'autre Français que moi sur ce bateau elle fit le signe de croix comme si j'étais condamné d'avance au naufrage.

Elle soupire et rompt notre long silence, par une phrase assez énigmatique qu'elle disait souvent :

« On ne peut pas être et avoir été. »

Et puis des images insolites lui reviennent :

« Tu te souviens de ton grand-père qui mangeait du pain même avec des gâteaux ? Aujourd'hui, on jette le pain. Moi je te faisais des panades, avec les restes. Tu aimais beaucoup les panades. Et le mou ?

On donne ça aux chats! Nous, on en faisait des civets. »

Et comme la pluie et le vent fouettent la fenêtre :

« Ah! ce vent, ce vent! S'il n'y avait pas ce vent... Mais peut-être que ça se lèvera sur midi. »

Curieux, quand même, de tant détester le vent et la pluie lorsque l'on est depuis un temps immémorial d'un pays de pluie et de vent. Toujours l'espoir que le beau temps vienne sur le coup de midi. Combien de fois dans mon enfance ai-je entendu ressasser ce leitmotiv! Et souvent le vent chassait en effet la pluie au milieu de la journée. Mais il est cinq heures du soir. Ma mère, qui ne sort plus, qui ne veut plus regarder vers la fenêtre, n'a plus la notion de l'heure. Elle me dit encore :

« J'ai l'abîme dans la tête. »

Peu à peu, le jour tombe et l'obscurité place les objets de la chambre dans une demi-pénombre. Je veux allumer, mais ma mère, comme autrefois, m'en empêche, voulant prolonger la durée du jour. Nous autres gens de l'Ouest, nous autres gens du bout de la terre, avons marché jusqu'à ce que l'Océan arrête notre périple, le plus loin que nous avons pu, vers le soleil couchant... Ma mère, de son lit de grabataire, a le même instinct. Et elle aime ce moment indéfini entre jour et nuit, comme nous avons aimé ce pays incertain entre la terre et l'eau.

Le jour lutte contre la nuit, la chèvre contre le loup, la fée contre l'ogre, l'attardé contre la galipote, le vent contre le volet mal clos. Mais, une fois de plus, la nuit dévore le jour.

DU MÊME AUTEUR

Aux Éditions Albin Michel :

DRÔLES DE MÉTIERS, *roman.*
DRÔLES DE VOYAGES, *roman.*
UNE PLACE AU SOLEIL, *roman.*
TROMPE L'ŒIL, *roman.*
LES AMÉRICAINS, *roman.*
LE JEU DE DAMES, *roman.*
LES QUATRE MURS, *roman.*
NOUS SOMMES 17 SOUS UNE LUNE TRÈS PETITE, *roman.*
MA SŒUR AUX YEUX D'ASIE, *roman.*

LITTÉRATURE :

HISTOIRE DE LA LITTÉRATURE PROLÉTARIENNE EN FRANCE, Albin Michel.
L'HONORABLE JAPON, récit, Albin Michel.
LA PEAU DES CHOSES, poésie 1946-1957, J.-R. Arnaud.

CRITIQUE ET HISTOIRE DE L'ART :

25 ANS D'ART VIVANT, 1944-1969, Casterman.
L'ART, POUR QUOI FAIRE ? Casterman.
L'ART ABSTRAIT, tomes 3 et 4, Aimé Maeght.
NAISSANCE D'UN ART NOUVEAU, Albin Michel.
LES MAÎTRES DU DESSIN SATIRIQUE, Pierre Horay.

URBANISME ET ARCHITECTURE :

HISTOIRE MONDIALE DE L'ARCHITECTURE ET DE L'URBANISME MODERNES :
TOME 1, IDÉOLOGIES ET PIONNIERS, 1800-1910, Casterman.
TOME 2, PRATIQUES ET MÉTHODES, 1911-1976, Casterman.
TOME 3, PROSPECTIVE ET FUTUROLOGIE, Casterman.
OÙ VIVRONS-NOUS DEMAIN ? Robert Laffont.
ESTHÉTIQUE DE L'ARCHITECTURE CONTEMPORAINE, Griffon, Neuchâtel.
L'HOMME ET LES VILLES, Albin Michel.
L'ARCHITECTE, LE PRINCE ET LA DÉMOCRATIE, Albin Michel.
L'ESPACE DE LA MORT, Albin Michel.

IMPRIMÉ EN FRANCE PAR BRODARD ET TAUPIN
Usine de La Flèche (Sarthe).
LIBRAIRIE GÉNÉRALE FRANÇAISE - 6, rue Pierre-Sarrazin - 75006 Paris.

ISBN : 2 - 253 - 03132 - 1 ◈ 30/5734/6